BASTEI
LÜBBE
TASCHENBUCH

Weitere Titel des Autors:

Der Präsident
Das Labyrinth
Die Versuchung
Die Wahrheit
Die Verschwörung
Das Versprechen
Der Abgrund
Das Geschenk
Die Kampagne
Doppelspiel
Auf Bewährung

Bände der Maxwell/King-Reihe:

Im Bruchteil der Sekunde
Mit jedem Schlag der Stunde
Im Takt des Todes
Bis zum letzten Atemzug

Bände der Camel-Club-Reihe:

Die Wächter
Die Sammler
Die Spieler
Die Jäger
Der Auftrag

Titel in der Regel auch als Hörbuch und E-Book erhältlich

DAVID BALDACCI

DAS GLÜCK EINES SOMMERS

Roman

Übersetzung aus dem Amerikanischen
von Rainer Schumacher

BASTEI LÜBBE
TASCHENBUCH

BASTEI LÜBBE TASCHENBUCH
Band 16907

1. Auflage: Juni 2014

Dieser Titel ist auch als Hörbuch
und E-Book erschienen

MIX
Papier aus verantwortungsvollen Quellen
FSC® C006701

Vollständige Taschenbuchausgabe
der im Gustav Lübbe Verlag erschienenen
Hardcoverausgabe

Titel der amerikanischen Originalausgabe: »One Summer«
Originalverlag: Grand Central Publishing

Textredaktion: Wolfgang Neuhaus
Titelillustration: © Alan Ayers/Lott Representatives
Umschlaggestaltung: Manuela Städele
Satz: Dörlemann Satz, Lemförde
Gesetzt aus der Caecilia
Druck und Verarbeitung: CPI – Ebner & Spiegel, Ulm
Printed in Germany
ISBN 978-3-404-16907-8

Sie finden uns im Internet unter
www.luebbe.de
Bitte beachten Sie auch: www.lesejury.de

Für Spencer, mein kleines, inzwischen erwachsen gewordenes Mädchen. Ich könnte nicht stolzer auf den Menschen sein, zu dem du geworden bist.

KAPITEL 1

In dem gebrauchten Krankenhausbett, das man in eine Zimmerecke in seinem Haus in Cleveland gezwängt hatte, setzte Jack Armstrong sich mühsam auf und lachte voller Bitterkeit.

Er, der Unverwüstliche, der Kriegsheld, lag im Sterben.

Mit neunzehn Jahren war Jack zum ersten Mal Vater geworden. Ihr zweites Kind hatten er und seine Frau Lizzie gezeugt, als er auf Heimaturlaub von der Army gewesen war. Als der Krieg im Nahen Osten ausbrach, war Jack bereits fünf Jahre beim Militär gewesen. Er hatte seine erste Dienstzeit in Afghanistan überlebt, wo ein Schuss in den Arm ihm seinen ersten Orden eingebracht hatte, ein Purple Heart. Anschließend hatte er mehrere Einsätze im Irak überstanden, einschließlich der Zerstörung seines Geländewagens, als er noch darin saß. Dabei war er ein zweites Mal verletzt worden, was ihm sein zweites Purple Heart einbrachte. Und als er unter Einsatz des eigenen Lebens drei Kameraden rettete, die in einen Hinterhalt geraten waren, wurde er mit dem Bronze Star ausgezeichnet.

Und nun lag der Mann mit den vielen Orden hier und starb in einem schäbigen Zimmer irgendwo in Ohios Rostgürtel.

Jack hatte nur noch ein großes Ziel: bis Weihnachten durchzuhalten.

Gierig saugte er den Sauerstoff durch den Schlauch in seiner Nase. Die Pumpe im angrenzenden Wohnzimmer lief auf Hochtouren. Jack wusste, man würde sie bald abstellen, weil er dann tot war. Vor Thanksgiving war er noch sicher gewesen, einen weiteren Monat überleben zu können. Jetzt war er schon froh, den nächsten Sonnenaufgang zu sehen.

Er würde es bis Weihnachten schaffen.

Ich muss es schaffen.

In der Highschool hatte man dem eins fünfundachtzig großen, gut aussehenden Jack in gleich drei verschiedenen Sportarten ein Hochschulstipendium angeboten. Er war der Star der Footballmannschaft gewesen und hatte sich die Mädchen aussuchen können. Aber nachdem er zum ersten Mal Lizzie O'Toole begegnet war, hatte er sich nach keiner anderen Frau mehr umgedreht. Jack lächelte, als er sich daran erinnerte. Lizzies Familie stammte aus South Carolina. Jack hatte sich anfangs oft gefragt, warum die O'Tooles nach Cleveland gezogen waren, wo es kein Meer gab, keine Palmen und viel weniger Sonne als in South Carolina, dafür jede Menge Schnee und Eis. Später hatte er erfahren, dass Lizzies Vater den Arbeitgeber gewechselt hatte.

Lizzie war an jenem ersten Tag in die Klasse gekommen. Ein hochgewachsenes Mädchen mit kastanienbraunem Haar, lebhaften grünen Augen und vollem, schönem Gesicht. Sie und Jack waren schon in der Highschool miteinander gegangen und seitdem nicht einen Tag getrennt gewesen – außer in den zwei Jahren, als Jack in Übersee gekämpft hatte.

»Jack? Jack, Liebling.«

Lizzie kauerte vor ihm, eine Spritze in der Hand. Sie war noch immer wunderschön, auch wenn sie inzwischen etwas Zerbrechliches besaß. Sie hatte dunkle Ränder unter den Augen und neue Sorgenfalten im Gesicht. Ihre Haut glühte nicht mehr, und ihr

Körper war härter geworden, weniger geschmeidig als früher. Jack lag im Sterben, doch in gewisser Weise galt das auch für Lizzie.

»Es ist Zeit für deine Schmerzmittel«, sagte sie.

Jack nickte, und Lizzie spritzte die Medikamente in den Schlauch unter seinem Schlüsselbein. Auf diese Weise gelangte das Mittel direkt in den Blutkreislauf und wirkte schneller – was ein Segen war, wenn Jack wieder einmal das schreckliche Gefühl bekam, sein ganzer Körper stünde in Flammen.

Nachdem Lizzie fertig war, setzte sie sich aufs Bett und nahm ihn in die Arme. Die Ärzte hatten einen langen Namen für seine Krankheit, einen Namen, den Jack nicht einmal aussprechen konnte. Das Leiden sei sehr selten, hatten sie gesagt. Die Wahrscheinlichkeit, daran zu erkranken, stünde eins zu einer Million.

Auf Jacks Frage nach seinen Überlebenschancen hatten die Ärzte einander angeschaut und schließlich geantwortet: »Es tut uns leid. Wir können nichts mehr für Sie tun.«

Ein weiterer Arzt hatte Jack geraten, die verbleibende Zeit auszukosten und Dinge zu tun, die er schon immer tun wollte, wozu er aber nie Gelegenheit gehabt hatte.

»Ich habe drei Kinder und eine Hypothek auf dem Haus«, hatte Jack erwidert. »Ich kann mir den Luxus nicht leisten, mir meine letzten Wünsche zu erfüllen.«

Obwohl ein Teil von ihm es gar nicht wissen wollte, hatte er schließlich gefragt: »Wie lange habe ich noch?«

»Sie sind jung und stark«, hatte einer der Ärzte ausweichend geantwortet. »Und die Krankheit ist erst im Anfangsstadium.«

Jack hatte die Taliban und Al Kaida überlebt. Vielleicht schaffte er es ja noch, sein ältestes Kind den

Collegeabschluss machen zu sehen. »Wie lange?«, hatte er noch einmal gefragt.

»Sechs Monate«, hatte der Arzt geantwortet. »Vielleicht acht, wenn Sie Glück haben.«

Es traf Jack wie ein Fausthieb in die Magengrube.

Er erinnerte sich noch klar und deutlich an den Morgen, an dem er sich plötzlich seltsam unwohl gefühlt hatte. In seinem Job als Bauhandwerker war er in den Tagen darauf schon nach drei Stunden erschöpft gewesen, nicht wie früher erst nach acht Stunden. Einige Zeit später schaffte er es nicht einmal mehr mit einem Stapel Dachpfannen die Leiter hinauf. Schließlich hatte er schon Schmerzen, wenn er seinen jüngsten Sohn nur zehn Minuten lang auf dem Arm getragen hatte. Zu guter Letzt hatte das Brennen in seinen Nerven begonnen, und seine Beine hatten sich so schwach und zittrig angefühlt wie die eines alten Mannes. Eines Morgens war er dann aufgewacht, und seine Lungen waren voller Wasser gewesen. Danach war es noch schneller gegangen.

Jacks jüngster Sohn, der zweijährige Jack junior, den alle nur Jackie nannten, kam ins Zimmer, kletterte auf den Schoß seines Vaters und legte den Kopf auf dessen eingefallene Brust. Jackies Haar war lang und kohlrabenschwarz und an den Spitzen gelockt. Seine Augen hatten die Farbe von Toast, und seine Augenbrauen trafen sich in der Mitte wie ein Wollfaden. Jackie war ihre kleine Überraschung gewesen. Die anderen beiden Kinder waren ein gutes Stück älter.

Langsam legte Jack den Arm um seinen Sohn. Dickliche Kinderfinger griffen nach seinem Unterarm, und warmer Atem berührte seine Haut. Es fühlte sich an, als würde er mit Nadeln gestochen, doch Jack bewegte den Arm nicht, denn es würde nicht mehr viele solcher Umarmungen geben. Langsam drehte er den Kopf und schaute aus dem Fenster, wo es sanft schneite. South Carolina mit seinen Palmen konnte es nicht mit Cleveland aufnehmen, wenn es um die Weihnachtszeit ging. Hier war diese Jahreszeit wunderschön.

Jack nahm die Hand seiner Frau.

»Weihnachten«, sagte er mit schwacher Stimme. »Ich werde da sein.«

KAPITEL 2

Jack wachte auf. Als er sich umschaute, wusste er zuerst nicht, wo er war. Er spürte nichts, war sich nicht einmal sicher, ob er überhaupt noch atmete.

Bin ich tot? War es das?

»Pop-pop«, sagte Jackie und glitt neben seinen Vater aufs Bett.

Jack drehte sich um und sah die Pausbacken und die hellbraunen Augen. Er streichelte seinem Sohn übers Haar. Kräftige, dicke Strähnen, wie auch er sie gehabt hatte, bevor die Krankheit sie ihm nahm wie so vieles andere. Der neugierige Jackie versuchte, seinem Vater den Sauerstoffschlauch aus der Nase zu ziehen, doch Jack zog die Hand seines Sohnes sanft zurück.

Lizzie kam mit den Medikamenten und spritzte sie in den Venenzugang. Jack wurde mittlerweile intravenös ernährt. Feste Nahrung konnte er nicht mehr zu sich nehmen.

»Ich habe die Kinder gerade zur Schule gebracht«, sagte sie.

»Mikki?«, fragte Jack.

Lizzie verzog das Gesicht. Ihre Tochter Michelle wurde nächsten Sommer sechzehn, und in letzter Zeit hatte sie sich immer mehr zur Rebellin entwickelt. Sie spielte Gitarre, arbeitete an ihrer Musik, trug abgerissene Klamotten, schlich sich nachts aus dem Haus und schlampte in der Schule. »Wenigstens ist sie zur Matheprüfung erschienen«, sagte Lizzie. »Dass sie die Prüfung dann auch noch besteht, wäre wohl zu viel verlangt gewesen. Aber es gibt auch gute Nachrichten: In Musiktheorie hat sie eine Eins bekommen.«

Jackie kletterte vom Bett und lief ins andere Zimmer, vermutlich, um sich ein neues Spielzeug zu holen. Jack schaute ihm mit einer seltsamen Mischung aus Stolz und Schmerz hinterher. Er würde seinen Sohn nie als Mann sehen. Er würde nicht einmal sehen, wie er in den Kindergarten kam. Das widersprach der natürlichen Ordnung der Dinge, aber so war es nun mal, und es ließ sich nicht ändern.

Mikki wiederum beanspruchte inzwischen die meiste Aufmerksamkeit ihrer Eltern. Das schien bei Teenagern einfach so zu sein.

Bevor Jack krank geworden war, hatte er mit seiner Tochter häufig über wichtige Entscheidungen im Leben gesprochen, auch über die Bedeutung der Schule, aber das alles schien an ihr abzuprallen. Vater und Tochter hatten keine Verbindung mehr zueinander, das war nicht zu verkennen. Als Mikki klein gewesen war, hatte sie ihren Dad bedingungslos geliebt und hatte ständig bei ihm sein wollen. Jetzt sah Jack sie kaum noch. Es kam ihm so vor, als wäre er für seine Tochter längst gestorben.

»Mikki wirkt in meiner Nähe ein bisschen verloren«, sagte er.

Lizzie setzte sich neben ihn und nahm seine Hand. »Sie hat Angst und ist verwirrt, Liebling. Es hat mit ihrem Alter zu tun, aber vor allem mit …«

»Mit mir.« Jack konnte Lizzie nicht anschauen, als er sich dies eingestand.

»Ich habe mit ihr darüber gesprochen. Das heißt, *ich* habe geredet. Sie selbst hat kaum ein Wort gesagt. Sie ist ein kluges Kind, aber sie versteht einfach nicht, warum das alles geschieht. Und um sich zu schützen, distanziert sie sich so weit davon, wie es nur geht. Und das ist nun mal nicht die gesündeste Methode, mit alldem fertig zu werden.«

»Aber ich kann es verstehen«, sagte Jack.

Lizzie schaute ihn an. »Wegen deinem Dad?«

Jack nickte und rieb mit den Fingern ihre Hand. Seine Augen wurden feucht, als er sich an den schmerzhaften Tod seines Vaters erinnerte. Er atmete mehrmals tief durch. »Wenn ich etwas ändern könnte, würde ich es tun, Lizzie. Das weißt du.«

Lizzie legte sich neben ihn, schlang die Arme um seine Schultern und küsste ihn. Als sie sprach, klang ihre Stimme heiser und zitterte vor Emotionen. »Jack, das ist für alle hart, vor allem für dich. Du warst sehr tapfer. Niemand hätte ertragen …« Sie konnte nicht weitersprechen, legte den Kopf neben Jacks und weinte leise. Jack drückte sie mit der wenigen Kraft an sich, die ihm geblieben war.

»Ich liebe dich, Lizzie. Egal was passiert, keine Krankheit wird je etwas daran ändern.«

Nach ein paar Minuten fasste Lizzie sich wieder und wischte sich über die Augen. »Cory spielt dieses Weihnachten den Grinch bei der Schulaufführung. Ich werde ihn für dich filmen.«

Cory war das mittlere Kind, zwölf Jahre alt, der Schauspieler in der Familie.

Jack lächelte und sagte: »Grinch!«

Er schlief in dem Krankenhausbett, weil er es selbst mit fremder Hilfe nicht mehr in ihr Schlafzimmer im ersten Stock schaffte. Er hatte sich heftig dagegen gewehrt, denn je mehr ihn das Leben verließ, desto größer war sein Verlangen geworden, Lizzies warmen Körper an seinem zu spüren. Das war ein weiteres Stückchen Glück, ein weiteres Stück Leben, das die Krankheit ihm genommen hatte.

»In einer Stunde habe ich eine Telefonkonferenz«, sagte Lizzie. »Anschließend muss ich in der Küche arbeiten, nachdem ich Jackie sein Frühstück gemacht habe.«

Lizzie war auf Telearbeit umgestiegen, als Jack krank geworden war. Wenn sie doch einmal aus dem Haus musste, kamen eine Nachbarin oder Lizzies Eltern.

Nachdem Lizzie gegangen war, setzte Jack sich auf, griff langsam unter das Kissen und zog Kalender und Stift hervor. Er schaute sich den Dezember an, wo bis zum 20. alle Daten durchgestrichen waren. Über drei Jahrzehnte leben, Ehe, Vaterschaft, kämpfen für sein Land und schuften im Beruf, und jetzt blieb ihm nur noch, die restlichen Tage seines Lebens abzustreichen. Jack schaute aus dem Fenster und auf die Straße. Es hatte aufgehört zu schneien, doch er hatte in den Nachrichten gehört, dass eine weitere Kaltfront erwartet wurde, diesmal mit mehr Eis als Schnee.

Es klopfte an der Tür, und Sammy Duvall kam herein. Sammy war Anfang sechzig, so groß wie Jack, aber schlanker, mit graumeliertem Haar und sorgfältig gestutztem Bart. Die Muskeln an Schultern und Armen zeugten von jahrzehntelanger schwerer Arbeit. Sammy war viel stärker als die meisten Männer, die nur halb so alt waren wie er, und zäher als alle, die Jack je kennengelernt hatte. Er war zwanzig Jahre beim Militär gewesen und hatte in Vietnam gekämpft. Anschließend war er in der ganzen Welt unterwegs gewesen, sprach aber nie darüber, was er in dieser Zeit getan hatte. Das Zimmermannshandwerk hatte er sich selbst beigebracht, wie vieles andere auch. Nachdem Sammy die Armee verlassen hatte, hatten er und Jack ihren eigenen Handwerksbetrieb aufgebaut, und da Sammy keine Familie besaß, hatte er die der Armstrongs adoptiert.

Die beiden Armeeveteranen schauten einander an. Dann schweifte Sammys Blick zu den Geräten, die seinen Freund am Leben erhielten. Er schüttelte leicht den Kopf, und seine Mundwinkel zuckten. Das war das Äußerste an Gefühl, was der stoische Sammy je zeigte.

»Wie läuft's auf der Arbeit?«, fragte Jack und nahm einen kräftigen Zug Sauerstoff.

»Kein Grund zur Sorge. Die Arbeit wird erledigt, und das Geld kommt rein.«

Jack wusste, dass Sammy sämtliche Aufträge ihrer Firma allein erfüllt und Lizzie dann das Geld gebracht hatte. »Mindestens die Hälfte des Geldes gehört dir, Sammy. Du machst die Arbeit, und du musst ja auch essen.«

»Ich kriege meine Pension von Vater Staat. Das ist mehr, als ich brauche. Sollte sich das ändern, lasse ich's dich wissen.«

Sammy lebte mit seinem riesigen Bernhardiner, Sam junior, in einer umgebauten Garage. Er brauchte tatsächlich nicht viel, zumal er keine Wünsche außer der Reihe zu haben schien.

Sammy kämmte Jack das Haar und rasierte ihn. Dann redeten die beiden Freunde eine Weile miteinander. Besser gesagt, Sammy erzählte ein bisschen, und Jack hörte zu. Den Rest der Zeit saßen sie schweigend beieinander. Jack war es egal. Allein durch Sammys Gegenwart fühlte er sich besser.

Nachdem Sammy gegangen war, griff Jack zum Stift und strich den 21. Dezember ab. Das war ganz schön optimistisch, denn der Tag hatte gerade erst begonnen. Er legte Stift und Kalender wieder weg.

Und dann passierte es.

Er konnte nicht mehr atmen. Zuckend setzte er sich auf, aber das machte es nur noch schlimmer. Jack spürte das Hämmern seines Herzens und den Krampf in der Lunge. Sein Gesicht wurde erst rot, dann weiß, als der Sauerstoff aus seinem Körper wich und nicht ersetzt wurde.

Der 21. Dezember, schoss es ihm durch den Kopf, *mein letzter Tag auf Erden.*

»Pop-pop?«

Jack hob den Blick und sah, wie sein Sohn das Ende des Luftschlauchs in der Hand hielt, das normalerweise mit der Pumpe verbunden war. Der Junge hielt es hoch, als wollte er es seinem Dad zurückgeben.

»Jackie!«

Eine entsetzte Lizzie erschien in der Tür, riss ihrem Sohn den Schlauch aus der Hand und steckte ihn rasch wieder in die Pumpe. Augenblicke später strömte der Sauerstoff wieder, und Jack fiel schwer atmend aufs Bett zurück und füllte gierig seine Lunge.

Lizzie war sofort neben ihm. »O Gott, Jack.« Sie zitterte am ganzen Körper.

Jack hob die Hand zum Zeichen, dass alles okay sei.

Lizzie fuhr herum und schnauzte ihren Sohn an: »Das war böse, Jackie! Sehr, sehr böse!«

Jackies Gesicht fiel förmlich in sich zusammen, und er heulte los.

Lizzie schnappte sich den Jungen und trug ihn aus dem Zimmer. Er versuchte, sich zu befreien, blickte Jack über Lizzies Schulter hinweg an und streckte flehend die Arme nach ihm aus.

»Pop-pop!«, heulte er.

Jack liefen die Tränen übers Gesicht, als das Jammern seines Sohnes draußen auf dem Flur verebbte. Doch als er dann Lizzie schluchzen hörte und sich vorstellte, wie sie sich die Seele aus dem Leib weinte, fragte er sich, was sie getan hatte, um so etwas ertragen zu müssen.

Manchmal, dachte Jack, *ist Leben schwieriger als Sterben.*

KAPITEL 3

Spät am nächsten Tag erwachte Jack von einem Nickerchen und sah, wie seine Tochter Mikki die Flurtür öffnete. Sie trug einen Gitarrenkoffer bei sich. Jack winkte sie zu sich. Sie schloss die Tür und kam pflichtbewusst in sein Zimmer geschlurft.

Mikki hatte dunkles Haar wie Jack, hatte es aber so bunt gefärbt, dass Jack nicht wusste, wie man es jetzt nennen sollte. Und sie schoss förmlich in die Höhe. Ihre Beine waren lang und schlank, und an Hüfte und Brust legte sie allmählich zu. Doch auch wenn sie so tat, als wäre sie jetzt erwachsen, war ihr Gesicht noch immer halb Kind, halb Frau. Nächstes Jahr würde sie auf die Highschool wechseln. Wo war nur die Zeit geblieben?

»Ja, Dad?«, sagte sie, ohne Jack anzuschauen.

Jack hatte darüber nachgedacht, was er ihr sagen wollte, aber da gab es nicht viel. Selbst als er noch gesund gewesen war, hatten er und Mikki sich auseinandergelebt.

Das war meine Schuld, überlegte er, *nicht ihre.*

»Deine Eins ...« Er atmete tief ein und versuchte ein Lächeln.

Mikki grinste. »Toll, nicht? Leider meine einzige. Mom hat dir davon erzählt, was?«

»Ja.«

»Schön, dass du dich freust.« Verlegen schaute sie zu Boden. »Tut mir leid, Dad, aber ich muss jetzt los. Da warten ein paar Leute auf mich. Wir müssen üben.«

Sie spielte in einer Band, das wusste Jack, auch wenn er sich nicht an den Namen erinnern konnte.

»Okay. Pass auf dich auf.«

Mikki wandte sich zum Gehen, zögerte dann aber. Nervös spielte sie mit den Fingern am Griff des Gitarrenkoffers. Dann drehte sie sich wieder um, blickte ihrem Vater aber immer noch nicht in die Augen. »Ich wollte dir nur sagen, ich hab den Sauerstoffschlauch mit Klebeband an der Pumpe festgemacht, damit er nicht mehr so einfach rausgerissen werden kann. Jackie hat nicht gewusst, was er getan hat. Mom hätte ihn nicht so hart rannehmen sollen.«

Jack atmete mehr Sauerstoff. »Danke«, sagte er mühsam.

Ein Teil von ihm wünschte sich, dass er Mikki anschaute, ein anderer wollte es nicht. Er wollte nicht das Mitleid in ihren Augen sehen, weil ihr großer, starker Vater zu diesem hilflosen Bündel geworden war. Jack fragte sich, wie Mikkis Mann wohl sein würde. Und wo würden sie leben? Weit weg von Cleveland?

Ob sie wohl mein Grab besuchen wird?

»Mikki ...«

»Dad, ich muss jetzt wirklich gehen. Ich bin spät dran.«

»Ich hoffe, du hast einen ... schönen Tag, Süße.«

Jack glaubte, ihre Lippen kurz zittern zu sehen, doch dann drehte sie sich um und ging. Ein paar Augenblicke später schloss sich die Haustür hinter ihr. Jack schaute zum Fenster hinaus. Mikki hüpfte durch den Schnee und stieg in einen Wagen, den einer ihrer Freunde fuhr. Nie zuvor hatte Jack sich so losgelöst vom Leben gefühlt.

Nach dem Abendessen spielte Cory – voll kostümiert – den Grinch für seinen Vater. Cory war ein braungelockter, stämmiger Zwölfjähriger, dessen schlaksige Gliedmaßen jedoch darauf hindeuteten, dass er noch in die Höhe schießen würde. Jack hatte in dem Alter genauso ausgesehen. Lizzies Eltern waren zum Abendessen gekommen und wollten sich bei der Gelegenheit Corys »Show« ansehen. Sie hatten Cecilia mitgebracht, Lizzies Großmutter. Cecilia war eine elegante Dame in den Achtzigern, die eine Gehhilfe und ein tragbares Sauerstoffgerät brauchte. Sie war in South Carolina geboren, wo sie auch den größten Teil ihres Lebens verbracht hatte. Nach dem Tod ihres Mannes – und aufgrund zunehmender gesundheitlicher Probleme – war sie zu ihrer Tochter gezogen.

Cecilia scherzte, sie und Jack sollten ihr eigenes Sauerstoffgeschäft aufbauen, schließlich hätten sie ja genug von dem Zeug. Die alte Dame würde ebenfalls sterben, wenn auch nicht ganz so schnell wie Jack. Auch für sie würde es das letzte Weihnachtsfest sein, doch sie hatte ein langes und erfülltes Leben gehabt und ihren Frieden mit dem Schicksal gemacht. Sie war immer gut drauf, erzählte vom Leben in den Südstaaten, von den Teepartys und Debütantinnenbällen und wie sie nachts hinter der Kirche heimlich geraucht und getrunken hatte. Dann und wann aber ertappte Jack sie dabei, wie sie ihn verstohlen anschaute, und er fühlte ihre Trauer über sein Leid.

Als Cory seine Vorstellung beendet hatte, beugte Cecilia sich vor und flüsterte Jack ins Ohr: »Es ist Weihnachten. Die Zeit der Wunder.« Sie sagte das nicht zum ersten Mal, trotzdem keimte auch diesmal Hoffnung in Jack auf.

Dann aber dachte er an die Aussagen des Arztes, und der Hoffnungsfunke erlosch so schnell, wie er gekommen war.

Sechs Monate. Acht, wenn Sie Glück haben.

Die Wissenschaft, schien es, übertrumpfte die Hoffnung.

Um elf Uhr hörte Jack, wie die Haustür sich öffnete, und Mikki schlich herein. Jack glaubte, sie in seine Richtung schauen zu sehen, doch sie kam nicht in sein Zimmer. Als er noch gesund gewesen war, hatten er und Lizzie streng über das Kommen und Gehen ihrer Tochter gewacht. Lizzie hatte diese Überwachung noch monatelang aufrechterhalten, nachdem Jack krank geworden war. Nun aber hatte sie kaum noch Zeit, sich zu duschen oder etwas zu essen, geschweige denn, ein Auge auf ihre Tochter zu halten, und das nutzte Mikki weidlich aus.

Als alle schliefen, griff Jack unter sein Kopfkissen und zog den Stift darunter hervor. Diesmal strich er keine Daten im Kalender durch. Er nahm sich ein Blatt Papier, entfaltete es vorsichtig und breitete es auf einem Buch aus, das er vom Nachttisch nahm. Dann begann er zu schreiben. Er brauchte lange, mindestens eine Stunde, um eine Seite zu schreiben. Seine Handschrift war krakelig, weil er so schwach war, doch seine Gedanken waren klar. Es würde sieben dieser Briefe geben, einen für jeden Tag in der letzten Woche seines Lebens; das Datum war so sauber auf den Briefkopf geschrieben, wie Jack es mit seiner zitternden Hand konnte. Jeder Brief begann mit »Liebe Lizzie« und endete mit »In Liebe, Jack«. Im eigentlichen Text versuchte Jack, alles, was er für seine Frau empfand, in Worte zu fassen, so gut er es vermochte. Auch wenn er nicht mehr lebte, schrieb er, würde er immer für sie da sein.

Diese letzten Briefe, hatte Jack inzwischen erkannt, waren das Wichtigste, was er in seinem ganzen Leben tun würde. Mühsam erarbeitete er sich jedes einzelne Wort, damit es auch ja das richtige war. Als er fertig war, steckte er den Brief in einen Umschlag, markierte ihn mit einer Zahl und legte ihn in den Nachttisch neben seinem Bett.

Den letzten Brief würde er Heiligabend schreiben, nachdem alle zu Bett gegangen waren.

Jack drehte den Kopf und schaute aus dem Fenster. Selbst in der Dunkelheit konnte er sehen, dass es heftig schneite.

Jetzt wusste er, wie sich ein zum Tode Verurteilter fühlte, der sich keines Verbrechens schuldig gemacht hatte. Die Zeit, die ihm noch blieb, war kostbar, und er hatte nicht die Absicht, auch nur eine Sekunde davon zu verschwenden.

KAPITEL 4

Jack strich den 24. Dezember auf seinem Kalender ab. Einen letzten Brief musste er noch schreiben. Mit der Nummer sieben auf dem Umschlag würde dieser Brief dann in die Schublade wandern. Wenn er, Jack, tot war, würde Lizzie die Briefe lesen. Jack hoffte, dass sie ihr wenigstens ein bisschen Trost spenden würden.

Was ihn selbst anging, hatte allein schon das Schreiben ihn getröstet. Es hatte ihm geholfen, sich auf das wirklich Wichtige im Leben zu konzentrieren.

Und im Tod.

Jacks Schwiegermutter, Bonnie, war bei ihm geblieben, während der Rest der Familie zu Corys Schulaufführung gegangen war. Lizzie hatte auf den Tisch gehauen und Mikki gezwungen, ebenfalls mitzugehen. Bonnie hatte es sich mit einer Tasse Tee und einem Buch bequem gemacht, während Jack auf einem Stuhl am Fenster hockte und darauf wartete, dass der Pick-up mit den anderen kam.

Sammy schaute vorbei. Er trat sich den Schnee von den Stiefeln und zog seine Strickmütze aus, sodass sein langes, zotteliges Haar herabfiel. Er setzte sich neben Jack und reichte ihm ein Geschenk. Als Jack es öffnete, hob er überrascht den Blick.

Es waren fünf Eintrittskarten für Disney World, die das ganze nächste Jahr über eingelöst werden konnten.

Sammy packte Jack an der Schulter. »Ich erwarte, dass du und deine Familie dorthin fahren.«

Jack schaute zu Bonnie, die in sanftem Tadel den Kopf schüttelte. Bonnie O'Toole glaubte nicht an Wunder – Sammy schon. Er glaubte tatsächlich daran, dass Jack die Eintrittskarten nutzen würde.

Jack klopfte Sammy auf den Arm, lächelte und nickte.

Nachdem Sammy gegangen war, schaute Jack sich die Karten an. Er freute sich über das Vertrauen seines Freundes, aber Jack war der Einzige, der wirklich wusste, wie nah er dem Ende war. Er hatte so hart gekämpft, wie er konnte. Er wollte nicht sterben und seine Familie verlassen, aber so weiterleben konnte er auch nicht. Unentschlossen richtete Jack seine Gedanken auf den letzten Brief, den er schreiben würde. Wenn er die richtigen Worte gefunden hatte und das Papier sicher im Umschlag steckte, würde er in Frieden gehen können. Das war ein kleiner, aber wichtiger Orientierungspunkt.

Aber damit würde er warten, bis Weihnachten vorüber war und ein neuer Tag dämmerte. Es war ihm ein Trost zu wissen, dass er sein Schicksal wenigstens noch ein kleines bisschen selbst bestimmen konnte, auch wenn es dabei nur um den Zeitpunkt seines Todes ging.

Jack sah das Scheinwerferlicht des ankommenden Pick-ups. Bonnie ging zur Tür und machte auf. Jack schaute durchs Fenster aufgeregt zu, wie die Kinder aus dem Wagen sprangen. Lizzies Vater führte sie die Einfahrt hinauf. Er trug Jackie auf dem Arm, weil es draußen zu glatt war. Es schneite immer noch; allerdings hatte es im Radio geheißen, wegen der tiefen Temperaturen falle mehr Eis als Schnee, was das Autofahren umso gefährlicher machte.

Jacks Blick blieb auf Lizzie ruhen, die den Pick-up abschloss und sich dann umdrehte, aber nicht zum Haus, sondern in die entgegengesetzte Richtung. Jack hatte die Person nicht bemerkt, die auf Lizzie zukam, denn er hatte sich ganz auf sie konzentriert. Nun erschien der Mann in Jacks Blickfeld. Es war Bill Miller. Sie alle drei – Lizzie, Bill und Jack – waren gemeinsam zur Schule gegangen. Bill hatte mit Jack in der Baseballmannschaft gespielt und war auch bei Jacks und Lizzies Hochzeit dabei gewesen. Bill war Single, arbeitete als Installateur und kam gut zurecht.

Jack drückte seine Nase ans Glas, als er sah, wie Bill nahe an seine Frau herantrat. Lizzie warf sich die Handtasche über die Schulter und wischte sich die Haare aus der Stirn. Die beiden standen so nah beieinander, dass Jack nicht zwischen ihnen hindurchsehen konnte. Er beobachtete, wie Bill sich zu Lizzie beugte, und sah, wie seine Frau sich auf die Zehenspitzen aufrichtete. Und dann taumelte Bill zurück, als Lizzie ihm eine Ohrfeige verpasste.

So schwach er war, richtete Jack sich auf dem Stuhl auf. Am liebsten wäre er auf Bill losgegangen, um die Ehre seiner Frau zu verteidigen. Er sah, wie Bill Miller in die Dunkelheit davonwankte, während Lizzie zum Haus kam. Kurz darauf hörte Jack, wie sie sich den Schnee von den Stiefeln klopfte.

Dann kam sie in Jacks Zimmer, zog sich den Schal aus und rieb sich die kalten Hände. Ihr Gesicht war gerötet, und sie schaute Jack nicht an, wie sie es sonst immer tat.

»Jetzt ist es Zeit für die Geschenke«, sagte sie. »Dann fahren Mom und Dad nach Hause. Aber sie kommen morgen wieder. Okay, Liebling? Es wird ein toller Tag.«

»Wie geht es deiner Hand?«

Sie schaute ihn an. »Was?«

Jack deutete zum Fenster. »Ich glaube, Bill kann

von Glück sagen, dass du ihn nicht k. o. geschlagen hast.«

»Er war betrunken, sonst hätte er sich das nicht getraut. Dieser Blödmann!«

Jack wollte etwas erwidern, schwieg dann aber und wandte sich ab. Lizzie setzte sich neben ihn.

»Du glaubst doch nicht, dass Bill und ich …«

Jack nahm Lizzies Hand. »Natürlich nicht.« Er küsste sie auf die Wange.

»Was ist es dann? Irgendetwas macht dir doch Sorgen.«

»Du bist noch jung, und du hast drei Kinder.«

»Ja.« Lizzie versuchte sich an einem Lächeln, das aber sofort wieder verschwand, als sie sah, wie Jack es meinte.

»Du brauchst jemanden in deinem Leben«, sagte er.

»Ich will nicht darüber reden.« Lizzie versuchte aufzustehen, doch Jack hielt sie fest.

»Lizzie, sieh mich an. Bitte.«

Sie wandte sich ihm wieder zu. Tränen schimmerten in ihren Augen.

»Du wirst einen anderen finden.«

»Nein.«

»Doch, wirst du.«

»Ich habe ein erfülltes Leben. Da ist kein Platz für …«

»Doch, Lizzie, da ist Platz genug.«

»Müssen wir jetzt darüber reden? Es ist Heiligabend.«

»Ich kann nicht allzu wählerisch sein, was den Zeitpunkt betrifft.« Nach dem vielen Reden nahm Jack einen tiefen Zug Sauerstoff.

Lizzie wurde rot. »Das habe ich nicht gemeint. Ich … Du siehst heute besser aus. Vielleicht haben die Ärzte sich …«

»Nein, Lizzie.«

Sie legte die Hand auf die Augen. »Wenn ich an solche Dinge denke, heißt das … Ich will nicht … Du könntest …«

Jack nahm sie in die Arme. »Mit der Zeit kommt alles wieder in Ordnung. Ich verspreche es dir. Geh es einfach langsam an. Und sei glücklich.« Er zwang Lizzie, ihn anzuschauen, und wischte ihr die Tränen ab. Irgendwie brachte er ein Lächeln zustande. »Aber entscheide dich um Himmels willen nicht für Bill.«

Lizzie lachte, doch ihr Lachen verwandelte sich rasch in ein ersticktes Schluchzen. Jack hielt sie fest.

Als sie sich schließlich voneinander lösten, putzte Lizzie sich die Nase und sagte: »Ich habe gerade über den nächsten Sommer nachgedacht. Ich wollte mit dir darüber reden.«

Dass sie noch immer seine Meinung hören wollte, rührte Jack. »Ja, sicher.«

»Vermutlich hältst du mich für dumm …«

»Wieso?«

»Ich habe daran gedacht, mit den Kindern in den Palast zu fahren.«

»In den Palast? Da warst du nicht mehr, seit …«

»Ich weiß. Aber ich glaube, dass die Zeit dafür gekommen ist. Nach dem, was ich so gehört habe, ist das Haus in einem schlechten Zustand. Sicher, das bedeutet viel Arbeit, aber für einen Sommer wird das schon okay sein.«

»Bist du sicher? Ich weiß, wie hart das für dich gewesen ist.«

Lizzie zog ein Foto aus der Tasche und zeigte es Jack. »Das habe ich mir schon seit Jahren nicht mehr angeschaut. Erinnerst du dich noch, wie ich es dir zum ersten Mal gezeigt habe?«

Es war ein Bild der O'Tooles, als ihre Kinder noch klein gewesen waren.

Jack schaute sich das Foto an. »Das da neben dir ist Tillie, deine Zwillingsschwester.«

»Mom hat immer gesagt, sie habe uns nie voneinander unterscheiden können.«

»Tillie war fünf, als sie gestorben ist, nicht wahr?«

»Fast sechs. Meningitis. Die Ärzte konnten nichts mehr tun.« Kurz schaute Lizzie zu Jack, nahm den Blick dann aber wieder fort, als hätte sie gedacht: *Genau wie bei dir.*

»Das muss schlimm für dich gewesen sein. Für euch alle.«

»Ich weiß noch, wie meine Eltern mir erzählt haben, Tillie sei jetzt im Himmel.« Lizzie lächelte, gleichzeitig rannen ihr Tränen über die Wangen. »Es gibt da einen alten Leuchtturm auf dem Gelände, weißt du. Er war damals noch in Betrieb. Es war wunderschön.«

»Ich kann mich erinnern, dass du mir davon erzählt hast. Der Palast gehört immer noch deiner Großmutter, nicht wahr?«

»Ja«, antwortete Lizzie. »Ich wollte sie fragen, ob sie etwas dagegen hat, wenn wir im Sommer runterfahren.«

»Ich habe nie verstehen können, warum die O'Tooles das Meer und die Sonne gegen das kalte Cleveland getauscht haben«, bemerkte Jack.

»Zum Teil war ich wohl der Grund dafür.«

»Wieso?«

»Ich habe es dir nie wirklich erzählt. Vielleicht hatte ich es einfach vergessen. Aber in letzter Zeit habe ich oft an Tillie gedacht, und …« Ihr versagte die Stimme.

»Sag es mir, Lizzie. Bitte.«

Sie schaute ihn an. »Als meine Eltern mir sagten, meine Schwester sei im Himmel, wollte ich sie suchen. Ich konnte nicht begreifen, dass sie nicht mehr da war. Aber ich wusste, der Himmel ist über uns, also habe ich nach ihm gesucht, um Tillie da oben zu finden.«

»Nun ja, du warst damals ein kleines Mädchen, wie du schon sagtest.«

»Ich bin immer wieder den Leuchtturm hinaufgeklettert. Damals ging das noch. Und dann habe ich mithilfe des Leuchtfeuers nach dem Himmel gesucht ... nach Tillie.« Sie hielt kurz inne und ließ ein leises Schluchzen hören. »Ich habe weder den Himmel noch Tillie gefunden.«

Jack nahm sie wieder in die Arme. »Ist okay, Lizzie, ist schon okay«, sagte er leise.

Lizzie wischte sich die Augen mit seinem Hemd ab und fuhr fort: »Ich war besessen von dem Gedanken. Ich weiß selbst nicht warum. Aber jeder Tag, der verging, ohne dass ich Tillie gefunden habe, hat schrecklich wehgetan. Und als ich älter wurde und meine Eltern mir beibrachten, dass Tillie tot sei ... Das hat auch nicht viel geholfen.« Sie hielt kurz inne. »Ich kann nicht glauben, dass ich dir das nie erzählt habe. Wahrscheinlich, weil ich mich ein bisschen dafür geschämt habe.«

»Dafür musst du dich nicht schämen. Du hattest deinen Zwilling verloren. Und du warst noch ein kleines Kind.«

»Als wir dann nach Ohio gezogen sind, wusste ich, dass ich Tillie niemals finden würde, wenn ich weiter in den Himmel schaute. Ich wusste, sie war fort. Und der Leuchtturm funktionierte ohnehin nicht mehr. Aber ich glaube, meine Eltern, besonders meine Mom, wollten mich von dort wegbringen. Sie fand, es sei nicht gut für mich. Dabei war ich einfach nur ... dumm.«

»Nein, Lizzie. Du hast eben so empfunden.«

»Jedenfalls ... Deshalb habe ich darüber nachgedacht, noch mal dorthin zu fahren. Ich will es noch mal sehen und den Kindern zeigen, wie und wo ich aufgewachsen bin.« Sie schaute Jack an und lächelte. »Diesmal, ohne dass ich besessen bin.«

»Ich finde, das ist eine großartige Idee«, sagte Jack. »Die Kinder werden begeistert sein.«

Lizzie rieb ihm die Schulter. »Man weiß nie, Jack. Vielleicht wirst du es ja auch genießen. Mit deiner Geschicklichkeit könntest du den Palast reparieren, sogar den Leuchtturm.« Es war offensichtlich, dass sie verzweifelt daran glauben *wollte*.

Jack versuchte sich an einem Lächeln. »Ja, das wäre fein.«

Doch trotz dieser hoffnungsvollen Worte kannten beide die Wahrheit.

Jack würde den Palast niemals sehen.

KAPITEL 5

Später an jenem Abend half Jacks Schwiegervater ihm in einen Rollstuhl und fuhr ihn ins Wohnzimmer, wo der kleine Weihnachtsbaum stand. Er war mit Lametta und blauen und roten Kugeln geschmückt. Für gewöhnlich besorgte Jack einen richtigen großen Baum für Weihnachten, aber dieses Jahr war das unmöglich gewesen.

Die Kinder hatten heiße Schokolade und Snacks. Mikki spielte sogar ein paar Weihnachtslieder auf der Gitarre, obwohl es ihr ziemlich peinlich zu sein schien. Cory erzählte von der Schulaufführung, und Lizzie wuselte herum und sorgte dafür, dass jeder bekam, was er brauchte. Dann legte sie ein Video ein, damit Jack die Aufzeichnung der Schulaufführung sehen konnte. Schließlich bereiteten Jacks Schwiegereltern sich auf den Aufbruch vor. Immer mehr Eis sammelte sich auf den Straßen, und sie wollten nach Hause, solange es noch möglich war. Lizzies Vater half Jack ins Bett. An der Tür umarmte Lizzie ihre Eltern noch einmal. Jack hörte, wie Bonnie ihrer Tochter sagte, sie solle durchhalten; kurz vor dem Morgen sei es stets am dunkelsten.

»Die Kinder sind jetzt das Wichtigste«, sagte ihr Dad. »Und hinterher sind wir für dich da.«

Dann hörte Jack, wie Lizzie sagte: »Ich habe darüber nachgedacht, mal mit Cee zu sprechen.« Damit meinte sie Cecilia, ihre Großmutter.

»Worüber denn?«, fragte Bonnie rasch und in einem Tonfall, der nicht gerade enthusiastisch klang.

»Ich habe mir überlegt, nächsten Sommer mit den Kindern in den Palast zu fahren, vielleicht sogar die ganzen Sommerferien über. Deshalb möchte ich sichergehen, dass Cee nichts dagegen hat.«

Nach kurzem Schweigen erwiderte Bonnie: »Der Palast! Lizzie, du weißt doch ...«

»Mom. Nicht.«

»So etwas brauchst du jetzt am wenigsten, Lizzie. Besonders nicht in dieser Situation. Es ist zu schmerzlich.«

»Das war vor langer Zeit«, entgegnete Lizzie leise. »Jetzt ist es anders. Es ist okay. Ich bin damit fertig. Schon lange. Mir geht es gut. Hättet ihr euch die Zeit dafür genommen, hättet ihr es bemerkt.«

»Es ist nie lange genug«, entgegnete ihre Mutter. »Und dir geht es *nicht* gut.«

»Lass uns heute nicht darüber streiten. Bitte«, sagte Lizzie.

Nachdem ihre Eltern gegangen waren, hörte Jack, wie seine Frau sich seinem Zimmer näherte. Dann erschien sie in der Tür.

»Cory hat sehr gut gespielt«, sagte sie. »Ich zeig dir das Video später noch mal, okay?«

Jack nickte stumm, den Blick fest auf ihr Gesicht gerichtet. Das Ticken der Uhr neben seinem Bett klang wie ein Hämmern in seinem Kopf.

»Ich habe gehört, wie du mit deiner Mutter gesprochen hast«, sagte er. »Lass dir die Fahrt zum Palast nicht von ihr ausreden, Lizzie. Gib nicht klein bei.«

»Meine Mutter kann manchmal ein bisschen ...«

»Ich weiß. Tu es einfach. Fahr zum Palast. Versprichst du es mir?«

Sie nickte und lächelte. »Ich verspreche es. Brauchst du sonst was?«

Jack schaute auf die Uhr und deutete auf den

Schlauch unter seinem Schlüsselbein, über den er seine Schmerzmittel bekam.

»O Gott. Deine Medikamente!« Lizzie ging zu einem kleinen Schrank in der Ecke, wo sie die Mittel aufbewahrte. Dann hielt sie plötzlich inne, einen Ausdruck des Erschreckens auf dem Gesicht.

»Ich habe vergessen, heute dein Rezept abzuholen. Das Theaterstück ... Ich hab's einfach vergessen!« Sie schaute auf die Uhr. »Die Apotheke hat noch auf. Ich hole die Medikamente sofort.«

»Nein, Lizzie. Ich komme auch ohne zurecht. Ich brauche sie wirklich nicht.«

»Es dauert nur ein paar Minuten. Ich bin gleich wieder da. Und dann können wir in aller Ruhe über den nächsten Sommer sprechen.«

»Lizzie, du musst nicht ...«

Aber sie war schon weg.

Die Haustür knallte. Dann hörte Jack, wie der Motor ihres Vans angelassen wurde. Kurz darauf fuhr der Wagen in hohem Tempo die Straße hinunter.

* * *

Irgendwann später erwachte Jack und wusste für den Moment nicht, wo er war. Langsam drehte er sich um und sah Mikki auf dem Stuhl neben seinem Bett dösen. Sie musste heruntergekommen sein, als er geschlafen hatte. Er schaute aus dem Fenster. Lichter huschten am Haus vorbei. Einen Augenblick lang hatte er die absurde Vorstellung, gerade eben sei der Weihnachtsmann gekommen. Und dann hörte er es und versuchte, sich aufzurichten. Da waren Geräusche auf dem Dach.

Ein Rentier? Was zum Teufel war hier los?

Das Geräusch erklang erneut. Nur erkannte Jack diesmal, dass es nicht vom Dach kam. Jemand hämmerte an die Tür.

»Mom? Dad?« Es war Cory. Seine Stimme kam näher, und er streckte den Kopf ins Zimmer. Er trug seinen Schlafanzug und blickte aufgeschreckt drein. »Da ist jemand an der Tür!«

Inzwischen war auch Mikki aufgewacht. Sie reckte sich und sah Cory auf der Türschwelle stehen.

»Da ist jemand«, wiederholte ihr Bruder. »An der Tür!«

Mikki schaute zu ihrem Vater. Er starrte hinaus zu den flackernden Lichtern. Es kam ihm beinahe so vor, als wäre gerade ein Raumschiff im Vorgarten gelandet. *In Cleveland?* Jack glaubte zu halluzinieren. Doch als er zu Mikki schaute, erkannte er, dass sie es ebenfalls sah. Jack hob die Hand, deutete zur Haustür und nickte seiner Tochter zu.

Mit ängstlicher Miene ging sie zur Tür und öffnete. Der Mann, der draußen stand, war groß, trug eine Uniform und hatte eine Waffe am Gürtel. Er sah durchgefroren und müde aus, und er fühlte sich offenbar nicht wohl in seiner Haut.

»Ist dein Dad da?«, fragte er Mikki. Sie wich zurück und deutete auf seine Zimmertür. Der Polizeibeamte trat sich den Schnee von den Füßen und kam ins Haus. Das Quietschen des Waffengürtels klang wie ein leiser Schrei. Der Mann ging in die Richtung, in die Mikki zeigte, sah Jack im Bett liegen, umgeben von Schläuchen und Geräten, und murmelte etwas vor sich hin. Dann schaute er zu Mikki und Cory. »Kann er mich verstehen? Ich meine, ist er sehr krank?«

»Er ist sehr krank, aber er kann Sie verstehen«, antwortete Mikki.

Der Cop trat neben das Bett. Jack richtete sich auf die Ellbogen auf. Er keuchte. Vor Aufregung gierte seine geschwächte Lunge nach so viel Luft, dass das Herz nicht mehr Schritt halten konnte.

Der Beamte schluckte. »Mr. Armstrong?« Er hielt kurz inne, während Jack zu ihm aufschaute. »Ich fürchte, Ihre Frau hatte einen Unfall.«

KAPITEL 6

Jack saß festgeschnallt im Rollstuhl und starrte auf den Sarg seiner Frau. Mikki und Cory saßen neben ihm. Jackie war noch zu jung, sodass eine Nachbarin sich um ihn kümmerte. Der Priester trat auf sie zu und gab Jack und den Kindern die heilige Kommunion. Jack wäre beinahe an der Hostie erstickt, doch schließlich gelang es ihm, sie hinunterzuschlucken. Ironischerweise war es die erste feste Nahrung, die er seit Monaten zu sich genommen hatte.

Bei der Beerdigung meiner Frau.

Das Wetter war kalt, der Himmel bewölkt. Der Wind drang selbst durch die dicksten Mäntel. Die Straßen waren noch immer vereist und tückisch. Sie waren in einer Limousine des Bestattungsunternehmens zum Friedhof gefahren, die extra für die Familie zur Verfügung gestellt worden war. Jacks Schwiegervater, Fred, saß vorn neben dem Fahrer, während Jack und die Kinder sich mit Lizzies Mutter, Bonnie, im Fond drängten. Bonnie hatte kaum ein Wort geredet, nachdem sie erfahren hatte, dass ihre jüngste Tochter bei einem Unfall ums Leben gekommen war: Lizzie hatte mit ihrem Van eine rote Ampel überfahren und war von einem Schneepflug erfasst worden. Sie war auf der Stelle tot gewesen.

Die Zeremonie am Grab war gnädig kurz gewesen. Der Priester schien zu verstehen, dass einige der älteren Leute nicht durchhalten würden, wenn er sich nicht beeilte.

Jack schaute zu Mikki. Sie hatte ihr stacheliges Haar zurückgebunden und trug ein schwarzes Kleid, das ihr bis über die Knie reichte. Mit leerem Blick starrte sie auf den Sarg. Cory wiederum hatte ihn nicht einmal angeschaut. Schließlich wurde Jack zum Sarg geschoben. Er legte die Hand darauf, murmelte ein paar Worte und lehnte sich wieder zurück. Er fühlte sich vollkommen desorientiert. In seinen Gedanken hatte er diese Szene schon hundert Mal durchgespielt. Nur hatte *er* da im Sarg gelegen, und Lizzie hatte sich von *ihm* verabschiedet. Doch plötzlich stand die ganze Welt kopf.

»Bald bin ich bei dir, Lizzie«, sagte Jack mit stockender Stimme. Die Worte wirkten hohl und gezwungen, doch ihm fiel nichts anderes ein.

Als er zusammenzubrechen drohte, packte ihn eine starke Hand und hielt ihn fest.

»Schon okay, Jack. Wir bringen dich jetzt zum Wagen.« Er hob den Blick und sah Sammy Duvall.

Sammy schob ihn in Rekordzeit zur Limousine. Bevor er die Tür schloss, legte er Jack tröstend die Hand auf die Schulter. »Ich werde immer für dich da sein, alter Junge.«

Sie wurden nach Hause gefahren. Lizzies Fehlen war wie eine schwelende Wunde, für die es kein Heilmittel gab. Jackie wurde von der Nachbarin gebracht. Dann wurde Essen aufgetragen, und es gab einen einfachen Leichenschmaus, bei dem sich die bedrückten Gäste leise unterhielten. Mehr als einmal erwischte Jack die anderen dabei, wie sie ihn anstarrten. Ohne Zweifel dachten sie: *Mein Gott, was jetzt?*

Jack dachte das Gleiche. *Was jetzt?*

Zwei Stunden später war das Haus leer mit Ausnahme von Jack, den Kindern und den Schwiegereltern. Die Kinder verschwanden sofort. Ein paar Minuten später hörte Jack Gitarrenklänge aus Mikkis Zimmer. Die Melodie war abgehackt und melancholisch. Cory und Jackie teilten sich ein Zimmer, doch von dort kam kein Geräusch. Jack stellte sich vor, wie Cory weinte, während ein verwirrter Jackie ihn zu trösten versuchte.

Bonnie und Fred O'Toole schauten genauso verstört und ratlos drein, wie Jack sich fühlte. Sie hatten vorgehabt, ihrer kerngesunden Tochter und deren Kindern beim Übergang zum Witwendasein zu helfen, bis sie ihr Leben allein weiterführen konnten. Ohne Lizzie musste Jack sich nun eingestehen, dass seine Beziehung zu seinen Schwiegereltern stets nur oberflächlich gewesen war.

Fred war ein großer Mann. Er war übergewichtig, sodass gesundheitliche Probleme über kurz oder lang kaum ausbleiben würden. Außerdem neigte er dazu, sich seiner Frau in allem unterzuordnen, ob es um Sport oder um Autos ging, mit denen er sich von Berufs wegen beschäftigte, was ihn als Autoverkäufer nach Cleveland geführt hatte. Fred war ein Mann, der lieber auf den Boden starrte, als jemandem in die Augen zu schauen, es sei denn, er wollte einem das neueste Ford-Modell schmackhaft machen. Dann wurde er sogar lebhaft – zumindest so lange, bis man den Vertrag unterzeichnet hatte.

Bonnie war kleiner als ihre Tochter. Als inzwischen gut sechzigjährige Mutter von vier erwachsenen Kindern war ihre Figur aus dem Leim gegangen. Ihr Haar war weiß und extrem kurz geschnitten, und ihre Brille war so groß, dass sie fast die gesamte obere Gesichtshälfte bedeckte.

Fred seufzte unablässig und rieb sich die Hände an der frisch gebügelten Hose, als wolle er sich irgendwelchen Schmutz abwischen. Bonnie trug noch immer ihr schwarzes Kleid. Sie saß vollkommen still auf der Couch und schaute an die Decke.

Fred seufzte erneut, und diesmal erregte er damit Bonnies Aufmerksamkeit.

»Nun denn«, sagte sie. »Nun denn ...«

Fred und Jack drehten sich zu ihr um. Bonnie warf Jack einen kurzen Blick zu, den er nicht zu deuten vermochte.

Fred half Jack ins Bett, und da lag er dann in der Dunkelheit und starrte an die Decke. Die Tage nach Lizzies Tod waren weit schlimmer gewesen als die, nachdem er sein eigenes Todesurteil vernommen hatte. Seinen Tod hatte er akzeptiert, ihren nicht. Er konnte nicht. Mikki und Cory hatten seitdem kaum ein Wort gesprochen, und Jackie durchstreifte verzweifelt das Haus, suchte nach seiner Mutter und weinte, wenn er sie nicht finden konnte.

Jack zog die Schublade seines Nachttisches auf und holte die sechs Briefe heraus. Heiligabend hatte er natürlich keinen geschrieben. In den Briefen hatte er dem Menschen sein Herz ausgeschüttet, den er über alles liebte. Als er sich die Briefe nun ansah, diese verschwendeten Worte, verließ sein Mut ihn vollends.

Jack weinte nur selten. Im Nahen Osten hatte er Kameraden einen schrecklichen Tod sterben sehen. Er hatte gesehen, wie sein Vater an Lungenkrebs gestorben war, und nun war er auf der Beerdigung seiner Frau gewesen. Bei jedem dieser Ereignisse hatte er ein paar Tränen vergossen, aber nicht lange, und stets hatte er die Fassung bewahrt. Nun starrte er an die Decke. Eine Million Gedanken schwirrten ihm durch den Kopf, und keiner davon war gut oder schön oder tröstlich. Er weinte leise, während Lizzies Gesicht seinen Blick von irgendwo dort oben erwiderte.

KAPITEL 7

Am nächsten Morgen übernahm Bonnie das Kommando. Mit Fred im Schlepptau kam sie zu Jack. »Das wird nicht leicht, Jack«, sagte sie und warnte: »Aber wir haben wirklich nicht viel Zeit.« Sie straffte die Schultern und versuchte sich an einem mitfühlenden Blick. »Die Kinder kommen natürlich zuerst. Ich habe mehrmals mit Becky und Frances gesprochen.«

Frances und Becky waren Lizzies ältere Schwestern und an der Westküste zu Hause. Der einzige Bruder, Fred junior, war unverheiratet und lebte in Europa. Er hatte es nicht zur Beerdigung geschafft.

»Becky kann Jack junior nehmen, und Frances hat sich bereit erklärt, sich um Cory zu kümmern. Damit bleibt nur Michelle.« Bonnie hatte sie nie Mikki genannt.

»*Nur* Michelle?«, erwiderte Jack.

Für einen Moment schaute Bonnie verdutzt drein. Als sie wieder sprach, war ihr Tonfall deutlich weniger autoritär und versöhnlicher. »Das ist für uns alle hart. Du weißt, dass Fred und ich vorhatten, nächstes Jahr nach Tempe zu ziehen, wenn mit Lizzie und den Kindern alles geregelt ist. Wir wären sogar dieses Jahr schon gegangen, aber dann bist du krank geworden, und wir sind geblieben, weil Familien das in solchen Fällen nun mal tun. Wir haben unser Bestes getan, für euch alle.«

»Ich weiß das zu schätzen, Bonnie. Ohne euch hätten wir es nicht geschafft.«

Diese Bemerkung schien Bonnie zu freuen. Sie lächelte und nahm seine Hand. »Danke. Das bedeutet uns sehr viel. Wir werden Michelle mit uns nehmen. Und weil Jack junior in Portland bei Becky sein wird und Cory in L. A. bei Frances, werden sie dann wenigstens alle an der Westküste sein. Ich bin sicher, sie werden einander oft sehen. Das ist die beste Lösung, die uns eingefallen ist.«

»Wann?«, fragte Jack.

»Die Weihnachtsferien sind fast vorbei. Wahrscheinlich können die Kinder im Laufe des nächsten Monats umziehen. Wir sind zu dem Schluss gekommen, dass es aus verschiedenen Gründen nicht gut wäre, bis zum Frühling zu warten. Für die Kinder wird es so insgesamt besser sein.«

»Und für euch auch«, erwiderte Jack, doch kaum hatte er es gesagt, wünschte er sich, er hätte den Mund gehalten.

Bonnies versöhnlicher Gesichtsausdruck verschwand. »Ja, für uns auch. Wir kümmern uns um die Kinder, Jack. Sie werden ein Heim haben – bei Menschen, die sie lieben. Dagegen kannst du doch nichts haben.«

Jack legte die Hand auf die Brust. »Und was ist mit mir?«

»Darauf komme ich noch.« Bonnie stand auf, schaute ihn aber nicht an. Stattdessen starrte sie an eine Stelle über seinem Kopf. »Wir haben an ein Hospiz gedacht. Ich werde mich um die Einzelheiten kümmern.« Jetzt blickte sie ihn an. Jack sah, dass sie nicht allzu glücklich über diesen Vorschlag war. »Wenn wir uns in der Zeit, die dir noch bleibt, um dich kümmern könnten, würden wir es tun, Jack. Aber wir sind nicht mehr die Jüngsten, und mit Michelle im Haus …«

»Und nach Lizzies Tod«, fügte Fred hinzu.

Jack und Bonnie starrten ihn an. Beide schienen überrascht zu sein, dass er noch da war und dann auch noch sprach. »Ja, und Lizzie«, sagte Bonnie. »Nun ja …«

Jack atmete tief ein und nahm all seine Kraft zusammen. Dann sagte er: »Es sind *meine* Kinder. Deshalb ist es auch *meine* Entscheidung.«

Fred schaute zu Jack und dann zu seiner Frau. Doch Bonnie hatte nur Augen für Jack.

»Du kannst nicht für die Kinder sorgen«, sagte sie. »Du kannst ja noch nicht mal für dich selbst sorgen. Lizzie hat sich um alles gekümmert. Aber jetzt ist sie nicht mehr da.« Ihre Augen funkelten, und ihre Stimme besaß wieder einen harten Unterton.

»Trotzdem bleibt es meine Entscheidung«, erwiderte Jack trotzig, wusste aber selbst nicht, worauf er damit eigentlich hinauswollte.

»Wer kümmert sich dann um die Kinder?«, fragte Bonnie. »Wenn wir nichts tun, liegt es nicht mehr in unserer Hand, und sie kommen in Pflegefamilien und sehen sich vielleicht nie wieder. Willst du das?« Sie setzte sich neben ihn, ihr Gesicht nur wenige Zentimeter von seinem entfernt. »Willst du das wirklich?«

Jack atmete krampfhaft ein. Zusammen mit seiner Kraft wich auch seine Entschlossenheit. »Warum kann ich nicht einfach hierbleiben?« Wieder nahm er einen kräftigen Zug Sauerstoff. »Bis die Kinder gehen?«

»Ein Hospiz ist viel billiger. Tut mir leid, wenn das herzlos klingt, aber das Geld ist nun mal knapp, deshalb müssen harte Entscheidungen getroffen werden.«

»Dann soll ich also allein sterben?« Jack hielt kurz inne. »Danke. Ich weiß das zu schätzen.«

Bonnie schaute zu ihrem Mann. Seiner Miene nach

zu urteilen, stand Fred in diesem Punkt eindeutig auf Jacks Seite.

»Das ist wirklich nicht richtig, Bonnie«, sagte er. »Ihm einfach so die Familie wegzunehmen ... und das nach allem, was passiert ist.«

Jack warf ihm einen anerkennenden Blick zu.

»Ja, darüber habe ich auch schon nachgedacht.« Bonnie seufzte. »Jack, ich will nicht herzlos sein. Ich sorge mich auch um dich. Ich *will* das alles nicht.« Sie legte eine kurze Pause ein. »Aber die Kinder haben gerade erst ihre Mutter verloren, und ...« Bonnie verstummte.

Langsam dämmerte Jack, worauf sie hinauswollte.

»Und jetzt sollen sie nicht auch noch mich sterben sehen, nachdem sie gerade erst Lizzie verloren haben.«

Bonnie breitete die Hände aus. »Ja. Aber du hast recht, du bist ihr Vater. Also werde ich die Entscheidung dir überlassen. Sag mir, was ich tun soll, und ich werde es tun. Wir können die Kinder hierlassen, bis ... bis du von uns gehst. Nach deiner Beerdigung können sie dann umziehen. Sie können bis zum Ende bei dir bleiben.«

»Wenn du etwas willst, Jack«, sagte Fred, »werden wir uns darum kümmern. Okay?«

Jack schwieg so lange, dass Bonnie sich schließlich erhob, ihren Sweater um die Schultern zog und erklärte: »Gut, wir werden hierher zu den Kindern ziehen. Dann können wir einen häuslichen Pflegedienst bestellen. Lizzie hatte eine Lebensversicherung. Mit dem Geld können wir ...«

»Nehmt die Kinder.«

Fred und Bonnie schauten Jack an. Er wiederholte: »Nehmt die Kinder. Was macht es für einen Sinn, wenn sie mich sterben sehen? Sie waren schon auf einer Beerdigung. Warum sollten sie da noch eine zweite durchstehen müssen?«

»Bist du sicher?«, hakte Bonnie nach.

»Ja«, sagte Jack. »Arrangiert alles, sobald ihr könnt.« *Es wird nicht lange dauern*, dachte er. *Nicht jetzt. Nicht, nachdem Lizzie von uns gegangen ist.*

Als Bonnie sich zum Gehen wandte, erstarrte sie. Mikki und Cory standen in der Tür.

»Ich dachte, ihr wärt oben«, sagte Bonnie nervös.

»Meint ihr nicht, dass uns das auch etwas angeht?«, fragte Mikki geradeheraus.

»Ich glaube, die Erwachsenen sollten entscheiden, was für die Kinder am besten ist.«

»Ich bin kein Kind mehr!«, stieß Mikki hervor.

»Michelle«, sagte Bonnie, »das ist für uns alle schwer. Wir versuchen doch nur, unter den gegebenen Umständen das Beste zu tun. Ihr habt eure Mutter verloren und ich meine Tochter.« Bonnies Stimme schwankte. »Das ist nicht leicht, Liebes.«

Mikki schaute zu ihrem Vater. Hilflos erwiderte Jack ihren Blick. Er fühlte den Zorn, den seine Älteste ausstrahlte. »Ihr seid alle Loser!«, schrie Mikki, rannte aus dem Haus und knallte die Tür hinter sich zu.

Bonnie schüttelte den Kopf und rieb sich die Augen, ehe sie sich wieder Jack zuwandte. »Das verlangt uns allen große Opfer ab«, sagte sie und verließ das Zimmer. Fred trottete gehorsam hinter ihr her.

Cory stand einfach nur da und starrte seinen Vater an.

»Cory …«, begann Jack, doch sein Sohn drehte sich um und rannte nach oben.

Eine Minute verging. Jack fühlte sich in seinem Bett wie eine Schildkröte, die auf den Rücken gefallen war.

»Jack?«

Er hob den Blick und sah Bonnie in der Tür. Sie hielt irgendetwas in der Hand.

»Die Polizei hat das gestern gebracht.« Sie hob die

Tasche mit Jacks Medikamenten. »Die haben sie im Van gefunden. Es war verdammtes Pech, dass Lizzie wegen der Medikamente noch mal rausmusste, obwohl es so eisig war. Hätte sie es nicht getan, wäre sie noch am Leben.«

»Ich habe ihr gesagt, sie soll nicht fahren. Ich habe nicht gewollt, dass das passiert.«

»Es ist aber passiert«, erwiderte Bonnie, lief hinaus und weinte hemmungslos.

KAPITEL 8

Das Zimmer war klein, aber sauber. Aber das war auch nicht das Problem. Jack hatte schon mit zehn anderen Infanteristen monatelang in einem Wellblechverschlag geschlafen, und das mitten in der Wüste, wo es entweder zu kalt oder zu heiß gewesen war. Was Jack hier nicht gefiel, waren die Geräusche. Menschen in den letzten Tagen ihres Lebens gaben nicht gerade angenehme Laute von sich. Husten, Würgen, Schmerzensschreie, aber hauptsächlich Stöhnen. Und es hörte nie auf. Dann war da das Quietschen der Räder, wenn jemand auf der Bahre davongefahren wurde, und das Knistern frischer Wäsche, wenn das Zimmer für den nächsten Sterbenden auf der Warteliste vorbereitet wurde.

Die meisten Patienten hier waren schon älter, aber Jack war nicht der Jüngste. Zwei Türen weiter gab es einen Jungen im letzten Stadium der Leukämie. Als Jack in sein Zimmer gefahren worden war, hatte er den kleinen Jungen in seinem Bett gesehen: kahl, mit leerem Blick, angeschlossen an zahllose Schläuche. Er hatte kaum geatmet, nur noch darauf gewartet, dass es endlich vorbei war. Seine Familie kam jeden Tag, und seine Mutter war fast ständig bei ihm. Sie setzten fröhliche Gesichter auf, wann immer sie an seiner Seite waren, und brachen in Tränen aus, kaum dass sie das Zimmer verlassen hatten. Jack hatte es mehr als einmal gesehen, wenn sie an seiner Zimmertür vorbeigekommen waren. Sie gingen gebeugt und heulten in die Hände, die sie vors Gesicht geschlagen hatten. Auch sie warteten nur noch auf das Ende – und gleichzeitig fürchteten sie sich davor.

Jack griff unter sein Kissen und zog den Kalender hervor. 11. Januar. Er strich ihn ab. Er war nun seit fünf Tagen hier. Durchschnittlich, so hatte er gehört, blieben die Leute drei Wochen hier. Ohne Lizzie waren das drei Wochen zu viel.

Wieder griff Jack unter sein Kissen und zog die sechs inzwischen zerknitterten Briefe an Lizzie hervor. Er hatte sie sich von Sammy aus dem Haus holen lassen, bevor es verkauft worden war. Nun hielt er sie in der Hand. Das Papier war voller Tränenflecken, denn er griff mehrmals am Tag nach ihnen. Was sollte er auch sonst mit der Zeit anfangen, die ihm geblieben war?

Die Briefe drückten nun auf sein Herz – aus einem ganz einfachen Grund: Lizzie würde sie nie lesen. Sie würde nie wissen, was er in den letzten Tagen seines Lebens empfunden hatte. Sie würde nie erfahren, wie sehr er sie geliebt hatte. Gleichzeitig waren die Briefe das Einzige, was ihn in Frieden und mit einem Rest an Würde sterben ließ.

Jack steckte die Briefe wieder weg, lag einfach nur da und lauschte dem Quietschen der Bahre, als ein weiterer Patient hinausgefahren wurde, was mit besorgniserregender Regelmäßigkeit geschah. Bald würde er selbst auf dieser Bahre liegen.

Jack drehte den Kopf, als seine Kinder hereinkamen, gefolgt von Fred. Er war überrascht, Cecilia mit ihrer Gehhilfe und dem tragbaren Sauerstofftank zu sehen. Es fiel ihr schwer, bei diesem Wetter ins Freie zu gehen, doch für Jack hatte sie die Mühe auf sich genommen. Jackie kletterte sofort auf den Schoß seines Vaters, während Cory sich aufs Bett setzte. Die

Arme trotzig vor der Brust verschränkt, stand Mikki an der Tür und hielt sich so weit von allen entfernt, wie sie nur konnte. Sie trug eine ausgeblichene Jeans mit Löchern an den Knien, schwere Stiefel, einen ärmellosen Parka und ein schwarzes, langärmeliges T-Shirt, auf dem »Remember Darfur« stand. Ihr Haar war jetzt orange gefärbt und stacheliger denn je. Es bildete einen beinahe erschreckenden Kontrast zu den dunklen Ringen unter ihren Augen.

Cory hatte etwas gesagt, auf das Jack sich jetzt erst konzentrierte: »Aber Dad, du wirst hier sein und wir weit weg.«

»Offenbar will *Dad* das so«, bemerkte Mikki in scharfem Ton.

Jack drehte sich zu ihr um. Die Blicke von Vater und Tochter trafen sich, bis Mikki sich schließlich abwandte und die Augen verdrehte.

Jackie, der noch immer damit kämpfte, nicht mehr in die Windeln zu machen, sondern aufs Töpfchen zu gehen, kletterte vom Bett und verzog das Gesicht.

»Opa?«, sagte Mikki. »Jackie muss auf den Topf. Aber diesmal gehe ich nicht mit ihm.«

Fred sah, was los war, und scheuchte Jackie den Flur hinunter zur Toilette.

Kaum war er verschwunden, sagte Jack: »Du musst gehen, Cory.« Er schaute Mikki nicht an, als er hinzufügte: »Ihr alle.«

»Aber Dad, dann sind wir nicht mehr zusammen«, jammerte Cory. »Wir werden uns nie wiedersehen.«

Cecilia, die bis jetzt stumm zugehört hatte, meldete sich zu Wort. »Ich gebe dir mein Wort, Cory, dass du deinen Bruder und deine Schwester bald und oft wiedersehen wirst.«

Mikki trat vor. Ihr müdes Gesicht nahm einen trotzigen Ausdruck an. »Okay, aber was ist mit Dad? Soll er etwa alleine hierbleiben? Das ist nicht fair!«

»Ich werde bei euch sein«, sagte Jack, »und eure Mutter auch … im Geiste«, fügte er ein wenig lahm hinzu.

»Mom ist tot. Sie kann bei niemandem mehr sein«, sagte Mikki wütend.

»Mikki!«, tadelte Cecilia sie. »Das war nicht nötig.«

»Aber es ist doch wahr!«, wehrte Mikki sich. »Ihr müsst uns nicht anlügen. Es ist schon schlimm genug, dass ich mit *denen da* in Arizona leben muss.«

Cory traten Tränen in die Augen, und er schluchzte leise. Jack zog ihn zu sich heran.

Jackie und Fred kamen zurück, und der Besuch dauerte noch eine weitere halbe Stunde. Cecilia ging als Letzte. »Du wirst nie allein sein, Jack«, sagte sie zum Abschied. »Im Herzen sind wir immer beieinander.«

Die Worte waren schön, und sie kamen von Herzen, das wusste Jack.

Aber Jack Armstrong glaubte schon seit Langem nicht mehr an Wunder. Doch er hatte eine Frage.

»Cecilia?«

Sie drehte sich noch einmal um, offenbar überrascht vom Drängen in seiner Stimme. »Ja, Jack?«

»Lizzie hat mir gesagt, sie will mit den Kindern nächsten Sommer in den Palast fahren.«

Cecilia trat näher. »Das hat sie dir gesagt?«, fragte sie. »In den Palast? Mein Gott. Nach all dieser Zeit …«

»Ich weiß. Aber vielleicht … vielleicht könnten die Kinder ja irgendwann hinfahren.«

Cecilia nickte. »Ich werde dafür sorgen, Jack. Das verspreche ich dir.«

KAPITEL 9

Sie alle besuchten Jack zum letzten Mal. Später am Tag würden sie in ihr neues Heim fliegen. Bonnie und Fred waren ebenfalls da. Cory und Jackie klammerten sich an Jack, drückten und küssten ihn und redeten gleichzeitig auf ihn ein.

Jack lag auf seinem Bett. Er trug einen frischen Kittel. Sein Gesicht und sein Körper waren ausgemergelt. Die Geräte, die ihm das Leben erleichterten, liefen auf vollen Touren. Er schaute jedes seiner Kinder der Reihe nach an – zum letzten Mal, das wusste er. Er hatte Bonnie bereits angewiesen, seinen Leichnam verbrennen zu lassen. »Keine Beerdigung«, hatte er zu ihr gesagt. »Ich will nicht, dass die Kinder das noch einmal durchstehen müssen.«

»Ich rufe dich an, sobald ich da bin, Dad«, sagte Cory, der einfach nicht den Blick von seinem Dad wenden konnte.

»Ich auch!«, fiel Jackie ein.

Jack atmete mehrmals tief ein, um sich auf das vorzubereiten, was getan werden musste. In ein paar Minuten würden seine Kinder für immer fort sein, und er war fest entschlossen, diese letzten Augenblicke so erinnerungswürdig und glücklich wie möglich zu gestalten.

»Ich habe hier was für euch«, sagte Jack. Er hatte sich von Sammy drei Kästchen aus dem Haus bringen lassen. Langsam nahm er sie aus einer Kommode neben dem Bett und gab eines Cory und ein anderes Jackie. Das Letzte hielt er Mikki hin. »Für dich.«

»Was ist das?«, fragte sie und täuschte Desinteresse vor, doch Jack sah deutlich, dass ihre Neugier geweckt war.

»Schau doch nach.«

Sie seufzte, schlurfte zum Bett und nahm das Kästchen von ihrem Vater entgegen.

»Macht auf«, sagte Jack.

Cory und Jackie öffneten die Kästchen und schauten auf die Orden mit der purpurnen Schleife.

Mikkis Geschenk war anders.

Fred erklärte ihr: »Das ist ein Bronze Star. Den bekommt man für besondere Tapferkeit im Kampf. Dein Dad war ein echter Held. Die anderen beiden sind Purple Hearts. Die bekommt man für … wenn man im Kampf verwundet wird.« Verlegen schaute er zu Cory und Jackie.

Jack sagte: »Öffnet die Kästchen, und denkt an mich. So werde ich für immer bei euch sein.«

Selbst Bonnie schien von dieser Geste zutiefst gerührt zu sein, und sie tupfte sich die Augen mit einem Taschentuch ab. Doch Jack schaute sie nicht an. Er beobachtete seine Tochter. Vorsichtig berührte sie den Orden, und ihr Mund begann zu zittern. Als sie den Blick wieder hob und sah, dass ihr Dad sie beobachtete, schloss sie das Kästchen rasch und steckte es in ihren Rucksack.

Cecilia blieb als Letzte. Sie setzte sich neben Jack und nahm seine Hand.

»Wie fühlst du dich wirklich, Jack?«

»Meinst du in Bezug auf das Sterben oder weil ich mich gerade endgültig von meinen Kindern verabschiedet habe?«, erwiderte er schwach.

»Ich meine, hast du das Gefühl, dass du loslassen willst?«

Jack drehte sich zu ihr um. Der Verwirrung und

Wut, die sich auf seinem Gesicht abzeichneten, begegnete Cecilia mit vollkommener Ruhe.

»Ich bin in einem Hospiz, Cecilia. Ich bin tot.«

»Nein, bist du noch nicht.«

Jack wandte sich ab und machte einen weiteren gequälten Atemzug. »Das ist nur eine Frage der Zeit. Ein paar Tage. Du lieber Himmel, vielleicht sogar nur Stunden.«

»Willst du loslassen?«

»Ja. Das will ich.«

Nachdem Cecilia gegangen war, lag Jack in seinem Bett. Er hatte das letzte Band zu seiner Familie durchtrennt. Es war vorbei. Er musste den Kalender nicht mehr hervorholen. Es gab keine Daten mehr abzustreichen. Jacks Hand wanderte zum Rufknopf. Die Zeit war gekommen. Er hatte es mit seinem Arzt abgesprochen. Gleich würde man die Geräte abschalten, die ihn am Leben erhielten. Er war fertig. Es war Zeit zu gehen. Jetzt wollte er nur noch Lizzie sehen. Er rief sich ihr Gesicht ins Gedächtnis. »Es ist Zeit, Lizzie«, murmelte er. »Es ist Zeit.« Das Gefühl der Erleichterung war beinahe greifbar.

Doch Jacks Hand zuckte vom Knopf weg, als Mikki zurückkehrte und den Orden in die Höhe hielt. »Ich wollte nur sagen … Das war ziemlich cool.«

Vater und Tochter schauten einander an wie zwei alte Freunde, die sich seit einer Ewigkeit nicht mehr gesehen hatten und nun durch Zufall aufeinandergetroffen waren. Da war etwas in Mikkis Augen, das Jack schon lange nicht mehr gesehen hatte.

Mikki war wieder sein kleines Mädchen.

»Mikki?«, sagte er, und seine Stimme bebte.

Sie lief durchs Zimmer und umarmte ihn. Ihr Atem brannte an seinem kalten Hals, wärmte ihn und sandte neue Kraft in alle Fasern seines Körpers. Jack erwiderte ihre Umarmung so fest, wie seine schwindende Kraft es erlaubte.

»Ich liebe dich«, sagte sie. »Ich liebe dich sehr.«

Ihr Körper zitterte vor Schmerz, dem Trauma eines Kindes, das schon bald Waise sein würde.

Als Mikki aufstand, schaute sie Jack nicht an, und als sie sprach, klang ihre Stimme heiser. »Leb wohl, Daddy.«

Dann drehte sie sich um und lief hinaus.

»Leb wohl, Michelle«, murmelte Jack ins leere Zimmer.

KAPITEL 10

Jack lag ein paar Stunden lang einfach nur da, bis der Tag in die Nacht überging. Die Uhr tickte, und er rührte sich nicht. Sein Atem ging regelmäßig, angetrieben von der Maschine, die ihn am Leben hielt, indem sie seine Lunge mit Sauerstoff füllte. Doch irgendetwas brannte in seiner Brust, das er weder genau identifizieren noch lokalisieren konnte. Seine Gedanken waren auf die letzte Umarmung seiner Tochter gerichtet, auf ihr Flehen, sie nicht zu verlassen. Mit dem Ende seines Lebens, mit seinem letzten Atemzug würden die Armstrong-Kinder ohne Eltern sein.

Jacks Finger hatten den ganzen Tag immer wieder über dem Rufknopf geschwebt, um den Arzt zu bitten, ihn gehen zu lassen. Doch er hatte den Knopf nie gedrückt.

Die Uhr tickte, und das Brennen in Jacks Brust schwoll an. Es war nicht schmerzhaft. Tatsächlich wärmte es sogar seinen Hals, seine Arme, seine Beine, seine Füße und seine Hände. Seine Augen tränten und trockneten dann aus. Ein Schluchzen kam und ging. Und noch immer war er in Gedanken bei seiner Tochter. Die letzte Umarmung, das letzte Flehen.

Die Krankenschwestern kamen und gingen. Jack wurde mit einer Flüssigkeit ernährt, die man ihm wie eine Kugel in den Körper schoss. Die Uhr tickte, und die Luft wurde in seine Lunge gepumpt. Genau um Mitternacht fühlte Jack sich mit einem Mal seltsam. Seine Lunge zog sich zusammen wie damals, als Jackie den Schlauch aus der Pumpe gezogen hatte.

Vielleicht war es das jetzt, dachte Jack, *Rufknopf hin oder her.*

Nicht einmal die Maschinen konnten ihn noch am Leben erhalten. Er hatte sich oft gefragt, wie dieser Augenblick sich anfühlen würde, der Augenblick des Todes. Als er im Irak im brennenden Wrack seines Humvee eingeklemmt gewesen war, hatte er sich die gleiche Frage gestellt: Würde er seine letzten Augenblicke auf Erden weit weg von Lizzie und den Kindern verbringen? Wie würde es sich anfühlen? Und was erwartete ihn?

Er hatte Angst, aber wer würde sich nicht davor fürchten? Die letzte Reise. Die eine Reise, die jeder allein antreten musste. Ohne den Trost eines Gefährten. Und wenn man keinen Glauben hatte, dann auch ohne Hoffnung auf das, was einen erwartete.

Jack atmete tief ein, dann noch einmal. Seine Lunge wurde tatsächlich schwächer. Er bekam nicht mehr genügend Sauerstoff hinein, um sein Leben zu erhalten. Er griff nach dem Schlauch in seiner Nase. Und da erkannte er das Problem: Die Sauerstoffzufuhr war unterbrochen.

Jack knipste die Nachttischlampe an und drehte sich zur Wand um. Er sah, dass der Schlauch sich aus dem Ventil gelöst hatte. Allerdings musste das Ventil geschlossen sein, sonst hätte er ein Zischen gehört. Er wollte gerade den Rufknopf drücken, beschloss dann aber, selbst zu versuchen, den Schlauch wieder anzubringen.

In diesem Augenblick fiel es ihm auf.

Wie lange atme ich jetzt schon ohne Hilfe?

Er schaute auf den Monitor, der seine Körperfunktionen überwachte. Der Alarm war nicht ausgelöst worden, obwohl es schon längst hätte der Fall sein müssen. Und als Jack sah, wie hoch der Sauerstoffgehalt in seinem Blut war, wusste er warum. Der Wert war nicht gesunken.

Wie ist das möglich?

Es gelang Jack, den Schlauch wieder anzuschließen, und er atmete mehrmals tief ein. Dann zog er den Schlauch aus seiner Nase und atmete, so lange er konnte. Zehn Minuten später spürte er die Anstrengung in seiner Lunge und steckte den Schlauch wieder hinein.

Was ist hier los?

Im Laufe der nächsten zwei Stunden zog er immer wieder den Schlauch heraus und atmete allein, bis er schließlich bei fünfzehn Minuten war. Normalerweise fühlte seine Lunge sich an wie ein Sack nasser Zement. Jetzt aber war sie halbwegs normal.

Um drei Uhr morgens setzte Jack sich im Bett auf und tat das Undenkbare. Er klappte das Seitengitter hinunter und schwang die Beine herum, sodass seine Füße aus dem Bett baumelten. Stück für Stück rückte er vor, bis seine Zehen den kalten Fliesenboden berührten. Jeder Teil seines Körpers war vor Anstrengung aufs Äußerste angespannt, doch nach und nach stemmte er sich in die Höhe, bis seine Beine sein Gewicht trugen. Doch er konnte nur ein paar Sekunden so stehen, ehe er wieder aufs Bett sank. Keuchend vor Erschöpfung und mit vor Anstrengung brennender Lunge versuchte er es noch zweimal. Jeder Muskel in seinem Körper zitterte unter der Last. Doch als der Schweiß auf seiner Stirn abkühlte, lächelte Jack, und das aus gutem Grund.

Er war gerade zum ersten Mal seit Monaten aus eigener Kraft aufgestanden.

Am nächsten Morgen, nachdem die Krankenschwester ihre Runde gemacht hatte, rutschte er wieder zur Bettkante, und seine Zehen berührten abermals den Boden. Dann aber geschah es: Er rutschte mit den Händen am Laken ab und brach auf dem Boden zusammen. Zuerst überfiel ihn Panik, und er versuchte verzweifelt, den Rufknopf zu erreichen, doch der war zu weit weg. Dann beruhigte er sich wieder und ging mit der gleichen methodischen, pragmatischen Art zu Werke, die ihn im Irak und in Afghanistan hatte überleben lassen.

Jack packte die Bettkante. Er verstärkte seinen Griff und zog. Sein ausgezehrter Körper bebte, zitterte und verkrampfte sich, bis er endlich wieder oben war. Triumphierend lag er da, und hart verdienter Schweiß tränkte seinen Kittel.

In dieser Nacht schaffte er es bis ins Badezimmer und schaute sich zum ersten Mal seit Monaten im Spiegel an. Es war kein schöner Anblick. Er sah nicht aus wie vierunddreißig, eher wie vierundachtzig. Ein Gefühl der Hoffnungslosigkeit überkam ihn. Er machte sich nur etwas vor. Doch als er sich im Spiegel betrachtete, hörte er eine vertraute Stimme in seinem Kopf.

Du schaffst das, Jack.

Die Stimme gehörte Lizzie. Natürlich konnte es nicht sein, und doch war es so.

Jack schloss die Augen.

»Wirklich?«, fragte er.

Ja, antwortete sie. *Du musst, Jack. Für die Kinder.*

Jack stolperte zum Bett zurück und legte sich hin. Hatte Lizzie wirklich zu ihm gesprochen? Er wusste es nicht. Natürlich war das unmöglich. Aber was zurzeit mit ihm geschah, war genauso unmöglich.

Er schloss die Augen, beschwor Lizzies Bild herauf und lächelte.

In der nächsten Nacht hörte er das Quietschen der Bahre. Der Patient nebenan musste nicht mehr leiden. Er war jetzt an einem besseren Ort. Jack hatte den Mann, einen Prediger, mit der Bibel in der Hand durch den Flur gehen sehen. *Ein besserer Ort.* Doch Jack dachte nicht mehr ans Sterben. Zum ersten Mal seit Verkündung seines Todesurteils konzentrierte er sich auf das Leben.

Als die Uhr am nächsten Tag Mitternacht anzeigte, stemmte Jack sich aus dem Bett und ging durchs Zimmer, wobei er sich mit einer Hand an der Wand abstützte. Er fühlte sich schon kräftiger, und seine Lunge arbeitete wieder einigermaßen normal. Es war, als würde sein Körper sich von Minute zu Minute selbst heilen. Jack hörte ein Grummeln im Bauch. Erst jetzt wurde ihm klar, dass er Hunger hatte. Er wollte keine Flüssigkeit mehr eingespritzt bekommen. Er wollte richtiges Essen. Essen, das man riechen und schmecken konnte.

Immer wieder kniff er sich in den Arm, um sich zu überzeugen, dass er nicht träumte. Aber es war kein Traum. Es war nicht bloß Einbildung. Es war real.

Nein, nicht einfach nur real.

Es war ein Wunder.

KAPITEL 11

Zwei Wochen vergingen. Jack feierte seinen fünfunddreißigsten Geburtstag mit einer Gewichtszunahme von zwei Kilo und dem völligen Verzicht auf zusätzliche Sauerstoffzufuhr. Doch Wunder hin oder her – er hatte noch einen weiten Weg vor sich, denn im Laufe der Monate war sein Körper verkümmert. Er musste wieder zu Kräften kommen und weiter an Gewicht zulegen. Mehrere Stunden am Stück saß er im Stuhl, und mit einer Gehhilfe schaffte er es sogar regelmäßig allein bis ins Badezimmer.

Dinge, die Jack – wie die meisten Menschen – stets als selbstverständlich betrachtet hatte, stellten auf einmal bemerkenswerte Siege auf dem Weg zur vollständigen Gesundung dar. Er konnte wieder eine Gabel in der Hand halten und damit feste Nahrung zu sich nehmen. Er wusch sich selbstständig das Gesicht und benutzte die Toilette anstatt der Bettpfanne. Er konnte seine Zehen berühren und sein Gesicht im Spiegel sehen.

Die Angestellten des Hospizes waren äußerst hilfsbereit gewesen, nachdem klar geworden war, dass Jack sich erholte. Wahrscheinlich waren sie glücklich darüber, dass endlich ein Patient dieses Haus nicht auf einer Bahre verließ.

Bei jeder Gelegenheit rief Jack seine Kinder auf dem alten Handy an. Jackie plapperte so viel und schnell, dass man ihn kaum verstehen konnte. Doch

Jack fühlte, dass seine älteren Kinder sich fragten, was los war.

»Kannst du zu uns ziehen, Dad?«, wollte Cory wissen.

»Wir werden sehen, Kumpel«, antwortete Jack. »Wir wollen nichts überstürzen.«

Mit Hilfe der Mitarbeiter im Hospiz konnte Jack seine Kinder über Skype auch auf dem Laptop sehen, den einer der Haustechniker ihm gebracht hatte. Cory und Jackie freuten sich unbändig darüber, dass ihr Dad wieder besser aussah. Mikki war zurückhaltender und vorsichtiger als ihre Brüder, doch Jack spürte deutlich, dass auch sie neugierig war.

»Du klingst kräftiger, Dad«, sagte sie.

»Ich fühle mich auch besser.«

»Heißt das ...?« Sie hielt inne. »Ich meine, wirst du ...?«

Auch wenn Jack glaubte, ein echtes Wunder zu erleben, fürchtete er sich davor, dass seine Erholung nur vorübergehend sein könnte. Und er wollte seine Kinder diesen Albtraum nicht noch einmal erleben lassen. Aber das bedeutete nicht, dass er nicht mit ihnen sprechen oder sie sehen durfte.

»Ich weiß es nicht, Liebling. Ich versuche es herauszufinden.«

Einmal war Bonnie auf dem Computerbildschirm erschienen, nachdem Mikki das Zimmer verlassen hatte. Sie war sehr viel direkter gewesen und hatte kurz und knapp gefragt: »Was ist hier los?«

»Mich gibt es immer noch.«

»Der Arzt im Hospiz will nicht mit mir reden. Ärztliche Schweigepflicht, hat er gesagt.«

»Ich weiß«, hatte Jack erwidert. »Aber ich fühle mich schon besser. Mit jedem Tag werde ich kräftiger. Wie läuft es mit Mikki?«

»Gut. Sie hat sich eingewöhnt. Aber darum geht es nicht. Wir müssen *deine* Situation klären.«

»Das versuche ich doch schon. Jeden Tag.«

Und so war es immer weitergegangen, Tag für Tag, Woche für Woche. Über Skype und telefonisch hatte Jack die Fragen seiner Kinder beantwortet. Und allmählich wurde ihm klar, dass selbst Mikki die Situation erfasste. Jedes Mal, wenn er sie lächeln sah, verlieh es ihm neuen Mut.

An einem kalten, stürmischen Montagmorgen im Februar ging Jack aus eigener Kraft den Flur hinunter. Er hatte inzwischen fünf Pfund zugelegt; sein Gesicht war runder geworden, seine Haare wuchsen wieder, und sein Appetit war besser denn je. Außerdem bekam er keine Schmerzmittel mehr, denn die Schmerzen waren verschwunden.

Der Arzt des Hospizes setzte sich Ende der Woche mit Jack zusammen. »Ich bin nicht sicher, was hier los ist, Jack, aber ich werde Ihr Blut noch mal untersuchen lassen und andere Tests durchführen, um herauszufinden, was wir hier haben. Ich möchte Ihnen aber keine falschen Hoffnungen machen.«

Jack starrte ihn stumm an, einen Löffel mit Suppe an den Lippen.

Der Arzt fuhr fort: »Schauen Sie ... Wenn es so weitergeht, ist das fantastisch, und niemand würde sich mehr freuen als ich, denn wie Sie wissen, sterben meine Patienten für gewöhnlich. Wir helfen ihnen lediglich, in Würde von uns zu gehen.«

»Aber?«, hakte Jack nach.

»Aber Ihre Krankheit ist ausgesprochen kompliziert. Und sie verläuft immer tödlich. Vielleicht haben wir es nur mit einer vorübergehenden Besserung zu tun.«

»Ja, vielleicht. Darüber habe ich auch schon nachgedacht.«

»Ich will jetzt nicht schwarzmalen, aber *vermutlich* ist das so.«

»Hat sich der Zustand anderer Patienten mit meiner Krankheit denn schon mal auf Dauer gebessert?«

Der Arzt schaute ihn überrascht an. »Nein. Jedenfalls hab ich nie von einem solchen Fall gehört.«

»Mehr wollte ich nicht wissen.«

Der Arzt wirkte verwirrt. »Wie meinen Sie das?«

»Ich weiß, dass ich im Sterben gelegen habe. Aber jetzt nicht mehr.«

»Wie können Sie so sicher sein?«

»Ich weiß es einfach.«

»Jack, ich muss Ihnen sagen, was mit Ihnen geschieht, ist medizinisch unmöglich.«

»Medizin ist nicht alles.«

Der Arzt musterte ihn von Kopf bis Fuß und sah die neu entwickelten Muskeln, das vollere Gesicht und die vor Energie funkelnden Augen.

»Warum geschieht das mit Ihnen, Jack? Was glauben Sie?«, fragte er schließlich.

»Sie sind Arzt. Das würden Sie nicht verstehen.«

»Ich bin aber auch ein Mensch, und als Mensch würde ich das gerne wissen.«

Jack griff in die Schublade, holte ein Foto heraus und reichte es dem Arzt.

Es war ein Bild von Lizzie und den Kindern.

»Deswegen«, sagte Jack.

»Ich dachte, Ihre Frau sei gestorben.«

Jack schüttelte den Kopf. »Das ist egal.«

»Was?«

»Wenn man jemanden wirklich liebt, dann liebt man ihn für immer.«

KAPITEL 12

Zwei Tage später war Jack in seinem Zimmer und aß eine vollständige Mahlzeit. Er hatte schon wieder drei Pfund zugelegt. Der Arzt kam herein und hockte sich auf die Bettkante.

»Okay, jetzt glaube ich offiziell an Wunder«, verkündete er. »Die Ergebnisse der Blutuntersuchung sind gekommen. Negativ. Es findet sich nicht mehr die geringste Spur der Krankheit. Es ist, als hätte jemand sie aus Ihrem Körper verjagt. So etwas habe ich noch nie gesehen. Es gibt keine medizinische Erklärung dafür.«

Jack schluckte einen Mundvoll Kartoffelpüree hinunter und lächelte. »Freut mich, dass Sie das endlich auch eingesehen haben.«

Am Abend sah er seine Kinder via Computer.

»Wann kommst du mich besuchen, Dad?«, platzte Cory heraus.

»Ich hoffe, bald, Großer. Ich sag dir Bescheid. Ich habe noch einen langen Weg vor mir, aber ich werd's schon schaffen.«

Mikkis Reaktion überraschte Jack – leider auf unangenehme Weise.

»Ist das ein Trick?«, wollte sie wissen.

Jack setzte sich langsam auf und betrachtete ihr Gesicht auf dem Monitor. »Ein Trick? Wie meinst du das?«

»Als wir dich verlassen haben, hast du im Sterben

gelegen. Dafür sind Hospize schließlich da. Du hast uns allen Lebewohl gesagt. Du hast mich zu Opa und zu *ihr* geschickt!«

»Das ist kein Trick, Liebling. Ich werde wieder gesund.«

Mikki brach in Tränen aus. »Holst du uns dann wieder nach Hause? Ich hasse es hier!«

»Ich tue mein Bestes, Süße. Ich glaube, mit ein bisschen Zeit ...«

Mikki drückte eine Taste, und der Monitor wurde schwarz.

Jack lehnte sich zurück. Er hörte das Quietschen der Bahre nicht, als die Frau gegenüber ihre letzte Reise antrat.

Der Tag wich dem Abend, und Jack hatte sich nicht bewegt. Er hatte nichts gegessen oder getrunken und auch mit niemandem gesprochen, der in sein Zimmer gekommen war.

Schließlich, gegen zwei Uhr früh, rührte er sich wieder. Er stand auf, ging im Flur auf und ab und überredete eine Krankenschwester, ihm ein paar Reste aus der Küche zu holen. Er aß und betrachtete sein Spiegelbild im Fenster.

Ich komme, Mikki. Dad kommt dich holen.

* * *

Eine Woche später wog er wieder mehr als achtzig Kilo und konnte eine Stunde am Stück durch die Flure wandern. Wie ein Kleinkind musste er wieder lernen, Arme und Beine zu gebrauchen. Das Pflegepersonal beobachtete ihn aufmerksam, sie waren so etwas einfach nicht gewohnt. Und auch die Familien anderer Patienten betrachteten ihn mit Neugier. Zuerst glaubte Jack, sie würden verzweifeln, weil er gesundete, während ihre Lieben nach wie vor im Sterben lagen. Aber das änderte sich, als eine Frau zu ihm kam. Sie war Mitte sechzig und kam jeden Tag.

Jack wusste, dass ihr Mann unter Krebs im Endstadium litt. Er war schon am Zimmer des Mannes vorbeigegangen und hatte den ausgemergelten Leib im Bett gesehen. Der Mann wartete nur noch auf den Tod, wie alle anderen hier.

Alle außer mir.

Die Frau hakte sich bei ihm unter und sagte: »Gott segne Sie.«

Jack schaute sie fragend an.

»Sie geben uns allen Hoffnung.«

Jack überkam ein leichtes Gefühl der Panik. »Ich weiß nicht, was mit mir passiert«, erklärte er offen. »Aber es ist wirklich weit hergeholt zu glauben ...«

»Das habe ich nicht gemeint«, unterbrach ihn die Frau. »Ich weiß, dass mein Mann sterben wird. Trotzdem geben Sie uns allen Hoffnung.«

Jack kehrte in sein Zimmer zurück und musterte sich im Spiegel. Inzwischen sah er wieder mehr wie er selbst aus. Sein Gesicht wurde voller, sein Haar kräftiger. Langsam ging er zum Fenster und schaute auf eine Landschaft hinaus, die sich noch immer im Griff des Winters befand, auch wenn der Frühling nicht mehr lange auf sich warten lassen würde. Jack hatte mehrere Winter fern seiner Familie verbracht, als er seinem Land mit der Waffe in der Hand gedient hatte. Wenn er in Bagdad oder Kabul vor seinem Quartier lag, hatte er die Augen geschlossen und sich Weihnachten mit seiner Familie vorgestellt, das Lachen von Mikki und Cory, wenn sie am Weihnachtsmorgen ihre Geschenke auspackten.

Und dann war da die Erinnerung an Lizzies Lächeln, als sie sich die Sonnenschutzcreme, den Badeanzug und das Buch über das Grillen angeschaut hatte – kleine Geschenke, die Jack ihr in jenem längst vergangenen Sommer gemacht hatte, bevor er zum ersten Mal im Ausland stationiert worden war. Später hatte Lizzie ihm per E-Mail ein Foto von sich geschickt, wie sie im Badeanzug am Grill stand – und das mitten im Winter mit Schneebergen im Hintergrund. Dieses Foto hatte Jack durch ein höllisches Gefecht nach dem anderen begleitet. Seine Frau. Ihr Lächeln. Er hatte sich so sehr gewünscht, zu ihr zurückzukehren.

Das alles schien nun schon eine Ewigkeit her zu sein, und in gewisser Hinsicht lag es tatsächlich ein Leben lang zurück.

Doch nun war es erst einmal an der Zeit, dass er etwas ganz Bestimmtes tat. Er hatte es vermutlich immer schon gewusst, doch bis jetzt hatte er nie lange genug darüber nachgedacht, es auch wirklich zu tun.

Jack ging zu seinem Nachttisch und nahm die Briefe heraus. Auf jedem Umschlag stand eine Zahl. Jack nahm den Umschlag mit der Nummer eins und zog das Blatt heraus. Der Brief war auf den 19. Dezember datiert und der erste in der Reihe der Briefe, die er an Lizzie geschrieben hatte. Jack betrachtete die Handschrift, die ihm gehörte – und auch wieder nicht, denn die Krankheit hatte ihn damals schrecklich geschwächt. Während des Schreibens hatte er immer wieder den Stift beiseitelegen müssen, so kraftlos war er gewesen. Aber der Brief sagte aus, was Jack hatte sagen wollen, als vermeintlich letzte Tat im Leben.

Geliebte Lizzie,

es gibt sehr viele Dinge, die ich dir sagen will, für die mir aber die Kraft fehlt. Deshalb habe ich beschlossen, dir diese Briefe zu schreiben. Ich möchte, dass du sie bekommst, wenn ich nicht mehr da bin. Und ich hoffe, die Briefe stimmen dich nicht traurig, aber sie stellen meine einzige Chance dar, noch einmal mit dir zu sprechen. Als ich noch gesund war, hast du mich zu einem glücklicheren Menschen gemacht, als ich mir je hätte erträumen können. Im Irak und in Afghanistan habe ich mir immer vor Augen geführt, dass ich in denselben Himmel schaue wie du, und ich habe an die gleichen Dinge gedacht wie du. Ich wollte bei dir sein und fieberte dem Tag unseres Wiedersehens entgegen. Du hast mir drei wundervolle Kinder geschenkt, obwohl ich so ein großes Geschenk gar nicht verdient habe. Ich erzähle dir das alles, obwohl du es bereits weißt, denn solche Dinge kann man einfach nicht oft genug aussprechen.

Du sollst wissen, dass ich bei dir geblieben wäre, wäre es nur irgend möglich gewesen. Ich habe so hart gekämpft, wie ich konnte. Ich werde nie verstehen, warum ich so früh von dir gehen muss, aber ich habe mich damit abgefunden. Du sollst wissen, dass du das Wichtigste in meinem Leben bist und dass ich dich vom ersten Augenblick an geliebt habe. Die Tage mit dir waren die glücklichsten meines Lebens. Ich habe versprochen, immer für dich da zu sein, und daran wird sich nichts ändern. Denn meine Liebe zu dir ist so stark, dass ich auch über dich wachen werde, wenn ich nicht mehr da bin. Und ich werde nie aufhören, dich zu lieben. Nicht einmal der Tod kann mich davon abbringen.

In Liebe,
Jack

Jack steckte den Brief wieder in den Umschlag und legte das Bündel in die Schublade zurück. Dann zog er das Foto aus seiner Kitteltasche und betrachtete es. Seine Familie lächelte ihn an. Er dachte an all die anderen Menschen an diesem Ort, die ihn nie wieder lebend verlassen würden. Ihm war dieses Schicksal erspart geblieben.

Warum ausgerechnet mir?

Darauf wusste Jack keine Antwort. Eines aber wusste er: Er würde seine zweite Chance nicht verschwenden.

KAPITEL 13

Ein paar Tage später wurde Jack Armstrong aus dem Hospiz entlassen und in eine Rehaklinik überwiesen. Er fuhr mit einem Shuttlebus dorthin. Auf der Fahrt starrte er aus dem Fenster und staunte wie ein Kind über all die Dinge, von denen er geglaubt hatte, er würde sie niemals wiedersehen. Er sah einen Vogelschwarm. Einen Postboten. Ein Kind, das zum Schulbus lief. Er nahm sich vor, nie mehr etwas als selbstverständlich zu betrachten.

Der Fahrer war ein älterer Mann mit Pelzmütze und kurzem weißem Bart. Jack war der einzige Fahrgast.

Als sie vor der Klinik hielten, sagte der Mann: »Ich hätte nie gedacht, dass ich mal jemanden aus dem Hospiz hierherfahren würde.«

»Das kann ich mir denken«, erwiderte Jack. Er hielt eine kleine Reisetasche in der Hand. Darin befanden sich ein paar Kleidungsstücke, ein Paar Tennisschuhe und die Briefe, die er Lizzie geschrieben hatte. Als er in sein Zimmer kam, ließ er den Blick über das schlichte Mobiliar und das einzelne Fenster schweifen, durch das man auf den schneebedeckten Innenhof schauen konnte. Jack verstaute seine wenige Habe und setzte sich aufs Bett.

Als eine vertraute Person den Raum betrat, hob er den Blick.

»Sammy? Was machst du denn hier?«

Sammy Duvall trug einen grauen Trainingsanzug. »Was glaubst du wohl?«, antwortete er. »Ich bringe dich wieder in Form. Sieh dich doch mal an. Man hat mir zwar gesagt, dass es dir schon besser geht, aber du siehst immer noch scheiße aus.«

»Ich verstehe nicht. Im Hospiz hast du mich nicht besucht, und ich habe dir auf Band gesprochen.«

Der Schalk verschwand aus Sammys Augen. Er setzte sich neben Jack aufs Bett. »Ich habe dich im Stich gelassen.«

»Was redest du da? Du hast alles für mich getan.«

»Nein, habe ich nicht. Auf dem Friedhof habe ich dir gesagt, ich würde immer für dich da sein, aber das stimmte nicht.« Er hielt kurz inne. Jack hatte Sammy noch nie so nervös gesehen. Ein solches Gefühl passte einfach nicht zu einem Mann wie ihm. Sammy Duvall konnte nichts erschüttern.

Doch Sammys Stimme zitterte, als er weitersprach. »Ich ... Ich hätte dich besuchen sollen, aber ... aber dich an diesem Ort zu sehen, wo du nur darauf gewartet hast ...«

Jack legte dem älteren Mann die Hand auf die Schulter. »Ist schon okay, Sammy. Ich verstehe das.«

Sammy wischte sich die Augen ab und sagte: »Wie auch immer ... Jetzt bin ich jedenfalls hier. Und du wirst dir schon bald wünschen, das wäre ich nicht.«

»Warum?«

»Ich bin dein Drill Sergeant.«

»Was?«

»Ich habe mit den Jungs hier einen Deal gemacht.«

»Wie hast du das denn geschafft?«

»Ich habe ihnen gesagt, du seist ein Sonderfall, der eine Sonderbehandlung braucht, damit du wieder in Form kommst.«

»Das geht klar. Deshalb hatte ich dich ja auch angerufen. Ich wollte, dass du mir dabei hilfst, wieder fit zu werden.«

»Berühmte letzte Worte, Junge. Ich werde dir nämlich den Arsch aufreißen.«

Die Wochen vergingen wie im Flug ... und mit Schmerz, sehr viel Schmerz.

Als Jack während eines besonders harten Trainings der Schweiß in Strömen übers Gesicht lief, sagte er zu Sammy: »Ich kann nicht mehr. Ich kann nicht. Keine Liegestütze mehr.«

»*Kannst* du nicht, oder *willst* du nicht? Das ist nämlich ein gewaltiger Unterschied, mein Junge.«

Jack machte noch einen Liegestütz, dann noch einen und schließlich einen dritten, bis er seine Arme nicht mehr spürte. Inzwischen hatte er Tausende von Kilo gestemmt, war auf dem Laufband gelaufen, bis er am Gestank seines eigenen Schweißes zu ersticken drohte, und hatte Seilspringen gemacht, bis seine Knie ihn nicht mehr hatten tragen können.

Er verfluchte Sammy, doch der lachte nur und trieb ihn weiter an.

»Und du schimpfst dich einen Army Ranger? Sam junior ist ja härter als du, und der ist ein großes, dickes Baby.«

Doch Sammy trieb Jack nicht nur an. Er machte die Übungen mit. »Wenn ein alter Mann wie ich das kann, kannst du es auch«, lautete sein üblicher Spruch.

Und so ging es weiter. Sammy schrie Jack an, und Jack biss die Zähne zusammen, verzog das Gesicht und machte noch einen Liegestütz und noch einen Sit-up. Und tatsächlich wurde er immer kräftiger.

Täglich sprach er mit seinen Kindern. Sie wussten, dass er in der Reha war.

Bei einer Skype-Session zeigte Jack Cory und Jackie seine Muskeln.

»Du hast ja einen Waschbrettbauch, Dad«, bemerkte Cory.

»Daddy, Bauch!«, krähte Jackie.

Später an jenem Abend sah er Mikki. Sie hatte seit einer ganzen Weile nicht mehr über Skype mit ihm reden wollen, aber nachdem Sammy sie ein paar Mal angerufen hatte, hatte sie schließlich zugestimmt.

»Du siehst großartig aus, Dad«, sagte sie.

»Du siehst dünn aus«, erwiderte er.

»Nun ja, Oma achtet auf ihr Gewicht. Und das bedeutet, dass wir alle wie die Vögel essen.«

»Der erste Cheeseburger geht auf mich.«

»Wann?«, fragte sie rasch.

»Schneller, als du denkst, Süße. Ich weiß, dass ich dich schon längst hätte besuchen sollen, und ich vermisse dich mehr als alles andere, aber ... aber ich will das richtig machen. Wenn ich bei der Armee auf Patrouille gegangen bin, habe ich vorher immer alles analysiert, was passieren könnte. Einige der anderen Jungs haben lieber aus dem Bauch heraus entschieden, und manchmal muss man das auch. Aber auf alles vorbereitet zu sein, weil man seine Hausaufgaben gemacht hat, ist die beste Chance zu überleben, Mikki. Ich hoffe, das verstehst du.«

»Ja, das verstehe ich, Dad.« Spielerisch fügte sie hinzu: »Und Skype bereitet dich schon mal darauf vor, was passiert, wenn ich aufs College gehe und du mich wirklich vermisst.«

* * *

Als der Tag schließlich kam, war es ein warmer Frühlingsmorgen. Jack hatte schon gepackt, als Sammy den Raum betrat. »Es ist so weit«, erklärte Jack.

»Ich weiß«, erwiderte Sammy.

»Ohne dich hätte ich es nicht geschafft.«

»Doch, hättest du. Aber es wäre nicht annähernd so lustig gewesen.«

Während seine Entlassungspapiere fertig gemacht wurden, saß Jack auf dem Bett. Die letzten Monate waren wie im Flug vergangen. Er atmete langsam und gleichmäßig und versuchte, seine Gedanken zu sammeln. Dann schaute er aus dem Fenster. Der Winter war dem Frühling gewichen. Krokusse sprossen aus der Erde, und an den Bäumen zeigten sich die ersten Knospen. *Die Welt erwacht aus einem langen Winterschlaf … so wie ich.* Jack öffnete seine Reisetasche und holte den Umschlag mit der Nummer zwei heraus. Der Brief darin war auf den 20. Dezember datiert.

Geliebte Lizzie,

in fünf Tagen ist Weihnachten, und ich verspreche dir, dass ich es bis dahin schaffen werde. Ich habe noch nie ein Versprechen gebrochen, das ich dir gegeben habe, und das werde ich auch jetzt nicht tun. Es ist schwer, sich zu verabschieden, doch manchmal muss man Dinge tun, die man nicht tun will. Jackie ist vor einer Weile zu mir gekommen, und wir haben geredet. Nun ja, das heißt, er hat in der Jackie-Sprache gesprochen, und ich habe zugehört. Ich mag es, ihm zuzuhören, denn ich weiß, dass ich es schon bald nicht mehr kann. Er wächst so schnell. Ich weiß, dass er sich vermutlich nicht an seinen Dad erinnern wird, aber ich weiß auch, dass ich in deinen Erinnerungen weiterleben werde. Sag ihm, dass sein Dad ihn geliebt und immer das Beste für ihn gewollt hat. Ich wünschte, ich hätte Football mit ihm spielen und ihm beim Baseball zusehen können. Ich weiß, dass er ein tolles Leben haben wird.

Cory ist ein ganz besonderer Junge. Er hat deine Sensibilität und dein Mitgefühl. Ich weiß, dass das, was mit mir passiert, ihn von allen Kindern vermutlich am meisten berührt. Gestern Abend ist er zu mir ins Bett gekrochen. Er hat mich gefragt, ob es sehr wehtut. Ich habe ihm gesagt: Nein, es ist nicht so schlimm. Dann hat er mich gebeten, Gott Hallo zu sagen, wenn ich ihn sehe, und ich habe es ihm versprochen.

Und Mikki …

An diesem Punkt zitterte Jacks Hand ein wenig. Er erinnerte sich daran, an dieser Stelle kurz ausgesetzt zu haben. Eine Träne hatte hier die Tinte verschmiert. Jack las weiter.

Mikki ist die Komplizierteste von allen. Sie ist kein kleines Mädchen mehr, aber auch noch keine Erwachsene. Sie ist ein liebes Kind, auch wenn du schon so deine Probleme mit ihr gehabt hast, wie ich weiß. Sie ist klug und fürsorglich, und sie liebt ihre Brüder. Und sie liebt auch dich, obwohl sie es manchmal nicht so zeigt. Was ich in Bezug auf Mikki mehr bedauere als alles andere, ist die Tatsache, dass ich es zugelassen habe, dass wir uns entfremden. Und es war meine Schuld, nicht ihre. Das erkenne ich nun ganz genau. Ich wünschte, ich hätte das genauso klar gesehen, als ich noch die Chance hatte, etwas zu tun. Wenn ich nicht mehr da bin, dann sag ihr bitte, dass es keinen stolzeren Vater gegeben hat als mich, als ich sie nach meiner Rückkehr aus Afghanistan zum ersten Mal gesehen habe. Als ich in ihr winziges Gesicht geblickt habe, empfand ich so viel Freude, wie ein Mensch nur empfinden kann. Und ich wollte sie beschützen, dafür sorgen, dass ihr nie etwas Böses widerfährt. Aber leider funktioniert das Leben nicht so. Sag ihr trotzdem, dass ihr Dad ihr größter Fan war und dass ich es immer sein werde, egal was sie im Leben tut.

In Liebe,
Jack

KAPITEL 14

Nach seiner Entlassung fuhr Jack mit zu Sammy. Auf dem Weg bat er seinen Freund, an seinem alten Haus vorbeizufahren, das inzwischen verkauft worden war. Jack war überrascht, seinen Pick-up in der Einfahrt zu sehen.

Sammy erklärte: »Soviel ich weiß, ist der mit dem Haus zusammen verkauft worden.«

»Bonnie und der Makler haben sich um alles gekümmert. Ist das da meine Werkzeugkiste auf dem Rücksitz?«

»Jep. Ich nehme an, die ist auch verkauft. Alles ging ziemlich schnell.« Sammy schaute zu Jack. »Ich wusste, dass du die Scheißkrankheit besiegen würdest. Hast du noch die Tickets für Disney World?«

»Ja«, antwortete Jack und blickte traurig aus dem Fenster. *Fünf Stück.*

Später fuhr Jack zu seiner Bank. Sein Konto war noch offen, um laufende Ausgaben zu decken. Ein paar Tausend Dollar waren noch drauf. Das war schon mal ein Anfang. Jack hatte seine Börse, und seine Kreditkarte war auch noch gültig. Gleiches galt für seinen Führerschein und den Gewerbeschein. Er fuhr zu seinem alten Haus und bot dem neuen Besitzer achthundert Dollar für den Pick-up und die Werkzeuge. Nach einigem Hin und Her bekam er beides für achthundertfünfzig. Offenbar war der Mann sogar froh, seine Einfahrt freizubekommen. Jack fuhr zur Bank, besorgte sich ein paar Schecks und machte sich noch am selben Tag auf den Weg.

Er rief die Kinder an und sagte ihnen, er sei aus der Reha entlassen und werde nun einen Platz suchen, an dem sie alle zusammenleben könnten. Dann rief er Bonnie an und erklärte ihr die Lage.

»Das ist ja wunderbar, Jack«, sagte sie, doch ihre Worte klangen leer. Sie fragte ihn, was er als Nächstes vorhabe.

»Wie ich schon sagte – ich will meine Familie zurück. Ich bin bald bei euch.«

»Hältst du das für klug?«

»Bonnie, ich bin ihr Vater. Sie gehören zu mir.«

Am Abend lud er Sammy zum Essen bei Ruby Tuesday ein. Während Sammy sich einen Burger, Pommes und schwarzen Kaffee genehmigte, ging Jack dreimal zur Salatbar, bevor er sich schließlich setzte, um alles in sich hineinzustopfen.

»Und? Wie sieht dein Plan aus, Häuptling?«, fragte Sammy.

»Zuerst einmal hole ich mir meine Kinder zurück. Sofort. Aber ich brauche einen Ort, wo wir leben können.«

»Ihr könnt gerne bei mir wohnen«, bot Sammy an. »So lange ihr wollt.«

Sammys Wohnung bestand aus einem Schlafzimmer und einem daran angeschlossenen Bad und hatte nur einen Ausgang nach hinten. Seine Harley stand in seinem »Salon«, wie er es nannte. Außerdem war da noch Sam junior, der Bernhardiner.

»Für mich wäre das okay«, sagte Jack, »aber mit drei Kindern? Da brauche ich schon was Größeres.«

* * *

Später an diesem Abend ging Jack langsam über die schmalen Friedhofswege. Er war nur einmal hier gewesen, an einem bitterkalten Tag mit Eis und

Schnee. Obwohl er damals noch sehr krank gewesen war, hatte er sich jede Kleinigkeit gemerkt. Er würde genauso wenig vergessen, wo seine Frau begraben war, wie er seinen eigenen Namen vergessen würde.

Jack ging zwischen den Grabstellen hindurch, bis er Lizzies Grab erreichte, eine schlichte Bronzeplatte im Gras. Er kniete sich hin und wischte ein paar Blätter Laub beiseite. Eine schmale Metallvase, in die man Blumen stellen konnte, war auf die Platte genietet. In der Vase steckten Rosen, die aber längst verwelkt waren. Jack nahm sie heraus, setzte sich auf die Fersen und las mit gedämpfter Stimme die Inschrift:

»Elizabeth ›Lizzie‹ Armstrong, geliebte Ehefrau, Mutter und Tochter. Ewig vermisst und ewig geliebt.«

Er strich mit den Fingern die Buchstaben entlang, und seine Augen füllten sich mit Tränen.

»Ich werde die Kinder holen, Lizzie. Ich hole sie nach Hause, und wir werden wieder eine Familie sein.« Er schluckte schwer. »Ich wünschte, du könntest bei mir sein, Lizzie. Das wünsche ich mir mehr als alles andere. Du warst im Krankenhaus für mich da, als ich dich gebraucht habe. Jetzt verspreche ich dir, dass ich für die Kinder da sein werde. Ich werde gut für sie sorgen und sie zu stolzen Menschen erziehen, so wie du es getan hast.«

Dann versagte ihm die Stimme, und er legte sich ins Gras und ließ seinen Tränen freien Lauf. Schließlich war er so erschöpft, dass er einschlief. Als er irgendwann aufwachte, wusste er zuerst nicht, wo er war. Dann drehte er sich um und sah das Grab. Es dämmerte bereits, und es war bitterkalt. Jack hob den Blick und sah einen Schwarm Zugvögel auf dem Heimweg. Nun hatte der Frühling wirklich Einzug gehalten.

Jacks Kleider waren nass vom Tau. Er hustete, um seinen Hals wieder frei zu bekommen. Augen und

Gesicht waren wund vom Weinen. In der Ferne hörte er den frühmorgendlichen Verkehr. Stumm ging er zu seinem Pick-up zurück und fuhr los – allein und ohne den einen Menschen, den er mehr gebraucht hätte als jeden anderen.

KAPITEL 15

Einen Tag später fand Jack das Richtige: ein Haus, das einem älteren Ehepaar gehörte. Die beiden waren inzwischen in eine betreute Wohnanlage gezogen und konnten ihr Haus nur schwer verkaufen, da viele Reparaturen nötig waren. Außerdem standen in ihrer Straße genügend Häuser im Bestzustand zum Verkauf. Jack rief den Makler an und erbot sich, das Haus zu renovieren, wenn er ihn dafür kostenlos darin wohnen ließ. Und da mit dem Haus in seinem jetzigen Zustand ohnehin kein Geld zu verdienen war, stimmte das alte Paar rasch zu. Es war keine perfekte Lösung, aber die brauchte Jack auch nicht. Er brauchte einfach nur ein Dach über dem Kopf für sich und seine Kinder. Am nächsten Tag zog Jack mit seiner wenigen Habe ein, machte einige Schönheitsreparaturen und kaufte ein paar gebrauchte Möbel.

Dann war die Zeit gekommen.

Jack buchte Flugtickets über die Kreditkarte, packte seine Tasche und fuhr zum Flughafen. Als Erstes wollte er Mikki holen. Er landete in Phoenix, mietete sich einen Wagen und fuhr nach Tempe. Als er das Haus erreichte – die Adresse hatte er von Mikki bekommen –, fuhr er zuerst daran vorbei. Er parkte ein Stück die Straße hinunter und wartete.

Eine Stunde später fuhr ein Auto in die Einfahrt, und Fred und Mikki stiegen aus. Mikki hatte ihre

Schultasche dabei. Es tat Jack in der Seele weh, als er sie sah. Sie war gewachsen, und auch ihr Gesicht hatte sich verändert. Sie trug eine Schuluniform, einen karierten Rock und ein weißes Polohemd. Das Haar hatte sie sich zu einem Pferdeschwanz zurückgebunden. Und sie sah hundeelend aus.

Die beiden verschwanden im Haus. Jack fuhr in die Einfahrt, atmete tief durch, stieg aus und ging zur Tür.

»Dad!«

Mikki starrte ihn mit offenem Mund an. Als Jack die Arme nach ihr ausstreckte, trat sie zögernd näher. Er streichelte ihr übers Haar und küsste sie auf den Kopf.

»Dad, bist du das wirklich?«

»Ja, Süße. Ich bin es wirklich.«

Bonnie und Fred kamen um die Ecke, sahen ihn und blieben stehen.

»Jack?«, sagte Fred. »Bist du das wirklich, Sohn? Mein Gott!«

Bonnie stand einfach nur da und schaute ungläubig drein.

Jack ging mit Mikki ins Haus. Er streckte die Hand aus, und Fred schüttelte sie. Dann schaute er zu Bonnie. Sie wirkte noch immer wie benommen.

»Mein Gott«, sagte sie schließlich. »Es ist also wahr. Trotz all der Anrufe und obwohl wir dich im Computer gesehen haben ... Das ist einfach nicht dasselbe.«

»Was ist das für ein Aufruhr hier?« Cecilia kam mit ihrer Gehhilfe in den Raum; den Sauerstofftank zog sie auf einem Wagen hinter sich her. Als sie Jack sah, erstarrte sie für einen Moment; dann legte sich ein Lächeln auf ihr Gesicht. »Ich hab's gewusst!« So schnell sie konnte, ging sie zu Jack und drückte ihn an sich. »Ich wusste es«, sagte sie und schaute zu ihm auf.

Dann setzten alle sich zu einem Glas Eistee an den Küchentisch. Jack schaute Bonnie an. »Die Ärzte haben mich für gesund erklärt.«

Bonnie schüttelte nur den Kopf, doch Fred schlug ihm auf die Schulter. »Du kannst dir nicht vorstellen, wie sehr wir uns für dich freuen, Jack.«

Später, als sie allein waren, fragte Bonnie: »Wie lange willst du bleiben?«

»Ich will von hier aus nach L. A. und dann nach Portland.«

»Um die Kinder zu besuchen?«

»Nein, um sie wieder zu mir zu nehmen. Ich habe Mikki schon gesagt, sie soll ihre Sachen packen.«

»Aber das Schuljahr ist in weniger als zwei Monaten zu Ende.«

»Sie kann in Cleveland genauso gut zur Schule gehen wie hier.«

»Aber das Haus ist verkauft.«

»Ich habe ein anderes gemietet.«

»Wie willst du denn für sie sorgen?«

»Ich habe meinen Betrieb wieder aufgemacht.«

»Okay, aber wer wird auf sie aufpassen, während du arbeitest?«

»Mikki und Cory werden den ganzen Tag in der Schule sein. Sie sind jetzt alt genug, dass sie ohne Begleitung nach Hause gehen und ein paar Stunden allein bleiben können. Jackie kommt zu einer Tagesmutter. Sollte etwas Unerwartetes geschehen, werden wir uns darum kümmern, wenn es so weit ist, genau wie jede andere Familie auch.«

Bonnie schürzte die Lippen. »Michelle hat sich hier schon eingewöhnt.«

Jack erwähnte nicht, wie mies das Mädchen sich hier gefühlt hatte. Stattdessen sagte er schlicht: »Ich glaube nicht, dass es ihr etwas ausmacht, von hier fortzugehen.«

»Du hättest anrufen können, dass du kommst.«

»Ja, vielleicht hätte ich das tun sollen. Aber ich sehe nicht, was es schaden könnte.«

»Was es schaden könnte? Erwartest du etwa, dass wir dir die Kinder einfach so geben? Ohne Vorbereitung? Und nach allem, was wir getan haben?«

»Wir haben in den letzten Monaten ständig Kontakt gehabt, und ich habe euch über meine Fortschritte auf dem Laufenden gehalten. Ihr habt über Skype doch sogar *gesehen*, dass es mir immer besser ging. Und ich habe euch gesagt, dass ich die Kinder zurückhole, und zwar bald. Deshalb dürfte das kein Schock mehr für euch sein. Außerdem ist es ja nicht so, als würdet ihr sie nie mehr wiedersehen.« Er hielt kurz inne, und sein Tonfall veränderte sich. »Obwohl ihr mich alleingelassen habt.«

»Du hattest gesagt, das sei in Ordnung. Außerdem dachten wir, du liegst im Sterben.«

»Tja, das war offenbar nicht der Fall. Und was hätte ich euch unter den Umständen anderes sagen sollen? Und nur um es mal erwähnt zu haben: Das Sterben allein ist schon mies genug.«

Kaum hatte Jack die Worte ausgesprochen, bereute er sie. Bonnie war vor Wut rot angelaufen. »Wag es ja nicht, mir etwas über die Einsamkeit beim Sterben zu erzählen. Meine Lizzie ist tot und begraben. Und am Ende war niemand bei ihr. Niemand. *Du* schon mal gar nicht!«

Jack schaute ihr in die Augen. »Warum sprichst du es nicht einfach aus, Bonnie?«

»*Du* hättest sterben sollen, nicht sie.« Ihre eigenen Worte schienen sie zu schockieren. »Ich … Tut mir leid, Jack. Ich habe es nicht so gemeint.« Wieder lief sie rot an, diesmal aus Verlegenheit. »Es tut mir wirklich leid.«

»Ich würde mein Leben dafür geben, könnte ich Lizzie zurückholen, aber das geht nun mal nicht. Aber ich habe drei Kinder, die mich brauchen. Das ist wichtiger als alles andere. Ich hoffe, du verstehst das.«

»Ich weiß nur, dass du die Kinder aus einer sicheren und für sie förderlichen Umgebung reißt, um sie ins völlig Unbekannte mitzunehmen.«

»Ich bin ihr Vater«, erwiderte Jack aufgebracht.

»Du bist *alleinerziehender* Vater. Lizzie ist nicht mehr da, um sich um die Kinder zu kümmern.«

»Das kann ich auch.«

»Ach ja? Ich glaube eher, dass du keine Ahnung hast, was dich erwartet.«

Jack hatte eine scharfe Erwiderung auf der Zunge, hielt sich dann aber zurück. Könnte Bonnie vielleicht recht haben?

KAPITEL 16

»Mr. Armstrong?«

Jack schaute von der Leiter hinunter, auf der er stand, während er die Verkleidung auf einer Baustelle reparierte. Die Sonne stand hoch am Himmel; die Luft war warm, und Jack war völlig verschwitzt. Er trug ein weißes Tanktop, eine schmutzige blaue Arbeitshose, weiße Socken und Arbeitsstiefel mit Stahlkappen.

Die Frau, die unten stand, war hübsch. Sie hatte lockiges, kurzes braunes Haar und trug eine schwarze Hose, dazu eine weiße Bluse. Ihre High Heels waren halb im Gras versunken.

»Was kann ich für Sie tun, Ma'am?«

»Mein Name ist Janice Kaplan. Ich bin Zeitungsreporterin. Ich würde gerne mit Ihnen sprechen.«

Jack stieg die Leiter hinunter und wischte sich die Hände an der Hose ab. »Mit mir sprechen? Worüber?«

»Sie sind der Wundermann.«

Jack blinzelte. »Wie meinen?«

»Sie sind doch Jack Armstrong, nicht wahr? Der Mann, bei dem man eine tödliche Krankheit diagnostiziert hatte.«

»Ja.«

»Sie sehen mir aber nicht gerade todkrank aus.«

»Bin ich auch nicht. Es geht mir wieder besser.«

»Ein Wunder also ... zumindest hat der Arzt, mit dem ich gesprochen habe, diesen Begriff benutzt.«

In Jack stieg Zorn auf. »Sie haben mit meinem Arzt gesprochen? Ich dachte, es gäbe so etwas wie ein Arztgeheimnis.«

»Er ist ein Freund von mir und hat Ihren Fall nebenher erwähnt. Irgendwann hat es dann mein Interesse geweckt. Ich habe ein bisschen nachgeforscht, und jetzt bin ich hier.«

»Weshalb?«, fragte Jack verwirrt.

»Um eine Story über Sie zu schreiben. Menschen, die zum Tode verurteilt sind, bekommen nur selten eine zweite Chance. Ich würde gerne mit Ihnen über Ihre Erfahrungen sprechen. Meine Leser interessieren sich brennend dafür.«

Jack und die Kinder waren inzwischen seit vier Wochen wieder zurück. Die elterlichen Pflichten und die Arbeit nahmen Jack so sehr in Anspruch, dass ihm kaum Zeit zum Essen oder Schlafen blieb. Bonnie hatte mit ihrer Vorhersage recht gehabt: Er tat, was er konnte, aber er hatte Lizzies Leistung noch nie so sehr geschätzt wie jetzt. Er hatte Essen gekocht, die Wäsche gewaschen, war einkaufen gefahren, hatte geputzt und auf der Baustelle gearbeitet. Doch inzwischen hatte er einsehen müssen, dass Lizzie es sehr viel besser gemacht hatte. Und auch sie hatte die häuslichen Arbeiten nebenher erledigt; sie hatte ja ebenfalls einen Vollzeitjob gehabt. Und er? Er fiel jeden Tag um Mitternacht zu Tode erschöpft ins Bett und schlief sofort ein. Lizzie hätte da noch weitergemacht. Jack hatte keine Zweifel mehr, wer wirklich das »schwache Geschlecht« war.

»Eine Story?« Jack schüttelte den Kopf und scharrte mit der Stiefelspitze im Gras. »So etwas Besonderes ist das nun auch wieder nicht.«

»Seien Sie nicht so bescheiden. Und wenn ich richtig informiert bin, haben Sie auch noch Ihr Leben umgekrempelt. Sie haben Ihre Firma wiedereröffnet, haben sich ein Haus gekauft und Ihre Kinder wieder zu sich geholt, die man zu Familienangehörigen geschickt hatte, nachdem Ihre Frau auf tragische Weise ums Leben gekommen war ... und das ausgerechnet am Weihnachtsabend«, fügte sie hinzu.

Jacks Verärgerung verwandelte sich in Wut. »Das haben Sie doch nicht alles von meinem Arzt gehört! Sie haben in meinem Privatleben herumgeschnüffelt, nicht wahr?«

»Bitte, regen Sie sich nicht auf, Mr. Armstrong. Ich bin Reporterin. Es ist mein Job, solche Dinge zu recherchieren. Wahrscheinlich habe ich es Ihnen nicht gut genug erklärt.« Sie atmete tief durch, während Jack sie anstarrte, die Hände zu Fäusten geballt. »Es soll eine positive Story werden, die Mut macht. Die Geschichte vom Sieg eines Mannes über alle Widrigkeiten und die Wiedervereinigung seiner Familie. Die Zeiten sind hart, besonders für die Leute hier. Wir hören immer nur schlechte Nachrichten. Krieg, Verbrechen, Menschen, die ihren Job und ihr Heim verlieren. Ich schreibe ständig über solche Dinge. Es ist sehr deprimierend. Aber bei Ihnen ist es etwas völlig anderes. Ihre Geschichte wird die Menschen aufmuntern. Mehr will ich gar nicht. Die Leute sollen wenigstens dieses eine Mal ein gutes Gefühl haben, wenn sie in die Zeitung schauen.«

Jacks Wut verrauchte so rasch, wie sie gekommen war. Er schaute sich um und dachte über die Bitte der Frau nach. Er sah Sammy weiter oben auf der Leiter; er beobachtete ihn aufmerksam. Jack winkte ihm zum Zeichen, dass alles okay sei. Dann wandte er sich wieder der Reporterin zu.

»Und was genau soll ich tun?«, fragte er.

»Setzen Sie sich einfach mit mir zusammen, und erzählen Sie mir Ihre Geschichte. Ich mache mir Notizen und schreibe einen Entwurf. Den lege ich Ihnen dann vor, überarbeite ihn und veröffentliche ihn in unserer Zeitung und auf der Webseite.«

»Und das ist alles?«

»Das ist alles. Ich glaube wirklich, dass Ihre Geschichte auf viele Menschen eine positive Wirkung haben wird. Es gibt genug Leute, die vor schier unüberwindlichen Hindernissen stehen. Wenn sie lesen, wie Sie Ihr Schicksal besiegt haben, könnte ihnen das sehr helfen.«

»Ich weiß nicht«, erwiderte Jack. »Ich habe bloß Glück gehabt.«

»Vielleicht. Vielleicht aber auch nicht. Nach dem, was ich über Ihre Krankheit in Erfahrung gebracht habe, hatten Sie eigentlich gar keine Überlebenschance. Niemand hat das bisher geschafft.«

»Dann habe ich offenbar das Glück gehabt, der Erste zu sein. Wie wäre es morgen nach dem Abendessen?«

»Bestens. Gegen acht?«

Jack gab ihr seine Adresse. Die Frau schaute sich die runde Narbe am rechten Oberarm und das Geflecht der Narben am Unterschenkel an. »Sie waren beim Militär, nicht wahr? Sind die Narben aus dieser Zeit?«

»Ja. Die Wunde am Arm habe ich mir in Afghanistan eingehandelt, die an den Beinen im Irak.«

»Dann wurden Sie mit zwei Purple Hearts ausgezeichnet?«

»Ja. Warum fragen Sie?«

»Mein Sohn ist gerade heil und gesund von dort zurückgekommen. Gott sei Dank ohne Purple Hearts.«

»Offenbar haben wir beide einen Grund, sehr dankbar zu sein.«

»Ja. Ich sehe Sie dann morgen.«

* * *

Ein paar Tage nachdem die Story in der Zeitung erschienen war, rief Janice Kaplan an.

»AP hat meinen Artikel übernommen, Jack.«

Jack hatte gerade nach dem Abendessen das Geschirr gespült.

»Was heißt das?«, fragte er.

»AP. Associated Press. Das heißt, dass meine Story über Sie und Ihre Familie in Zeitungen im ganzen Land gedruckt wird. Mein Herausgeber kann es noch immer nicht glauben.«

»Meinen Glückwunsch, Janice.«

»Ich möchte mich bei Ihnen bedanken, Jack. Der Erfolg hat nichts mit meinem Text zu tun. Es war die Story. *Ihre* Story. Und das Bild von Ihnen und Ihren Kindern war toll. Ich glaube, Ihr Schicksal hat viele Familien inspiriert. Deshalb muss ich Sie vorwarnen. Sie sind jetzt berühmt. Also bereiten Sie sich darauf vor, dass Ihr Leben sich noch einmal ändert.«

KAPITEL 17

Janice Kaplans Worte erwiesen sich als prophetisch. Jack bekam immer mehr Briefe, darunter Angebote, in Talkshows aufzutreten oder seine Geschichte an die größten Zeitschriften des Landes zu verkaufen. Ein Verleger wollte sogar, dass Jack ein Buch über seine Erfahrungen schrieb. Doch Jack, überrascht von diesem Sturm an Aufmerksamkeit, wollte nur eins: ein normales Leben mit seinen Kindern. Deshalb lehnte er sämtliche Angebote ab. Im Laufe der Zeit, da war er sicher, würde Gras über die Sache wachsen. Andere Schlagzeilen würden seine Story verdrängen. Für ihn konnte seine kurzfristige Berühmtheit gar nicht schnell genug vorübergehen. Er war kein Wundermann, das wusste Jack. Er hatte einfach nur unfassbares Glück gehabt.

Zwei Abende später lag Jack im Bett, als er unten Stimmen hörte. Er zog seine Hose an und stieg die Treppe hinunter.

»Hör auf, Chris!«

Jack nahm die letzten drei Stufen in einem Sprung. Mikki stand an der Tür. Ein Teenager begrapschte sie, während sie sich dagegen wehrte. Jack brauchte nur zwei Sekunden, um den jungen Burschen zu packen, in die Höhe zu heben und unsanft gegen die Wand zu stoßen. »Nimm die Pfoten weg!«, fuhr Jack ihn an. Dann schaute er Mikki an. »Was ist hier los?«

»Er ist nur vorbeigekommen, um ... Dad, bitte, lass ihn.«

»Mach, dass du raufkommst!«

»Dad ...«

»Sofort!«

»Ich kann mich um mich selbst kümmern. Ich bin kein Kind mehr.«

»Ja, das sehe ich. Rauf mit dir!«

Mikki ging hinauf zu ihrem Schlafzimmer. Jack wandte sich dem jungen Burschen zu.

»Wenn ich dich noch mal dabei erwische, wie du meine Tochter begrapschst, wird man nicht mehr genug Teile von dir finden, um dich wieder zusammenzusetzen. Habe ich mich klar genug ausgedrückt?«

Der verängstigte Teenager nickte nur.

Jack warf ihn hinaus und knallte die Tür zu. Dann stand er erst einmal da und wartete, bis seine Wut verraucht war. Schließlich stieg er die Treppe hinauf und klopfte an die Tür zum Zimmer seiner Tochter.

»Lass mich in Ruhe!«

Jack dachte gar nicht daran. Er stieß die Tür auf und ging hinein. Mikki saß auf dem Boden, die Gitarre auf dem Schoß.

»Wir sollten mal ein paar Regeln klarstellen«, sagte Jack.

»Was für Regeln?« Mit kaltem Blick schaute Mikki zu ihm hinauf. »Regeln, wie du mein Leben am besten ruinieren kannst?«

»Hätte ich zuschauen sollen, wie der Kerl dich betatscht?«

»Ich hab dir doch gesagt, ich kann mich um mich selbst kümmern.«

»Du kannst dich um gar nichts kümmern. Deshalb gibt es ja Menschen, die man Eltern nennt.«

»Oh, spielst du jetzt den Vater?«

Jack war wie vor den Kopf geschlagen. »Ich habe euch wieder nach Hause geholt, damit wir zusammen sein können. Glaubst du, das habe ich *einfach so* gemacht?«

»Ich habe nicht die leiseste Ahnung, was deine Gründe waren. Außerdem hast du mich nicht mal gefragt, ob ich überhaupt zurückkommen *will*. Du hast mir einfach befohlen, meine Sachen zu packen, als wäre ich ein kleines Kind.«

»Ich dachte, du hättest es da unten gehasst. Das hast du mir ein Dutzend Mal gesagt.«

»Hier hasse ich es auch!«

»Was willst du denn von mir? Ich tue doch schon, was ich kann.«

»Du warst lange weg.«

»Das habe ich dir doch erklärt. Erinnerst du dich, wie ich dir die Geschichte aus meiner Zeit beim Militär erzählt habe? Darüber, dass man sich Zeit nehmen und auf alle Eventualitäten vorbereiten muss?«

»Das ist doch Mist!«

»Was?«

»Falls du es noch nicht gemerkt hast: Das hier ist nicht die Army, Dad. Das hier ist eine Familie.«

»Ja, eben. Ich habe das alles doch nur getan, damit wir wieder eine Familie *sein* können.«

»Du hast nicht die geringste Ahnung, was du mit uns machen sollst. Du bist nicht Mom.«

»Das weiß ich. Aber du und deine Mutter, ihr habt euch auch oft gestritten.«

»Aber sie war anders als du. Sie hatte alles im Griff. Jetzt koche *ich* meistens, und waschen muss ich auch. Und was du so an Essen kaufst, ist ein Witz.«

Jack merkte, wie Wut in ihm aufstieg. »Ich weiß, dass ich nicht in derselben Liga spiele wie deine Mutter, aber ich bemühe mich, alles am Laufen zu halten. Ich liebe euch.«

»Ach, wirklich? Dann weißt du sicher auch, dass Cory in der Schule gemobbt wird. Oder ist das neu für dich? Seine Noten werden schlechter, obwohl er ein superkluger Junge ist. Die Lehrer haben ihm schon Tonnen von Briefen mitgegeben, aber du schaust ja nie nach. Und Jackie hat in zwei Wochen Geburtstag. Hast du da schon was geplant? Hast du ihm ein Geschenk gekauft?«

Jack wurde bleich. »In zwei Wochen?«

»Ja, in zwei Wochen, *Dad*. Vielleicht solltest du dich ein bisschen mehr bemühen, alles im Griff zu behalten.«

»Mikki, ich …«

»Würdest du mich jetzt bitte allein lassen?«

Als Jack das Zimmer seiner Tochter verließ, stand Cory in Unterwäsche auf dem Flur.

Jack musterte ihn verlegen. »Wirst du in der Schule gemobbt, Cory?«

Cory schloss wortlos die Tür und ließ seinen Dad allein im Flur stehen.

KAPITEL 18

Nach einem langen Arbeitstag entluden Jack und Sammy ihren Pick-up in der Einfahrt. Jack ließ sich beinahe den Vorschlaghammer auf den Fuß fallen. Sammy schaute verwundert zu ihm hinüber.

»Alles okay mit dir?«, fragte er. »Die letzten paar Tage warst du nicht mehr du selbst.«

Langsam hob Jack den Hammer auf und warf ihn auf die Ladefläche. »Hast du eine Ahnung, was ich Jackie zum Geburtstag schenken könnte? Es ist nicht mehr lange hin, und ich will ihm etwas Schönes kaufen.«

Sammy zuckte mit den Schultern. »Vielleicht ein Spielzeuggewehr?«

Jack schaute zweifelnd drein. »Nein, das hätte Lizzie nicht gefallen. Kannst du mir sagen, wo ich Kuchen, Limo und Dekozeug für eine Geburtstagsparty bekomme?«

»Klar. Im Supermarkt die Straße rauf. Da ist auch 'ne Bäckerei.«

Kurz darauf fuhr Jack dorthin und packte einen Einkaufswagen voll mit Dingen für Jackies Geburtstag. Er stand gerade in der Schlange an der Kasse, als er es sah. Es traf ihn wie ein Tritt in die Magengrube. Er konnte es nicht fassen. Was er sah, war sein Foto auf dem Cover eines Regenbogenmagazins am Zeitungsstand neben der Kasse. Langsam streckte er die Hand aus und nahm sich ein Exemplar.

Die Schlagzeile lautete: »Der Wundermann. Seine dunkle Seite.«

Was soll das bedeuten?, fragte sich Jack.

Er blätterte zur nächsten Seite und las. Mit jedem Wort wuchs seine Wut. Jetzt verstand er auch die Schlagzeile. Der Schreiber hatte sämtliche Tatsachen verdreht. So wie es hier stand, erweckte es den Anschein, als hätte Jack Lizzie in jener eisigen, gefährlichen Nacht *gezwungen*, die Schmerzmittel für ihn zu holen. Und es kam noch schlimmer. Der Schreiber deutete an, Jack habe seiner Frau eine Affäre mit dem Nachbarn unterstellt, worauf Lizzie hinausgerannt, in den Wagen gesprungen und losgefahren sei. In ihrer Verzweiflung habe sie eine rote Ampel überfahren und sei geradewegs in den Tod gerast.

Jack stand da wie vom Donner gerührt. Nichts von alledem stimmte, aber das änderte nichts daran, dass ihn jetzt Millionen von Menschen für ein Ungeheuer hielten.

Er ließ den Einkaufswagen stehen, sprang in den Wagen und raste nach Hause, zitternd vor Wut.

Schon auf der Fahrt wurde ihm klar, was passiert sein musste.

Die Quelle des Schreibers war Bonnie gewesen. Aber woher wusste sie davon? Lizzie musste sie auf der Fahrt zur Apotheke angerufen und ihr gesagt haben, weshalb sie unterwegs war. Vielleicht hatte sie dabei Bill Miller erwähnt, und Bonnie hatte sich Jacks Reaktion ausgemalt – obwohl er zu dem Zeitpunkt gar nicht so hätte handeln *können*. Wahrscheinlicher war jedoch, dass Bonnie die Geschichte einfach zurechtgebogen hatte.

Jack konnte sich sehr gut denken, warum Bonnie vor Hass kochte: Er, Jack, bekam all die Aufmerksamkeit, das Lob und das Mitgefühl, während Lizzie im Grab lag – wegen ihm. Zumindest glaubte Bonnie das. Und ein Teil von Jack konnte es ihr nicht einmal zum Vorwurf machen. Doch jetzt hatte sie die Büchse der Pandora geöffnet, und Jack würde alle Mühe haben, sie wieder zu schließen. Doch was ihm die größten Sorgen machte, war die Reaktion der Kinder. Was würde geschehen, wenn sie davon hörten?

Jack wollte der Erste sein, der mit ihnen darüber sprach, besonders mit Mikki. Er trat das Gaspedal durch.

Leider kam er zu spät.

KAPITEL 19

Mikki wartete auf der Veranda auf ihn. Sie hielt ein Exemplar eines anderen Revolverblatts in der Hand, doch die Schlagzeile lautete ähnlich. Das Mädchen zitterte am ganzen Leib und stürzte sich in dem Moment auf Jack, als er aus dem Pick-up stieg. »Der Mist hier geht in der ganzen Schule herum! Wie konntest du Mom zwingen, bei dem Mistwetter loszufahren, um dir Medikamente zu holen? Und wie konntest du auch nur *glauben*, dass sie dich betrügt?«

»Das sind alles Lügen, Mikki«, erwiderte Jack verzweifelt. »Ich habe deiner Mutter nie so etwas vorgeworfen. Ich habe gesehen, wie sie Bill Miller eine Ohrfeige verpasst hat. Sie und ich haben darüber gelacht, denn er war betrunken. Und ich habe auch nicht darauf bestanden, dass sie noch mal losfährt. Ich wollte, dass sie bleibt.«

»Ich glaube dir nicht.«

»Es ist die Wahrheit, Mikki. Ich schwör's. Zeitschriften wie diese erfinden ständig solche Geschichten. Das weißt du doch.«

»Na schön. Aber das wäre nie passiert, wenn du dich nicht für diese bescheuerte Wundermann-Story zur Verfügung gestellt hättest. Das *war* dein Fehler.«

»Okay, was das betrifft, hast du recht. Ich wünschte, es wäre anders, aber …«

»Jetzt glaubt jeder, dass Mom eine Schlampe war und dass du ein Arschloch bist. Und ich muss es für den Rest des Schuljahrs ertragen, dass die Leute hinter meinem Rücken tuscheln!«

»Würdest du mir bitte mal eine Sekunde zu…«

Bevor Jack den Satz beenden konnte, war Mikki ins Haus geflohen und schlug die Tür hinter sich zu. Als er ihr folgen wollte, hörte er das Schloss klicken. Er blickte durch das Fenster neben der Tür und sah Cory. Der Junge funkelte ihn böse an und lief davon.

* * *

Sie feierten Jackies dritten Geburtstag im Chucky Cheese. Jack trug eine Baseballkappe und eine Brille, damit die Leute ihn nicht erkannten. Auf dem Tisch vor ihm lagen eine halb gegessene Käsepizza und ein Geburtstagskuchen aus der Großbäckerei. Während Jackie sich mit anderen Kindern in ein Becken voller Plastikbälle stürzte, kauerte Cory in einer Ecke, als würde er lieber von einem Hai gefressen werden, als hier zu sein. Wo Mikki steckte, wusste Jack nicht. Er fühlte sich grauenhaft. Nur einmal hatte er sich schrecklicher gefühlt: als der Polizist ihm gesagt hatte, dass Lizzie ums Leben gekommen sei.

Als sie wieder nach Hause kamen, spielte Jackie mit dem Monstertruck, den Jack ihm gestern Abend noch auf die Schnelle gekauft hatte. Cory war in den Hinterhof geflohen.

»Gefällt dir der Truck?«, fragte Jack leise.

Jackie gab ein Gurren von sich und fuhr seinem Dad mit dem Truck über die Schulter.

Wenigstens habe ich noch ein Kind, das mich nicht hasst.

Schließlich trug Jack seinen jüngsten Sohn die Treppe hinauf und spähte in Mikkis Zimmer. Es war klein und wurde von einer schwachen Deckenleuchte erhellt, und ihre Klamotten lagen im Raum verstreut. Ein halb leeres Nutellaglas stand auf einem

Karton. Mikkis Gitarre und das Keyboard lagen in der Ecke; auf dem Boden stand ein Mischpult. Überall stapelten sich Notenblätter, und auf einem Tapeziertisch, den Mikki als Schreibtisch nutzte, lag ein altes Mikrofon.

Jack setzte seinen Sohn ab, ging ins Zimmer und nahm sich ein paar Notenblätter. Die Noten waren handgeschrieben, vermutlich von seiner Tochter. Jack konnte keine Noten lesen; deshalb wusste er nicht, was all die Zeichen zu bedeuten hatten, aber sie sahen kompliziert aus. Seltsam: Mikki konnte so etwas erschaffen, hatte aber Mühe, in Mathe eine Drei zu bekommen? Andererseits hatte auch Jack selbst nur in den Fächern, die ihn interessierten, gute Leistungen erbracht.

Jack nahm Jackies Hand und ging mit ihm zu dem Zimmer, das die beiden Jungs sich teilten. Hier war es noch viel unordentlicher als bei Mikki, denn der Raum war noch kleiner und beherbergte gleich zwei Personen. Die Betten berührten einander fast. Ein kleines Regal war mit Spielsachen, Büchern und allem möglichen Krempel vollgestopft, den die Jungs sammelten. Cory hatte seine Kleider ordentlich in einem kleinen Schrank verstaut, den Jack auf dem Flohmarkt gekauft hatte, und Jackies Kleider – die wenigen, die er besaß – lagen obendrauf.

Jack bemerkte eine Kiste voller Papier auf dem Boden neben Corys Bett. Er schaute hinein. Als er die oberste Seite sah, ging er auch den Rest durch. Es waren ausgedruckte Informationen über seine Krankheit, und Cory hatte handschriftlich Notizen hinzugefügt.

»Er dachte, er könnte vielleicht ein Heilmittel finden.«

Jack fuhr herum und sah Mikki in der Tür stehen.

Sie trat vor. »Er wollte dich retten. Dumm, hm? Er ist nur ein Kind. Aber er hat es gut gemeint.«

Jack stand langsam auf. »Das habe ich nicht gewusst.«

»Nun ja, du warst nicht mehr ganz bei dir.« Mikki setzte sich auf eines der Betten. Jackie lief zu ihr, um ihr seinen Truck zu zeigen. »Hey, der ist cool, Jackie.« Sie umarmte ihren Bruder und sagte: »Herzlichen Glückwunsch zum Geburtstag, mein Großer.«

»Großer«, wiederholte Jackie und lächelte breit.

Mikki schaute wieder zu ihrem Dad. »Das ist ein schönes Geschenk.«

»Danke.« Er erwiderte ihren Blick. »Und? Wo stehen wir jetzt?«

»Das hier ist keine Seifenoper, wo wir jetzt dummes Zeug labern, uns die Augen ausheulen, und alles ist wieder gut, wenn die bescheuerte Musik einsetzt. Hier geht es Schritt für Schritt, einen Tag nach dem anderen. Das ist das Leben. Manche Tage werden gut sein, andere einfach nur scheiße. Manchmal werde ich dich nur ansehen müssen, um durchzudrehen, und dann wieder werde ich mich mies fühlen, weil ich so wütend gewesen bin. Und an manchen Tagen werde ich gar nichts fühlen. Aber du bist und bleibst mein Dad.«

»Das Problem ist, *ich* hätte eigentlich gehen sollen, nicht eure Mom«, sagte Jack. »Ich hatte mich bereits damit abgefunden. Aber dann war eure Mutter nicht mehr da, und ich bin aus irgendeinem Grund wieder gesund geworden. So hätte das nicht laufen sollen.«

»Aber es *ist* so gelaufen«, sagte Mikki. »*Du* bist hier, Mom nicht.«

»Also, noch einmal: Wie machen wir jetzt weiter?«

»Das fragst du mich?«

»Du weißt offensichtlich mehr über diese Familie als ich.«

Jacks Handy klingelte. Er schaute auf die Nummer. Arizona. Es war Bonnies Nummer. Was wollte sie diesmal? Hatte sie nicht schon genug Schaden angerichtet?

»Hallo?«, meldete sich Jack und bereitete sich auf einen Kampf vor.

Es war Fred. Er klang müde, und in seiner Stimme lag etwas, das Jack unwillkürlich die Luft anhalten ließ.

»Fred«, sagte Jack, »alles okay bei euch?«

»Nicht so ganz, Jack.«

»Was ist denn? Es ist doch nichts mit Bonnie, oder?«

»Nein.« Fred hielt kurz inne. »Es geht um Cecilia. Sie ist vor ungefähr zwei Stunden gestorben.«

KAPITEL 20

Obwohl sie die letzten zehn Jahre mit ihrer Tochter und ihrem Schwiegersohn in Ohio gelebt hatte – und kurze Zeit in Arizona –, war Cecilia Pinckney durch und durch Südstaatlerin geblieben. Sie hatte verfügt, dass man sie in Charleston, South Carolina, beisetzen sollte, in der Familiengruft. Also packte Jack die Kinder in einen blassblauen 1964er VW-Bus, den Sammy liebevoll restauriert hatte, und fuhr nach Süden. Zur Beerdigung versammelte sich eine große Trauergemeinde unter einer glühend heißen Sonne und bei hoher Luftfeuchtigkeit. Bonnie sah zehn Jahre älter aus. Sie war förmlich in sich zusammengefallen. Als Jack sie sah, konnte er ihr einfach keine Vorwürfe mehr machen, sondern sprach ihr stattdessen kurz sein Beileid aus. Als sie ihn daraufhin anschaute, glaubte Jack unter der Trauer so etwas wie Zuneigung zu sehen.

»Danke, dass ihr gekommen seid«, sagte sie.

»Cecilia war eine großartige Frau.«

»Ja, das war sie.«

»Wenn ein bisschen Zeit ins Land gegangen ist, müssen wir mal reden. Ich will nicht, dass das weiterschwelt.«

Bonnie nickte langsam. »Ja, das sollten wir wohl.«

Nach dem Trauergottesdienst fuhren Jack und die Kinder ins Hotel, wo sie sich ein Zimmer teilten. Jack hatte gerade seine Krawatte ausgezogen, als das

Zimmertelefon klingelte. Er nahm ab. Er glaubte, es sei Fred, doch die Stimme war ihm fremd.

»Mr. Armstrong? Mein Name ist Royce Baxter.«

»Was kann ich für Sie tun?«

»Ich hatte das Vergnügen, Mrs. Cecilia Pinckney in den vergangenen zwanzig Jahren als Anwalt zu dienen.«

»Sie sind ihr Anwalt?«

»Ja. Sagen Sie, könnten wir uns wohl kurz treffen? Meine Kanzlei liegt nur einen Block von Ihrem Hotel entfernt. Fred O'Toole hat mir gesagt, wo Sie wohnen. Ich nehme an, Sie werden bald wieder nach Ohio fahren, und da wollte ich Sie vorher noch erwischen. Ich weiß, der Zeitpunkt ist nicht gerade gut gewählt, aber es ist wichtig, und es wird auch nicht lange dauern.«

Jack schaute zu seinen Kindern. Jackie schlief tief und fest auf einem Stuhl, und Cory und Mikki schauten fern.

»Geben Sie mir die Adresse.«

Fünf Minuten später saß Jack einem übertrieben förmlichen Royce Baxter in einem dunklen Anzug gegenüber. Der Mann war Mitte sechzig, gut eins achtzig groß, mit kleinem Bauch und einem freundlichen Gesicht.

»Lassen Sie mich gleich zum Wesentlichen kommen.« Baxter nahm ein Dokument aus einer Aktenmappe. »Das hier ist Mrs. Cecilias letzter Wille und Testament.«

»Wissen Sie«, sagte Jack, »falls sie mir etwas hinterlassen hat, habe ich nicht das Gefühl, dass ich es annehmen sollte.«

Baxter schaute Jack über den Rand des Dokuments hinweg an. »Und warum, wenn ich fragen darf?«

»Das ist ziemlich kompliziert«, antwortete Jack.

»Nun, sie hat diese Änderung erst vor Kurzem

vorgenommen. Und sie sagte mir, auch wenn Sie das Haus nie nutzen würden, wäre es immer für Sie da.«

»Um was für ein Haus handelt es sich genau?«, hakte Jack neugierig nach.

»Um das alte Haus der Pinckneys an der Küste von South Carolina, gut eine Stunde Fahrzeit von einer Stadt mit Namen Channing entfernt. Dort ist Mrs. Cecilia geboren worden.«

»Sie meinen den Palast?«

»Ja. Sie kennen das Haus?«

»Lizzie hat mir davon erzählt, aber ich war nie dort. Nachdem sie nach Ohio gezogen war, ist sie nie wieder zurückgekehrt.«

»Ich möchte Sie warnen. Es liegt zwar direkt am Strand, aber es ist nicht gerade in gutem Zustand. Im Grunde ist es bloß ein altes, verfallenes Gebäude, das nie modernisiert worden ist. Aber die Lage ist wunderbar. Die Küste dort ist von einmaliger Schönheit – das sage ich mit all der Voreingenommenheit eines stolzen Mannes aus South Carolina. Mrs. Cecilia hat mir erzählt, Sie seien handwerklich außergewöhnlich geschickt. Ich glaube, sie hielt Sie genau für den Richtigen, sich um das Anwesen zu kümmern.«

»Strandlage? Da könnte ich mir nicht einmal die Grundsteuer leisten.«

»Es gibt keine. Letztes Jahr hat Mrs. Cecilia Haus und Grundstück unter Denkmalschutz stellen lassen, damit es nie verkauft oder abgerissen werden kann. Sie und Ihre Nachfahren können den Besitz nutzen, aber nicht veräußern. Und ein Vorteil des Denkmalschutzes ist nun mal der Wegfall sämtlicher Grund- und Gebäudesteuern.«

»Aber wir haben ein Haus in Cleveland, und die Kinder gehen dort zur Schule.«

»Mrs. Cecilia hat schon damit gerechnet, dass Sie Vorbehalte haben könnten. Doch da der Großteil des

Sommers noch vor uns liegt, steht die Schulfrage erst mal nicht zur Debatte.«

Jack lehnte sich zurück. »Okay. Das verstehe ich. Aber ich glaube trotzdem nicht …«

Baxter fiel ihm ins Wort. »Und Mrs. Cecilia hat mir auch erzählt, Lizzie habe darüber nachgedacht, die Kinder diesen Sommer dorthin mitzunehmen.«

»Stimmt. Das hatte Lizzie wirklich vor. Sie hat es mir gesagt. Ich hielt es für eine gute Idee, aber …« Jacks Stimme verhallte. Er hatte Lizzie versprechen lassen, dass sie mit den Kindern fahren würde, und nun konnte sie es nicht mehr.

Baxter fingerte am Testament herum und musterte Jack aufmerksam. »Würden Sie das Haus gerne sehen, bevor Sie sich entscheiden?«

»Ja«, antwortete Jack.

KAPITEL 21

Weniger als zwei Stunden nachdem er Roy Baxters Kanzlei verlassen hatte, bogen Jack und die Kinder in einen sandigen Feldweg ein, der zwischen großen Sträuchern hindurchführte. Sie folgten den Richtungsanweisungen, die ihnen der Anwalt gegeben hatte. In der Nähe gab es Marschen, und es roch nach Meer.

»Wow!«, rief Cory, als das alte Haus schließlich in Sicht kam.

Jack hielt an. Alle stiegen aus und gingen zum Eingang, der von zwei kleinen Palmen beschattet wurde. Das Haus war ein langes Gebäude mit Holzwänden und einer breiten, überdachten Veranda, die fast drei Viertel der Vorderseite einnahm. Eine Doppeltür aus massivem Holz stellte den Haupteingang dar. Das Holz war ausgeblichen und verwittert, doch Jack sah mit Expertenblick, dass es noch immer stabil war. Die schweren Fensterläden zum Schutz vor Hurrikans waren schwarz gestrichen, doch die Farbe war zum größten Teil abgeblättert, und das Holz darunter war den Elementen ausgesetzt. Fünf verrottete Stufen führten zum Haupteingang.

Die Möbel auf der Veranda waren abgedeckt. Als Jack und die Kinder darunterschauten, fanden sie ein ziemliches Chaos vor, darunter auch Tiernester. Ein Eichhörnchen sprang heraus, flitzte einen Stützpfeiler hinauf und floh aufs Dach, wo ein Teil der Schindeln fehlten, wie Jack bereits bemerkt hatte. Als unter einem Holzstapel eine Schlange hervorkroch, schrien die beiden älteren Kinder und rannten davon. Jackie hingegen versuchte, die Schlange aufzuheben, doch Jack riss ihn zurück. Dann schaute er zu Mikki und Cory. Sie kauerten neben dem VW.

»Das ist eine Schwarze Erdnatter«, erklärte Jack. »Die ist zwar nicht giftig, aber sie beißt; also haltet euch von ihr fern.« Er beobachtete, wie die Schlange die Stufen hinunterkroch und im Unterholz verschwand.

»In Cleveland gibt es keine Riesenschlangen«, keuchte Cory.

»Die war nur einen halben Meter lang, Sohn. Und es *gibt* Schlangen in Ohio.«

Nach dieser Information fühlte Cory sich auch nicht besser.

»Kommt«, sagte Jack. »Wenn wir schon hier sind, sollten wir uns das Haus wenigstens mal anschauen.«

Mit dem Schlüssel, den er vom Anwalt bekommen hatte, öffnete er die Tür und ging mit Jackie hinein. Dann drehte er sich zu den anderen beiden um. Sie kauerten noch immer neben dem VW.

»Vergesst nicht, Kinder«, sagte Jack, »die Schlange ist da draußen bei *euch*, nicht hier drin bei uns.«

Einen Augenblick später flogen die beiden Kinder die Stufen hinauf und an ihrem Dad vorbei ins Haus. Cory schrie und blickte über die Schulter nach der »Riesenschlange«.

Jackie und sein Vater schauten einander an. Dann kicherte Jackie. »Cory ist lustig.«

»Ja, ein Brüller jagt den nächsten«, sagte Jack und schüttelte den Kopf.

Die Zimmer waren groß und offen, mit hohen Decken, an denen riesige Ventilatoren hingen. Die Küche war geräumig, wegen der winzigen Fenster aber nur schlecht beleuchtet, und die Badezimmer waren klein. Im Wohnbereich gab es einen riesigen gemauerten Kamin, der bis unter die Decke reichte, und einen großen alten Speisetisch, der schon ziemlich heruntergekommen aussah. Andere Räume dienten unterschiedlichen Zwecken. Es gab sogar einen gesonderten Waschraum sowie eine kleine Bibliothek. Im Untergeschoss standen ein Pooltisch mit abgenutztem Belag und eine Tischtennisplatte mit zerfetztem Netz. In einem Lagerraum befanden sich Dinge für einen Besuch am Strand: luftlose Strandbälle, Schwimmbretter und dergleichen.

Die Möbel waren alt, aber größtenteils in gutem Zustand. Der Boden bestand aus ungleichmäßigen Parkettbohlen, und die Wände waren verputzt. Jack klopfte einen Teil davon ab und staunte über die Handwerkskunst. Doch als er in den hinteren Teil des Hauses ging, verschlug es ihm den Atem. Dort bestand fast alles aus Fenstern und Glastüren. Es gab sogar einen Wintergarten im ersten Stock mit einer Außentreppe nach unten. Und die Aussicht war atemberaubend. Der Atlantik war höchstens sechzig Meter entfernt, der Sandstrand nur halb so weit.

Jack atmete die frische Seeluft ein und deutete aufs Meer hinaus. »Zwischen hier und Europa oder Afrika liegt kein einziges Stück Land«, sagte er, »nur Wasser.«

Während die Kinder aufs Meer starrten, schaute Jack sich den Hinterhof an. Er war voller Flugsand und überwuchert. Jack ging wieder ins Haus und roch den Rauch von Feuern aus vergangenen Zeiten.

Dann stiegen sie die Treppe hinauf und schauten sich die lange Reihe von Schlafzimmern an. Keines war sonderlich bemerkenswert, doch alle waren noch zu gebrauchen. Wo andere Probleme gesehen hätten, sah Jack, der Bauhandwerker, nur Möglichkeiten. Aus sämtlichen Schlafzimmern hatte man freie Sicht aufs Meer. Das größte Zimmer besaß sogar einen eigenen Balkon.

»Was ist da oben?«, fragte Mikki, die auf eine Treppe am Ende des Flurs deutete. Sie führte zu einer kleinen Tür.

»Der Speicher, nehme ich an«, antwortete Jack.

Er öffnete die Tür, tastete nach dem Lichtschalter und betätigte ihn, doch nichts geschah. Dann wurde ihm klar, dass der Strom vermutlich schon vor langer Zeit abgeschaltet worden war. Der Raum hinter der Tür befand sich unmittelbar unter dem Giebel, und die Wände waren dementsprechend schräg. Es gab zwei Fenster, durch die das Licht der Morgensonne auf ein altes, eisernes Himmelbett fiel; daneben stand ein Regal voller Bücher und in der Ecke eine Truhe. Eine weitere Tür führte in einen leeren Wandschrank. Vorsichtig ging Jack über die Bodenbretter. Er wusste nicht, ob sie morsch waren.

»Okay«, sagte er, nachdem er alles inspiziert hatte. »Viel Spaß bei der Erkundung.«

Cory hielt direkt auf die Truhe zu, während Jack seinen Jüngsten zum Schreibtisch führte und ihm half, die Schubladen zu öffnen. Er schaute zu Mikki. Sie stand noch immer in der Tür.

»Willst du dich nicht umschauen?«, fragte Jack.

»Warum? Du denkst doch nicht ernsthaft darüber nach, hierherzuziehen?«

»Vielleicht.«

Sofort lief sie vor Wut rot an. »Ich musste schon nach Arizona ziehen. Und alle meine Freunde sind in Cleveland. Meine Band, alles.«

»Keine Angst, ich sehe mich nur um.« Doch im Geiste plante Jack bereits die Renovierung.

Vor seinem geistigen Auge saß Lizzie neben ihm auf dem Bett, um hier den Rest ihres Lebens mit ihm zu verbringen.

Man weiß nie, Jack. Vielleicht wirst du es ja auch genie-

ßen. Mit deinem Geschick könntest du den Palast reparieren, sogar den Leuchtturm.

»Sie hat dir also dieses Haus hinterlassen, ja?«, fragte Mikki.

Jack riss sich von seinen Gedanken los. »Ja.«

»Warum verkaufst du es dann nicht? Wir könnten das Geld gut gebrauchen.«

»Das kann ich nicht. Das ist ein juristisches Problem. Außerdem wäre es irgendwie falsch.«

Mikki zuckte mit den Schultern, lehnte sich an den Türrahmen und setzte einen gelangweilten Gesichtsausdruck auf.

Jack schaute zu Cory, der vor lauter Eifer fast in die Truhe fiel. Als er wieder auftauchte, trug er einen altmodischen Zylinder, einen schwarzen Umhang und eine Halbmaske.

»Huahahaha!«, sagte er mit dramatisch tiefer Stimme.

»Ist das Cory?«, fragte Jackie verunsichert und klammerte sich an seinen Vater.

»Cory will nur komisch sein«, versuchte Jack ihn zu beruhigen und löste die Finger seines Jüngsten aus seinem Haar. Dann griff er sich ein Buch und schlug es auf. Ihm klappte die Kinnlade hinunter.

»Was ist?«, fragte Cory, dem die Reaktion seines Vaters nicht entgangen war.

Jack hielt das Buch in die Höhe. Auf der Innenseite war eine Plakette eingeklebt.

»Eigentum von Lizzie O'Toole«, las Jack. »Das ist ein Buch von eurer Mutter«, fügte er hinzu. »Vielleicht gehörten ihr alle Bücher hier.« Er schaute sich aufgeregt um. »Ich wette, in diesem Zimmer ist eure Mutter groß geworden.«

Jetzt kam auch Mikki herein und gesellte sich zu ihrer Familie. »Das war Moms Zimmer?«

Jack nickte und deutete auf den Schreibtisch. »Seht euch das an.«

Jemand hatte Initialen ins Holz geritzt: EPO. Mikki schaute ihren Vater fragend an.

Aufgeregt erklärte er: »Elizabeth Pinckney O'Toole. So hieß eure Mutter mit vollem Namen. Pinckney war der Mädchenname eurer Urgroßmutter Cecilia. Sie hat ihn nach ihrer Hochzeit behalten.«

»Warum hat Mom ihre Bücher hiergelassen?«, fragte Mikki.

»Vielleicht hat sie gedacht, sie würde wieder zurückkommen«, antwortete Jack unsicher.

»Ich weiß noch, dass sie mir mal von einem Strandhaus erzählt hat, in dem sie aufgewachsen ist«, sagte Mikki, »aber sonst hat sie nicht viel darüber gesagt. Weißt du mehr, Dad?«

»Sie hat mir ein bisschen was erzählt, als wir uns kennengelernt haben, aber ich bin nie hier gewesen.«

»Warum hat sie uns nie mit hierhergenommen?«

»Das hatte sie vor«, antwortete Jack. »Sie wollte diesen Sommer mit euch hierher, sobald ich … Jedenfalls, das war ihr Plan.«

»Sind wir deswegen hier? Um Moms letzten Wunsch zu erfüllen?«

»Zum Teil, ja.«

Jackie zupfte seinen Dad am Ohr. »Cory?«, fragte er und deutete auf seinen Bruder, der sich eine pinkfarbene Boa um den Hals geschlungen hatte und lange weiße Handschuhe trug, dazu eine Tiara.

»Ja, das ist Cory«, sagte Jack und grinste breit. »Und ganz offensichtlich ist er sich seiner Männlichkeit sehr sicher.«

Er schaute zu Mikki, die mit den Fingern über die Initialen ihrer Mom strich.

Jack blickte aus dem Fenster. »Hey, Leute, schaut euch das mal an!«

Die Kinder liefen zum Fenster und blickten voller Ehrfurcht auf den Leuchtturm, der sich neben dem Haus auf einer Felsspitze erhob.

»Der steht wirklich nah am Haus«, bemerkte Mikki.

Und Cory fügte hinzu: »Glaubst du, der gehört uns auch?«

»Ja«, antwortete Jack. »Eure Mom hat mir davon erzählt. Das war einer ihrer Lieblingsplätze.«

Lizzies Schwester Tillie. Sie ist jetzt im Himmel.

Sie verließen das Haus und stiegen auf die Felsspitze. Der Leuchtturm war schwarz-weiß gestreift und bestimmt fünfzehn Meter hoch. Jack probierte die Tür. Sie war abgeschlossen, aber er konnte durch ein kleines Fenster ins Innere schauen. Er sah eine Wendeltreppe aus Holz. An der Wand waren Kisten gestapelt, und alles war von Staub bedeckt.

»Was für ein Durcheinander«, sagte Mikki, die ebenfalls durchs Fenster spähte.

An der Außenwand befand sich ein altes, verwittertes Schild. Jack kratzte ein wenig Dreck ab und las: »Lizzies Leuchtturm«. Er trat einen Schritt zurück und blickte voller Ehrfurcht den Turm hinauf.

Cory betrachtete das handgemalte Schild. »Wie hat Mom denn dieser Leuchtturm gehören können?«

»Er gehört zum Haus dazu. Und er war einer ihrer Lieblingsorte«, antwortete Jack und machte sich auf den Weg um den Leuchtturm herum, um einen zweiten Eingang zu suchen. »Ist das nicht cool?«

»Das ist doch nur ein alter Leuchtturm, Dad«, sagte Mikki.

Jack drehte sich zu ihr um. »Aber eure Mom hat ihn geliebt.«

Jackie zupfte seinen Vater am Hosenbein und deutete auf den Turm. »Was ist das?«

»Ein Leuchtturm, Jackie«, erklärte Cory. »Ein großes Licht.«

»Großes Licht«, wiederholte Jackie.

Jack ließ seinen Blick über das Anwesen schweifen. »Also, ich bin begeistert.«

»Was?«, rief Mikki.

»Das ist ein wundervoller Ort, um den Sommer zu verbringen.«

»Aber Dad«, protestierte Mikki. »Das ist eine Müllhalde. Und meine Freunde …«

»Das ist *keine* Müllhalde. Eure Mutter ist hier aufgewachsen«, sagte Jack mit scharfer Stimme. »Und wir werden hierherziehen.« Er hielt kurz inne und fügte dann hinzu: »Zumindest für einen Sommer.«

KAPITEL 22

Zurück in Cleveland, zogen sie aus dem gemieteten Haus und parkten ihre wenigen Möbel bei Sammy, der beschlossen hatte, sie nach South Carolina zu begleiten.

»Was soll ich allein den ganzen Sommer anfangen?«, hatte Sammy gesagt, als er von den Plänen der Familie erfahren hatte. »Außerdem hat Sam junior sich an die Kinder gewöhnt. Wenn sie nicht da sind, jault er die ganze Zeit. Ich meine, ich komme ja ohne euch zurecht, aber der Hund macht mir Sorgen.«

Sie schlossen Sammys Garagenhaus ab, schoben Sam juniors dicken Hintern in den VW und fuhren los. Sammy fuhr den VW-Bus, und Jack folgte in seinem Pick-up mit Sammys Harley auf der Ladefläche. An Lizzies Grab legten sie einen Zwischenstopp ein. Jack wusste, dass es für alle schwer sein würde, doch er wollte, dass seine Kinder ihre Mom noch einmal besuchten.

Sie steckten frische Blumen in die Vase, und jedes der Kinder sagte etwas zu seiner Mutter. Mikkis Worte waren jedoch nicht zu hören. Jack kämpfte mit den Tränen. Als Jackie wissen wollte, wo seine Mom war, sagte Mikki ihm, sie würde schlafen. Jackie legte sich neben das Grab seiner Mom und flüsterte nur, um sie nicht zu wecken.

Sie teilten die Fahrt in zwei Etappen. Die Nacht

verbrachten sie in zwei angrenzenden Zimmern in einem Motel in Salem, North Carolina. Sam junior blieb mit einem Wassernapf im Bus, die Fenster offen, aber nur so weit, dass er nicht hindurchklettern konnte. Doch gegen Mitternacht begann er so herzzerreißend zu heulen, dass Jack und Sammy ihn ins Zimmer holen mussten. In dieser Nacht schlief Sam junior an Jackie gekuschelt auf dem Boden.

Jack erwachte früh am Morgen und ging nach draußen, um frische Luft zu schnappen. Zu seinem Erstaunen traf er Mikki an. Sie war bereits angezogen und lehnte am VW.

»Was ist?« Er reckte sich.

»Warum tun wir das?«, fragte Mikki in säuerlichem Tonfall.

»Warum tun wir was?«

»Du weißt, was ich meine!«

Jack ging zu ihr. »Was ist dein Problem?«

»*Ich* habe kein Problem. Du?«

»Was soll das heißen?«

»Wir sind eben erst wieder in Cleveland angekommen, Dad, und jetzt willst du mit uns nach South Carolina.«

»Ja, in das Haus, in dem eure Mutter aufgewachsen ist.«

»Okay, aber falls du es noch nicht bemerkt haben solltest: Mom ist nicht mehr da.«

Damit drehte Mikki sich um und ging in ihr Zimmer zurück.

Jack blickte ihr hinterher, schüttelte den Kopf und machte sich daran, alles für die zweite Etappe vorzubereiten.

Sie fuhren früh los und trafen kurz vor dem Mittagessen in Channing, South Carolina, ein. Jack hatte telefonisch bereits dafür gesorgt, dass das Haus wieder mit Strom und Wasser versorgt wurde. Außerdem hatte er einen Kabelanbieter gefunden, sodass der Fernseher angeschlossen war, was besonders Jackie und Cory freute, die beiden Vielseher.

Sie brauchten nicht lange für das Ausladen. Die Harley schoben sie unter ein Vordach. Als sie ihre Sachen ins Haus brachten, entdeckte Jack einen Briefumschlag auf dem alten Küchentisch. Der Brief war an ihn adressiert, und auf einem Post-it-Zettel stand eine Notiz von Anwalt Royce Baxter. »Mrs. Cecilia hat mich angewiesen, Ihnen diesen Brief von ihr zu geben, sobald Sie ins Strandhaus ziehen«, stand dort.

»Mann«, sagte Sammy, ließ seinen alten Army-Seesack auf den Boden fallen und sah sich um. »Was für ein Haus!«

»Ein Haus, das jede Menge Arbeit braucht«, sagte Jack. »Aber es hat gute Knochen. Bei meinem letzten Besuch hier habe ich eine Liste gemacht. Wir brauchen Material und viel, viel Schweiß. Nicht weit von hier gibt es einen Eisenwarenladen, den der Anwalt mir empfohlen hat.«

Sammy schaute ihn neugierig an. »Du willst das Haus renovieren? Aber verkaufen kannst du es doch nicht, oder?«

»Stimmt. Kann ich nicht.«

»Warum willst du es dann renovieren?«

»Wegen Lizzie ... Ich meine, weil wir vielleicht hierbleiben.«

»Hierbleiben? Für wie lange?«

Jack antwortete nicht, sondern deutete aus dem Fenster hinaus.

Sammy rief: »Ist das ein Leuchtturm?«

»Jep.«

»Und funktioniert er?«

»Nein. Aber er hat mal funktioniert. Das ist Lizzies Leuchtturm.«

»Lizzies Leuchtturm?«

»Ja. Das war ihr Lieblingsort.«

Sammy schaute auf den Brief in Jacks Hand. »Was ist das?«

»Das ist von Cecilias Anwalt.« Jack steckte den Brief in die Tasche.

Die nächsten Stunden verbrachten sie damit, alles zu verstauen, sauberzumachen und das Haus zu erkunden. Anschließend zogen sie sich alle Schwimmsachen an und gingen zum Strand. Die Kinder sprinteten ins Wasser, Mikki vorneweg, Cory als Zweiter, und Jackie bildete die Nachhut. Sam junior blieb nah bei seinem Herrchen. Sammy und Jack brachten die Handtücher, eine Kühltasche, Strandstühle und einen Sonnenschirm. Die Stühle und den Schirm hatten sie im Untergeschoss gefunden.

Nach dem Mittagessen kam Cory mit einem alten Fußball aus dem Haus zurück.

»Hey, Dad!«, rief er. »Sollen wir was werfen?«

Jack war nicht allzu begeistert von diesem Vorschlag, denn er war müde. Doch als er schon ablehnen wollte, fiel ihm etwas ein.

Es war vor vielen Jahren gewesen. Ein Basketball, kein Fußball. In der Einfahrt des elterlichen Hauses. Der sechsjährige Jack hatte mit seinem neuen Ball gespielt, als sein Vater von der Arbeit gekommen war. Er hatte seinen Dad gebeten, mit ihm zu spielen. Inzwischen wusste Jack nicht einmal mehr, ob sein Vater überhaupt darauf geantwortet hatte. Er erinnerte sich nur noch, wie die Tür mit einem Knall ins Schloss gefallen war. Und wenn er sich nach all den Jahren noch immer daran erinnerte …

Er stand auf. »Okay, Cory.«

»Na also«, sagte Sammy. »Zeig deinem alten Herrn mal, wo der Hammer hängt, Cory!«

Sie warfen über eine Stunde lang. Jack hatte sein Können aus Highschool-Zeiten noch nicht eingebüßt. Und nachdem er die ersten paar Bälle fallen gelassen hatte, fing Cory alles, was in seine Richtung flog. Jack konnte schon jetzt den Sportler in Corys kindlichem Körper sehen. Schließlich machten auch Jackie und sogar Mikki mit, und Jack zeigte ihnen ein paar seiner alten Highschool-Tricks, an die er sich erinnerte.

Schließlich waren alle müde. Cory sagte: »Danke, Dad. Das war toll.«

Jack strich seinem Sohn über den Kopf. »Du hast Talent. Ich wünschte, ich hätte dich an der Highschool in meiner Mannschaft gehabt.«

Cory strahlte, und Jackie quiekte: »Mich auch?«

Jack schnappte sich Jackie, drehte ihn kopfüber und lief mit ihm zum Wasser. »Na klar, dich auch.«

Stunden später ging die Sonne unter, während die Kinder noch immer durch das knietiefe Wasser rannten, Sandburgen bauten, Sam junior über den Strand jagten und mit einem Frisbee warfen, den sie ebenfalls im Haus gefunden hatten. Sammy und Jack saßen auf ihren alten Liegestühlen. Jack hatte ein Bier, Sammy eine Cola.

Schließlich zog Sammy sich seine Baseballkappe über die Augen und ließ sich so weit in den Liegestuhl sinken, dass sein Hintern fast den Sand berührte. Jack zog den Brief aus der Tasche und öffnete ihn. In ihrer spinnenhaften Handschrift schrieb Cecilia, sie hoffe, das Haus und der Strand werde Jack und den Kindern genauso viel Spaß und Zufriedenheit bereiten wie einst ihr und Lizzie. Während er las, hatte Jack das Gefühl, als spräche Cecilia mit ihrem klangvollen, gedehnten Südstaatenakzent mit ihm.

Lieber Jack,

mein Leben geht zu Ende, sonst würdest du diesen Brief nicht lesen. Aber ich hatte eine schöne und lange Zeit auf Erden. Ich habe alles getan, was ich tun wollte. Das Wenige, was ich nicht mehr geschafft habe, brauchte ich oh-

nehin nicht. Ich kenne kein kleines Mädchen, das den Sand und das Meer so sehr geliebt hat wie Lizzie. Sie hat auch das alte Haus geliebt, obwohl böse Erinnerungen damit verbunden waren, wie du weißt.

Und Lizzies Leuchtturm, wie sie ihn genannt hat! Das Kind war immer da oben. Ich glaube, auch Mikki, Cory und Jackie werden diesen Ort lieben. Ich hoffe es jedenfalls sehr. Und ich bin sicher, dass du, lieber Jack, dort Trost und Frieden finden wirst, wo Lizzie aufgewachsen ist. Ich weiß, wie schwer die letzte Zeit für dich gewesen ist. Das Schicksal hat dir einen schrecklichen Schlag versetzt, indem es euch beide weit vor der Zeit getrennt hat. Aber immer, wenn du aufwachst, denk daran, dass du drei wundervolle Kinder hast. Sie sind das Wertvollste, was du und Lizzie gemeinsam hervorgebracht habt. Allein aus diesem Grund wirst du nie wirklich von der Frau getrennt sein, die du liebst.

Natürlich wird dir das im Augenblick nicht reichen, denn ich weiß, du wünschst dir nichts sehnlicher, als dass Lizzie an deiner Seite wäre. Ich weiß es, weil ich genauso empfunden habe. Aber du hast eine zweite Chance bekommen, also lebe dein Leben. Und wenn dann auch deine Zeit gekommen ist, wird Lizzie auf dich warten. Wahrscheinlich komme ich dann mal auf eine Tasse Kaffee vorbei. Bis dahin umarme die wundervollen Kinder von mir, und pass auf dich auf.

In Liebe,
Cecilia

Jack steckte den Brief in die Tasche zurück, atmete tief durch und wischte sich über die Augen. Obwohl er noch nie an diesem Ort gewesen war, hatte er plötzlich das Gefühl, nach Hause gekommen zu sein. Er stand auf, zog die Schuhe aus und joggte ins Wasser zu seinen Kindern. Als schließlich alle erschöpft waren und zum Abendessen ins Haus gingen, blieb

Jack zurück und wanderte am Strand entlang, während die Sonne hinter dem Horizont versank und den Himmel in eine rote Glut tauchte. Das warme Wasser des Atlantiks umspülte seine Füße. Jack blickte aufs Meer hinaus und tastete gedankenverloren nach dem Brief in seiner Tasche. Das war ein guter erster Tag gewesen.

»Hey, Dad!«

Jack drehte sich um und sah Cory, der ihm von der hinteren Terrasse aus wild zuwinkte.

Jack winkte zurück. »Ja, Kumpel?«

»Jackie hat den Schlauch angestellt.«

»Äh ... und?«

»Nachdem er das vordere Ende ins Haus gezogen hat.«

Jack machte sich auf den Weg zurück zum Palast. »Wo ist Sammy?«

»Im Badezimmer mit einer Zeitung.«

»Und Mikki?«

Cory schüttelte hilflos den Kopf. »Weiß ich nicht.«

Jack lief schneller und rief: »Kannst du den Schlauch nicht einfach abstellen oder ihn aus dem Haus ziehen?«

»Würde ich ja, aber dieses kleine, knubbelige Ding am Ende hat sich gelöst, und Jackie will einfach nicht loslassen. Er ist viel stärker, als er aussieht.« Corys Augen wurden groß. »Ist es schlimm, wenn im Haus die Sachen auf dem Wasser schwimmen, Dad?«

O verdammt.

Jack rannte jetzt, so schnell er konnte. Hinter ihm stob der Sand in die Höhe. »Jackie!«

Meine drei wunderbaren Kinder. Jaja, Cecilia.

KAPITEL 23

Am nächsten Tag blieb Sammy bei den anderen beiden Kindern, während Jack und Mikki mit dem Pickup zum Eisenwarenladen in Channing fuhren, gut drei Meilen vom Strandhaus entfernt. Unterwegs kamen sie an einem Küstenabschnitt mit wunderschönen Eigenheimen vorbei. Beinahe konnte man sie schon als Villen bezeichnen. Es steckte sehr viel Geld darin. Wenn Jack bei einigen dieser Leute Arbeit bekommen könnte, wäre sein Auskommen gesichert.

»Wow!«, rief Mikki.

»Ja, das ist toll. Eine großartige Wohnlage. Die Häuser müssen Millionen wert sein.«

»Was für eine Verschwendung. Wer braucht so viel Platz?«, bemerkte Mikki verächtlich.

Jack schaute sie an. »Kommst du inzwischen ein bisschen besser damit zurecht, wie es gelaufen ist?«

»Nein.«

Als sie an einem Haus vorbeikamen, das noch größer war als die anderen, erschien ein Mädchen im Teenageralter in der gepflasterten Einfahrt. Sie trug ein Bikinioberteil und winzige Shorts, war blond und sonnengebräunt und besaß die Figur eines Models. Sie stieg in ein Mercedes Cabrio, in dem ein großer, schlanker junger Mann mit zerzaustem dunklem Haar auf sie wartete. Er trug Surfershorts und ein Tanktop. Das Mädchen setzte sich hinter das Steuer und raste so rasant los, dass sie Jack beinahe von der Straße gedrängt hätte.

Mikki ließ das Fenster herunter und rief: »Du Hirnamputierte!«

Das Mädchen machte eine obszöne Geste.

»Hinterher, Dad! Ich will der blöden Kuh in den Arsch treten!«

»Seit wann hast du ein Aggressionsproblem?«

»Was? Aber ich ...« Mikki hielt inne, als sie ihren Vater grinsen sah.

»Ach, sei doch still«, murmelte sie.

Sie erreichten Channing und stiegen aus. Jack trug Jeans, ein weißes T-Shirt und Sneakers. Mikki hatte sich knielange Jeansshorts angezogen, dazu ein schwarzes T-Shirt. Ihre Haut war blass, und ihr Haar war halb grün, halb lila gefärbt. Die Stacheln waren auch wieder da.

Mikki schaute sich um, während Jack noch einmal seine Liste durchging.

»Hier sieht es aus wie bei Nick at Nite«, sagte sie. »Du weißt schon, dieser Ort aus der Fernsehserie, den es in Wirklichkeit gar nicht gibt. Mayberry.«

Jack schaute sich ebenfalls um und musste zugeben, dass man hier wirklich das Gefühl bekommen konnte, in der Zeit zurückgereist zu sein. Die Straßen waren breit und sauber, die Ladengeschäfte gepflegt. Außerdem gab es hauptsächlich Einzelhändler und keine Discounter. Vor dem Friseursalon stand sogar der klassische rot-weiße Pfahl, während die öffentliche Bibliothek mit kostenlosem WLAN-Service warb.

»Na ja«, sagte Mikki, »wenigstens können wir hier online gehen.«

Die meisten Leute trugen Shorts und Sandalen; einige der älteren Damen hatten sich Kopftücher umgebunden. Fahrräder mit Weidenkörben am Lenkrad bevölkerten die Straße. Ein paar Leute führten

Hunde an der Leine, Kinder liefen den Bürgersteig hinauf und hinunter. Alle waren sonnengebräunt. Die Stadt strahlte einen gewissen Wohlstand aus. Bei den meisten Autos handelte es sich entweder um die neuesten Luxuslimousinen oder hochpreisige Cabrios. Die Nummernschilder gehörten fast ausschließlich nach South Carolina. Gäste schienen hier eher selten zu sein. Dann aber fielen Jack ein paar verbeulte, schmutzige Pick-ups auf, alte Fords und Dodges. Und die Männer, die darin saßen, sahen eher wie er selbst aus: Arbeiter.

Sie gingen an einem schäbig aussehenden Gebäude vorbei. Auf einem Schild am Eingang stand: *Channing Show Theatre*. Ein alter Mann fegte den Bürgersteig vor der großen Doppeltür. Auf der anderen Seite der Tür befand sich ein altes Kartenhäuschen. Der Mann hörte auf zu fegen und begrüßte die beiden Neuankömmlinge.

»Was ist das für ein Theater?«, fragte Jack.

»Oh, das Channing war früher eine der besten Showbühnen im ganzen Low Country«, antwortete der Mann und stellte sich als Ned Parker vor.

»Hier werden Shows aufgeführt?«, hakte Jack nach.

Parker nickte. »Selbst aus New York City sind sie zu uns gekommen. Sänger, Tänzer, Schauspieler … Wir hatten sie alle hier.«

»Und jetzt?«, fragte Jack.

»Na ja, dann und wann findet mal eine Vorstellung statt, aber das ist nichts im Vergleich zu dem, wie es früher war. Heutzutage gibt es einfach zu viele Videospiele und billige Filme.« Er deutete auf Mikki. »Von deiner Generation, Missy.«

Mikki deutete auf ein Schild, auf dem *Channing Talentwettbewerb* stand. »Was ist das?«

»Oh, der Wettbewerb findet jedes Jahr im August statt. Jeder, der Lust hat, kann auftreten, unabhängig vom Alter und von dem, was er vorführt. Fiedeln,

Tanzen, Singen, ganz egal. Das ist jedes Jahr ein Mordsspaß. Als Preisgeld gibt's hundert Dollar, und ein Foto des Siegers kommt in die *Channing Gazette*.«

Jack und Mikki gingen zum Eisenwarenladen weiter. Er war unerwartet groß, und sie kauften, was sie brauchten. Ein junger Mann, der in dem Laden arbeitete, half Jack beim Einladen. Dabei fiel Jack auf, dass er Mikki weit mehr Aufmerksamkeit schenkte als ihm. Er trat zwischen den jungen Mann und seine Tochter. »Einiges von dem Zeug passt nicht auf meine Ladefläche«, sagte er.

Bevor der Junge etwas erwidern konnte, kam ein stämmiger Mann Mitte siebzig mit schneeweißem Haar aus der Eisenwarenhandlung. Er trug eine plissierte Khakihose und ein dunkelblaues Polohemd, auf das der Name des Ladens gestickt war.

»Das ist kein Problem«, erklärte er. »Wir liefern auch. Wenn Sie wollen, schon heute. Sie wohnen im Pinckney-Haus, stimmt's?«

Jack musterte ihn aufmerksam. »Woher wissen Sie das?«

Der Mann streckte die Hand aus und lächelte. »Du bist mir zuvorgekommen. Ich wollte später bei dir vorbeischauen und mich vorstellen. Mein Name ist Charles Pinckney. Ich bin Cecilias kleiner Bruder.« Er drehte sich zu Mikki um und bot auch ihr die Hand an. »Und du musst Mikki sein. Cee hat mir oft von dir geschrieben. Wie war das noch? Sie hat gesagt, du könntest besser Gitarre spielen als jeder, den ich je gehört habe, und dass du genauso hübsch bist wie deine Mutter. Ich habe dich zwar noch nicht Gitarre spielen gehört, aber was die Schönheit betrifft, hatte Cee schon mal recht.«

Mikki wurde rot. »Danke«, murmelte sie.

Pinckney drehte sich zu seinem jungen Helfer um. »Billy, nimm die restlichen Sachen, und mach einen Liefertermin.«

»Jawohl, Sir, Mr. Pinckney.« Billy eilte davon.

»Jetzt erinnere ich mich«, sagte Jack. »Du warst auf der Beerdigung, aber wir hatten keine Gelegenheit, miteinander zu sprechen.«

Pinckney nickte bedächtig. »Jetzt bin ich der Letzte von uns Geschwistern. Dabei war ich fest davon überzeugt, dass Cee uns alle überleben würde, obwohl sie deutlich älter war.«

»Ihr wart zu zehnt, nicht wahr? Hat Lizzie mir jedenfalls mal erzählt.«

»Ja, stimmt. Mom und Dad haben wirklich ihre Pflicht getan. Cee stand mir besonders nahe.«

»Sie war eine großartige Frau. Sie hat mir sehr geholfen.«

»Sie war einmalig«, pflichtete Pinckney ihm bei. »Und sie war zu Recht stolz auf ihr Erbe. Nicht viele Frauen ihrer Generation haben nach der Hochzeit ihren Mädchennamen behalten, aber für sie kam nichts anderes infrage. Sie hatte ihrem Mann sogar mal angeboten, den Namen Pinckney anzunehmen, aber das wollte der nun auch wieder nicht.« Er lachte.

»Hört sich ganz nach Cecilia an.«

»Sie hat viel an dich gedacht und dir sogar den Palast vermacht.«

»Das war ein richtiger Schock. Ich wusste von dem Haus, klar, aber ich bin noch nie dort gewesen.«

»Cee hat mit mir darüber gesprochen. Ich weiß, dass sie wollte, dass du es bekommst. Ich war ebenfalls dafür … besonders, nachdem Lizzie gestorben ist. Sie hat das Haus geliebt.«

Mikki, die aufmerksam zugehört hatte, fragte: »Wenn sie das Haus so sehr gemocht hat, warum ist sie dann nach Cleveland gezogen?«

»Ich glaube, das hatte was mit Freds Arbeit zu tun«, antwortete Pinckney.

»Kaufen die Leute hier unten keine Autos?«

»Mikki, lass es«, ermahnte ihr Vater sie.

»Und warum nennt man das Haus den Palast?«, wollte Mikki wissen.

Pinckney grinste. »Daran ist deine Mutter schuld. Ihre Eltern waren sehr fromm, sie aber nicht. ›Palast‹ klang für die beiden mehr nach Kasino, Saloon oder so was. Und es hat funktioniert. Soviel ich weiß, waren ihre Eltern niemals da«, fügte er kichernd hinzu.

»Ganz schön clever«, sagte Mikki grinsend.

Pinckney schaute sich die Sachen auf dem Pick-up an. »Willst du das Haus renovieren, Jack?«

»Ja.«

»Cee hat erzählt, dass du ein guter Handwerker bist.«

Jack zuckte die Achseln. »Solltest du jemanden kennen, der Arbeit für mich hat, lass es mich wissen. Ich bin nicht gerade in der glücklichen Lage, mir den ganzen Sommer freinehmen zu können. Ich muss viele Mäuler stopfen.«

»Ich höre mich mal um. Viel Glück mit dem Palast. Ich fänd's toll, wenn die alte Bude wieder so würde wie früher.«

»Danke«, sagte Jack. »Es hat gute Knochen, wie man so sagt. Den Rest kann man mit ein bisschen Farbe und viel Fleiß wieder in Ordnung bringen.«

»Gilt das nicht für uns alle?«, erwiderte Pinckney.

KAPITEL 24

»Freundliche Leute«, bemerkte Mikki widerwillig, als sie die Straße hinuntergingen.

»Die berühmte Gastfreundschaft der Südstaaten. Wie wär's mit was zu essen, bevor wir zurückfahren?«

»Dad, du musst nicht …«

»Es ist doch nur ein Mittagessen, Mik. Jetzt komm mir doch mal entgegen.«

»Na gut«, willigte sie lustlos ein.

Sie bogen um die Ecke, als der Mercedes-Sportwagen, der sie beinahe von der Straße gedrängt hatte, plötzlich um die Kurve schoss. Der Kopf des Mädchens wippte im Takt der Musik aus dem CD-Player. Neben ihr saß noch immer der gut aussehende junge Mann.

Mikki rief: »Hey!«

»Mik!«, warnte Jack.

Doch Mikki war bereits auf der Straße und winkte dem Wagen, stehen zu bleiben. Das Mädchen trat auf die Bremse und schnappte: »Was machst du da, zum Henker?«

»Schalt den Scheiß ab, den du für Musik hältst«, sagte Mikki. Das Mädchen verzog das Gesicht, doch der Junge drückte auf den Knopf, und die Musik verstummte.

»Du hast meinen Dad und mich vorhin fast von der Straße gedrängt.«

Das Mädchen lachte. »Ist das deine Naturhaarfarbe, oder hat da jemand reingekotzt?«

Der Junge verzog das Gesicht. »Tiff, lass gut sein.«

Das Mädchen warf Mikki einen abschätzigen Blick zu und lachte dann verächtlich. »Okay, ist ja auch egal. Warum haust du nicht ab und spielst woanders, Süße?« Damit trat sie aufs Gas und jagte davon.

»Ihr Vollspacken!«, schrie Mikki den beiden hinterher. Dann funkelte sie ihren Dad an. »So viel zum Thema Gastfreundschaft in den Südstaaten.«

Kurz darauf entdeckte sie ein Schild, und ihr Gesicht hellte sich wieder auf. »Na also. Das ist das Richtige zum Mittagessen.«

Jack blickte in die Richtung, in die seine Tochter deutete.

»›Little Bit of Love – Bar und Grill‹«, las Jack. »Warum ausgerechnet da?«

»Komm schon, Dad. Ich muss einfach sehen, ob es das ist, was ich denke.«

Mikki ging hinein, und Jack folgte ihr. Im Innern standen zwanzig Retrotische mit roten Vinyltischdecken und Stühle mit gelbem Vinylbezug. Der Boden war ein verrücktes Muster aus schwarzen und weißen Fliesen, und die Wände waren mit Postern berühmter Rockbands bedeckt. Hinter der Bar, die eine gesamte Wand einnahm, hingen akustische und elektrische Gitarren und Bässe, dazu unterschiedliche Kostüme, die tatsächlich mal auf der Bühne getragen worden waren. Auf eine andere Wand waren die Texte von Rocksongs gedruckt.

Mikki sah aus, als hätte sie in einem kleinen Südstaatennest soeben das Paradies gefunden. »Ich hab's gewusst! Mann, ist das cool!«

Die meisten Tische waren besetzt, und auch an der Bar ging es geschäftig zu. Kellner und Kellnerinnen in Jeans und T-Shirts trugen Tabletts mit Essen und Getränken aus der Küche zu den Gästen.

Eine Frau, die ungefähr in Jacks Alter war, kam auf sie zu.

»Mittagessen für zwei?«, fragte sie.

Jack ertappte sich dabei, wie er sie anstarrte. Sie war groß und schlank und hatte langes dunkles Haar. Ihre Augen waren hellblau, und als sie lächelte, zog Jack unwillkürlich die Mundwinkel hoch.

»Äh ... ja«, sagte er. »Danke.«

Sie folgten der Frau zu einem Tisch, und sie reichte ihnen die Speisekarten.

»Kann ich Ihnen schon etwas zu trinken bringen?«

Sie bestellten. Die Frau notierte alles. »Ich habe Sie hier noch nie gesehen«, sagte sie dabei.

Jack stellte sich und Mikki vor.

»Ich bin Jenna Fontaine«, sagte die Frau. »Mir gehört der Laden hier.«

»Kaum hatte ich den Namen gesehen, da wusste ich's«, bemerkte Mikki.

Jack schaute sie an. »Was meinst du damit?«

Jenna und Mikki lächelten einander an. »Def Leppard, stimmt's?«, fragte Mikki.

»Du kennst deine Rocktexte.« Als Jack noch immer verwirrt dreinschaute, erklärte Jenna: »Little Bit of Love heißt ein Song von Def Leppard.«

»Sie stehen auf Musik?«, fragte Jack.

»Ja, aber nicht annähernd so sehr wie der Typ da drüben.«

Sie deutete zu einem großen, schlaksigen Teenager mit langem schwarzem Haar, der gerade Essen zum Nachbartisch brachte. »Das ist Liam, mein Sohn. Er ist der Musikverrückte in der Familie. Als ich beschlossen hatte, das Leben einer Anwältin in der großen Stadt aufzugeben und hierherzuziehen, um ein Restaurant zu eröffnen, hat er das Thema vorgeschlagen und die Dekoration entworfen.«

Mikki musterte Liam und drehte sich dann wieder zu Jenna um. »Spielt er auch?«

»Ja. So ungefähr jedes Instrument, das es gibt. Aber Schlagzeug ist seine Spezialität.«

Zum ersten Mal seit ihrer Ankunft in South Carolina funkelten Mikkis Augen vor Aufregung.

»Ich kann wohl davon ausgehen, dass du auch auf Musik stehst, ja?«, sagte Jenna.

»Könnte man so sagen«, erwiderte Mikki bescheiden.

»Wohnen Sie hier?«

»Meine Urgroßmutter hat uns das alte Haus am Leuchtturm hinterlassen«, antwortete Mikki.

»Wow! Das ist ziemlich beeindruckend. Okay, genießen Sie Ihr Essen.«

Sie ging davon. Jack schaute in die Speisekarte, las sie aber nicht wirklich.

Schließlich berührte Mikki ihn an der Hand, und er zuckte unwillkürlich zusammen.

»Dad?«

»Ja?«

»Sie ist wirklich hübsch.«

»Ach ja? Ist mir gar nicht aufgefallen.«

»Dad, es ist …«

»Mikki, lass uns einfach etwas essen und dann zurückfahren, okay? Ich habe noch viel zu tun.«

Mikki versteckte sich hinter ihrer Speisekarte, und Jack erhaschte einen Blick auf Jenna, die gerade ein weiteres Paar an einen Tisch führte. Dann wandte er sich rasch ab.

KAPITEL 25

Es kostete sie mehrere Tage harte Arbeit, das Haus auf Vordermann zu bringen. Alle Kinder machten mit, Mikki allerdings nur unter Protest. »Soll das jetzt den ganzen Sommer so weitergehen?«, jammerte sie, als sie die Spüle schrubbte. »Soll ich die ganze Zeit die Haussklavin spielen?«

»Wenn du *das* schon für harte Arbeit hältst, dann geh mal zur Army. Da schrubbt man den Fußboden mit einer Zahnbürste, was ungefähr den ganzen Tag dauert, und dann sagt man dir, dass du wieder von vorn anfangen musst, weil es nicht sauber genug ist«, sagte Jack und brachte den Müll hinaus. Mikki starrte ihm finster hinterher.

Als Nächstes nahmen sie den Außenbereich in Angriff. Sie säuberten die Blumenbeete, rissen tote Pflanzen und Unkraut aus und reinigten Terrasse und Außenmöbel mit einem Hochdruckreiniger. Die Kosten für den Rest des Grundstücks überstiegen Jacks finanzielle Möglichkeiten.

Mit viel Kraft und Fluchen gelang es Jack und Sammy, die Tür zum Leuchtturm zu öffnen. Als Jack in den kleinen Vorraum trat, wirbelten Staub und Spinnweben auf. Er hustete und schaute sich um.

Die wackeligen Stufen sahen wenig vertrauenerweckend aus. Jack schaute einige der Kisten an der Wand durch. Größtenteils lag alter Plunder darin; allerdings fand er auch ein Paar rosa Turnschuhe, auf die mit einem Textmarker der Name »Lizzie« geschrieben stand. Ehrfürchtig hielt er sie in der Hand und stellte sich vor, wie seine Frau als kleines Mädchen in diesen Schuhen über den Strand getollt war. Dann ging er die anderen Kisten durch, fand aber nur wenig von Interesse. Doch dieses Wenige brachte er hinauf in sein Schlafzimmer.

Am Nachmittag zogen alle wieder an den Strand und aßen im Sonnenschein, während der Wind über sie hinwegstrich.

Nach dem Essen schaute Jack zu Mikki, grinste und sagte: »Ich will dir mal was zeigen.«

»Und was?«

»Steh auf.«

Sie erhob sich.

»Na los, pack mich!«

»Was?«

»Stürz dich einfach auf mich, und pack mich.«

Verwirrt und verlegen schaute Mikki zu den anderen. »Dad, was soll das?«

»Nun mach schon!«

»Na gut.« Sie stürmte vor und packte ihn – oder versuchte es zumindest. Einen Augenblick später lag sie mit dem Gesicht im Sand.

Für einen Moment blieb sie benommen liegen; dann rollte sie sich herum und funkelte ihren Vater an. »Danke, Dad. Das war wirklich ein toller Abschluss für ein Strandpicknick.«

Jack half ihr auf. »Lass uns das noch mal machen. Dann zeige ich dir, wie's geht.«

»Warum?«, wollte Mikki wissen. »Ist heute Tritt-deine-Tochter-Tag, und mir hat keiner Bescheid gesagt?«

Sammy mischte sich ein. »Dein Dad will dir nur ein paar Selbstverteidigungstechniken zeigen, Mik.«

Mikki blickte wieder zu ihrem Vater.

»Sammy hat recht«, sagte Jack. »Ich will es dir beibringen, damit du mit bestimmten Situationen auch ohne meine Hilfe fertig wirst.«

»Oh«, sagte Mikki, und ein Hauch von Begreifen erschien auf ihrem Gesicht.

Sie gingen die Bewegungen noch ein Dutzend Mal durch, bis Mikki zuerst ihren Dad, dann Sammy und sogar ihren Bruder Cory mit dem Gesicht in den Sand geworfen hatte. Jackie bettelte, ebenfalls von ihr geworfen zu werden, und Mikki tat ihm den Gefallen – mit der Folge, dass Jackie weinte, weil er Sand in die Augen bekommen hatte.

»Hallo!«

Alle drehten sich um und sahen Jenna Fontaine an den Strand kommen. Sie trug Shorts, ein Tanktop und einen breitkrempigen Sonnenhut. Sie winkte und hielt einen Picknickkorb in der Hand. »Ich habe was mitgebracht.«

Jack trat vor. »Das war doch nicht nötig.«

»Kein Problem. Ich weiß, wie es ist, an einen neuen Ort zu ziehen.« Sie zeigte Jack, was sie im Korb hatte; dann stellte Jack sie Cory, Sammy und Jackie vor. Der kleine Kerl versteckte sich hinter seinem Dad. Jenna lächelte und hockte sich in den Sand. »Hallo, kleiner Mann. Du siehst ja genau wie dein Daddy aus.«

»Daddy«, sagte Jackie.

Mikki fragte: »Und wo wohnen Sie, Jenna?«

Jenna deutete nach Süden. »Ungefähr eine halbe Meile von hier in diese Richtung. Unser Haus ist das mit den blauen Schindeln und dem vibrierenden Dach.«

»Vibrierendes Dach?«, hakte Mikki neugierig nach.

Jenna schaute zu Jack. »Das ist der andere Grund für mein Kommen. Charles Pinckney hat mir erzählt, dass Sie ein Zauberer sind, wenn es um Arbeiten am Haus geht. Wenn ich meinen Sohn nicht irgendwann umbringen oder in eine Anstalt ziehen will, brauche ich ein schalldichtes Musikstudio. Dringend!«

»Er hat ein Musikstudio?«, rief Mikki.

»Zumindest nennt er es so«, antwortete Jenna. »Größtenteils ist das Zeug gebraucht, aber er hat jede Menge davon. Ich habe keine Ahnung, wofür das meiste davon gut ist; ich weiß nur, dass mir bald das Trommelfell platzt.« Sie schaute wieder zu Jack. »Würden Sie mal vorbeikommen und mir einen Kostenvoranschlag machen?«

Kurz wirkte Jack unsicher, dann antwortete er: »Sicher. Gerne.«

»Heute Abend vielleicht? Liam ist auch da. Er kann Ihnen dann erklären, was genau er braucht.«

»Das könnte ziemlich teuer werden«, sagte Jack. »Aber wir haben schon Schallisolierungen gemacht. Das zahlt sich wirklich aus.«

»Ich denke, die Rettung meines Gehörs und meiner geistigen Gesundheit ist jeden Preis wert. Sagen wir um acht?«

»Okay«, antwortete Jack.

Jenna nannte ihm die Adresse, winkte und ging wieder.

Jack schaute ihr hinterher. Als er sich wieder umdrehte, starrten Mikki und Sammy ihn an. Nervös sagte Jack: »Äh … ich muss jetzt was tun.«

Er gab Mikki den Picknickkorb und stapfte zum Palast zurück.

Sammy drehte sich zu Mikki um. »Ist alles in Ordnung mit ihm?«

Mikki blickte in die Richtung, in die Jenna verschwunden war, und dann zu ihrem Dad, der gerade das Haus betrat. »Ich weiß es nicht«, antwortete sie.

In dieser Nacht schlief Jack mit einem Paar winziger rosa Turnschuhe ein, die er an sich drückte.

KAPITEL 26

Mikki hatte darauf bestanden, Jack zum Haus der Fontaines zu begleiten, also blieb Sammy zurück, um auf die Jungs aufzupassen. Sie fuhren in Jacks Pick-up. Das Haus war alt, aber gut gepflegt. Jenna empfing sie an der Tür und bat sie herein. Das Innere war ungewöhnlich. Anstatt im Strandlook, wie in dieser Gegend üblich, war alles im Stil des Südwestens dekoriert. Die Wände waren braun und lachsfarben gestrichen. Ölgemälde zeigten schneebedeckte Berge und weite Wüsten, und hellbunte Teppiche mit geometrischen Mustern lagen auf dem Boden.

Jenna saß Jack gegenüber. Jack ließ den Blick über sie gleiten und schaute dann rasch weg. Sie trug eine weiße Hose, einen blassblauen Pullover und keine Schuhe.

»Hübsch hier«, bemerkte Jack.

»Danke. Wir wollten uns einfach wie zu Hause fühlen.«

»Und wo ist das?«, fragte Mikki und schaute sich um. »In Arizona? Da war ich nämlich erst vor Kurzem.«

Jenna lachte. »Ich war nie in Arizona oder überhaupt im Südwesten. Deshalb habe ich das Haus ja auch so dekoriert. Vermutlich werde ich dem Land nie näher kommen. Ursprünglich kommen wir aus Virginia. Da bin ich auch aufs College gegangen und habe Jura studiert. Schließlich sind wir in D. C. gelandet.«

»Dafür, dass Sie einen Sohn im Teenageralter haben, sehen Sie noch ziemlich jung aus«, bemerkte Mikki frech.

»Mik!«, sagte Jack verärgert, aber Jenna lachte nur.

»Das fasse ich jetzt mal als Kompliment auf. Die Wahrheit ist, als ich Liam bekommen habe, ging ich noch zur Highschool.« Sie schürzte die Lippen und lächelte dann. »Liam war das mit Abstand Beste an dieser Ehe.«

»Und wie sind Sie dann hier gelandet?«, fragte Jack.

»Ich war die Machtspielchen in D. C. irgendwann leid. Ich habe gutes Geld verdient und es klug angelegt. Eines Sommers sind wir nach Charleston gekommen, sind ein bisschen herumgefahren, haben Channing entdeckt und uns in den Ort verliebt.« Sie schaute Jack aufmerksam an. »Als ich mit Charles Pinckney gesprochen habe, hat er mir erzählt, dass seine Schwester im Palast gelebt hat. Das ist ein tolles altes Haus. Ich war zwar noch nie drin, aber den Leuchtturm habe ich immer schon geliebt.«

»Ja, es ist ziemlich cool«, sagte Mikki und blickte zu ihrem Dad.

»Meine Frau ist in dem Haus aufgewachsen«, sagte Jack.

»Das hat Charles mir auch erzählt.« Jenna hielt kurz inne und fügte dann ernst hinzu: »Ihr Verlust tut mir sehr leid.«

»Danke«, erwiderte Jack.

Jenna stand auf, und ihre Fröhlichkeit kehrte zurück. »Okay. Wollen Sie mal sehen, wo der verrückte Musiker so rumhängt?«

Mikki sprang auf. »Klar.«

Der Raum war als Aufnahmestudio eingerichtet, das sah Mikki sofort, allerdings mit wenig Geld. Ihrem geschulten Auge fiel sofort auf, dass die Mischpulte, Mikrofone und Monitore älteren Datums waren; einige Sachen schienen selbstgebaut zu sein. Mikki wusste das, weil sie und ihre Band es genauso gemacht hatten. Neues Equipment überstieg ihre finanziellen Möglichkeiten bei Weitem. Mikki sah ein Keyboard und in einer Ecke eine Bassgitarre. Ein Banjo und eine Fidel hingen an Haken an der Wand. Eines jedoch war seltsam: Nirgends waren Noten zu sehen, nicht ein einziges Blatt.

»Wo ist Liam?«, fragte Mikki. »Ich dachte, er wäre hier.«

»Oh, Liam ist unterwegs. Er hat ein paar Sachen ins Restaurant gebracht. Darf ich dich mal was fragen?«

»Klar.«

»Gehst du nächstes Jahr zur Highschool?«

»Ja.«

»Liam geht auf die Channing High. Das ist die einzige Highschool in der Stadt.«

»Er ist ein ziemlich großer Bursche«, bemerkte Jack. »Spielt er Basketball? Oder Football?«

Jenna lächelte und schüttelte den Kopf. »Er ist zwar ein guter Sportler, aber nur hier drin«, sie deutete auf den Raum, »ist er mit ganzem Herzen bei der Sache.«

Mikki ging zu der Bassgitarre. »Würde es ihm etwas ausmachen, wenn ich mal probiere?«

»Aber nein. Mach nur.«

Mikki hängte sich den Bass um und begann zu spielen.

»Wow!«, sagte Jenna. »Das ist wirklich gut.«

Mikki wollte den Bass wieder beiseitelegen, doch eine Stimme sagte: »Spiel die letzten beiden Akkorde noch einmal.«

Alle drehten sich um und sahen Liam in der Tür stehen. Er trug eine Brille mit Drahtgestell und ein

T-Shirt, auf dem zu lesen stand: *Save the Planet. Cuz, I Still Live Here.*

»Ich habe dich gar nicht kommen hören, Liam«, sagte seine Mutter. »Alles okay im Little Bit?«

»Alles da, wo es sein soll«, antwortete Liam und schaute wieder zu Mikki. »Also, spiel die beiden Akkorde noch mal.«

Überrascht, aber auch erfreut über die Bitte tat Mikki ihm den Gefallen.

Liam ging zu ihr und legte ihren Zeigefinger an eine andere Stelle am Gitarrenhals. »Versuch es mal so. Das gibt dem Sound mehr Tiefe.«

Mikkis Lächeln verschwand, und das Blut stieg in die Wangen. »Ich weiß, wo meine Finger hingehören. Ich spiele seit meinem achten Lebensjahr.«

Ihre Feindseligkeit schien Liam nicht zu stören. »Lass es mich jetzt mal hören.«

»Von mir aus.« Mikki prüfte die neue Position für ihren Zeigefinger und spielte den Akkord noch einmal. Staunen zeichnete sich in ihren Augen ab. Der Sound war wirklich voller. Mit neuem Respekt schaute sie zu Liam. »Wie hast du das herausgefunden?«

Liam hob die Hand. Seine Finger waren lang, die Spitzen voller Schwielen. »Das hat mit Anatomie zu tun.«

»Was?«

»Eine Fingerspitze hat verschiedene Kraftpunkte auf der Oberfläche. Wenn man erst weiß, wo die sind, und wenn man entsprechend greift, wird die Spannung der Saiten erhöht. Dadurch entsteht ein satterer Sound, weil der Hals nicht mehr so stark vibrieren kann.«

»Und das hast du ganz allein herausgefunden?«

»Nee, so klug bin ich nun auch wieder nicht. Ich habe im *Rolling Stone* darüber gelesen«, antwortete er. »Wie heißt du?«

»Mikki Armstrong. Das da ist mein Dad.«

Jack und Liam schüttelten sich die Hände.

»Mr. Armstrong ist hier, um mein Gehör zu retten«, erklärte Jenna.

»Nenn mich einfach Jack«, bot Jack dem Jungen an.

Liam grinste. »Und? Glauben Sie, dass Sie Mom helfen können? Ich will schließlich nicht, dass sie meinetwegen taub wird.«

Jack ließ den Blick durch den Raum schweifen und klopfte eine der Wände ab. »Eine Gipswand von Standardtiefe.« Er streckte den Arm nach oben und klopfte in regelmäßigen Abständen die Decke ab. »Hier das Gleiche. Ja, das kriege ich hin, wenn ich im Eisenwarenladen die Sachen bekomme, die ich dafür brauche.«

Jenna sah beeindruckt aus. »Wann können Sie anfangen?«

»Sobald ich das Material habe«, antwortete Jack. »Ich werde einen Kostenvoranschlag erstellen, damit Sie wissen, wie groß das Loch in Ihrer Brieftasche werden könnte.«

Mikki platzte heraus: »Mein Dad ist super in seinem Job. Er kann *alles* bauen.«

Jenna lächelte. »Ja, das glaube ich.«

Mikki ließ den Blick durch den Raum schweifen. »Sag mal, Liam, wo sind deine Noten?«

Er tippte sich an den Kopf. »Alles hier oben.«

»Aber was ist mit neuen Stücken? Du brauchst doch Notenblätter, um sie zu lernen.«

»Ich kann keine Noten lesen. Ich spiele nach Gehör.«

»Willst du mich auf den Arm nehmen?«

Er grinste. »Möchtest du mich auf die Probe stellen?«

Mikki schaute auf die Gitarre, die sie noch immer in Händen hielt. Erst jetzt sah sie, was für ein Modell es war, und riss die Augen auf. »Das ist ja eine Gibson EB-3 aus den 60ern! Das ist eine echte Antiquität. Wie bist du da rangekommen?«

»Bei E-Bay. Ich hab zwei Sommer lang dafür gespart und einen guten Deal gemacht. Der Sound ist unheimlich klar. Das Ding ist genial. Ich glaube, es ist die beste Bassgitarre, die je gebaut wurde. Jack Bruce von Cream hat eine gespielt.«

Jenna schaute zu Jack. »Ich weiß ja nicht, wie es bei Ihnen ist, aber ich spreche diese Sprache nicht. Möchten Sie einen Kaffee, während unsere Kinder ein bisschen fachsimpeln?«

Jack zögerte, doch nach einem flehentlichen Blick Mikkis sagte er: »Klar.«

Nachdem sie gegangen waren, sagte Mikki: »Okay, Mr. Ich-spiele-nach-Gehör. Hier ist dein Test.« Mikki spielte ein kurzes Stück von einer Minute, das sie erst vor Kurzem komponiert hatte. Dann gab sie Liam die Gibson und sagte: »Leg los.«

Liam hängte sich den Bass um und spielte den Song perfekt nach. Es gab nicht einen falschen Ton.

Mikki rief: »Hey, das ist ja der Hammer! Warst du je in einer Band?«

Liam verzog das Gesicht. »Es gibt keine Bands in Channing.«

»Wen hörst du denn gerne?«

»Jimi Hendrix, AC/DC, Led Zeppelin, Cream, Aerosmith …«

»Mann, das sind auch meine Lieblingsmusiker!«

Liam griff zu seinen Drumsticks. »Hast du Bock, ein paar Nummern zu spielen?«

Mikki hängte sich wieder den Bass um. »Klar. Mal sehen, wo die Kraftpunkte in meinen Fingerspitzen sind.«

KAPITEL 27

Jenna und Jack saßen mit ihrem Kaffee auf der hinteren Veranda, als die Musik einsetzte. Der ganze Boden schien zu vibrieren.

»Verstehen Sie jetzt, warum ich dringend eine Schallisolierung brauche?«, fragte Jenna.

Jack lächelte. »Ja, das ist schwer zu überhören. In Cleveland war es uns irgendwann gelungen, Mikki zu überreden, im Haus einer Freundin zu üben. Trotzdem weiß ich nicht, ob ich auf dem rechten Ohr vielleicht schon taub bin.«

»Ja, das lange Leiden von Eltern eines musikalischen Sprösslings. Hätten Sie Lust, mit unserem Kaffee zum Strand runterzugehen? Mir tut jetzt schon der Kopf weh.«

Gemeinsam schlenderten sie über den Sand. Es war schon weit nach acht, aber noch immer war es hell draußen. Ein Jogger kam ihnen entgegen, und ein älteres Ehepaar ließ einen pummeligen Labrador einen Tennisball apportieren. Während der Hund dem Ball nachjagte, spazierten der Mann und die Frau Hand in Hand am Strand entlang.

Jenna blickte zu den beiden und sagte: »So sollte es eigentlich sein.«

Jack schaute sie an. »Was sollte so sein?«

Sie deutete auf das alte Ehepaar. »Das Leben. Die Ehe. Das gemeinsame Altwerden. Jemand, mit dem man Händchen halten kann.« Sie lächelte. »Und ein übergewichtiger Hund, für den man Bällchen werfen kann. Gemeinsam.«

Nun sah auch Jack sich die beiden alten Leutchen an. »Ja, da haben Sie recht.«

»Ihre Frau ist hier aufgewachsen, nicht wahr?«

»Ja.«

»Sind Sie deshalb hier runtergekommen? Erinnerungen?«

»Ich nehme es an«, antwortete Jack bedächtig. Er blieb stehen und wandte sich Jenna zu. »Eigentlich wollte meine Frau diesen Sommer mit den Kindern hierherfahren. Da habe ich mir gedacht, ich tue das für sie ... irgendwie ... und ich wollte den Ort auch mal sehen.«

»Sie waren noch nie hier?«

Jack schüttelte den Kopf. »Lizzie hatte eine Zwillingsschwester, die an Meningitis gestorben ist. Nach ihrem Tod haben sie noch eine Zeit lang hier gelebt, aber irgendwann ging es einfach nicht mehr.«

»Verstehe«, murmelte Jenna.

Jack setzte sich wieder in Bewegung.

»Und wie kommen die Kinder mit dem Umzug zurecht?«, fragte Jenna.

»Bei drei Kindern hat man drei verschiedene Reaktionen.«

»Dagegen sieht mein Job ja beinahe leicht aus«, bemerkte Jenna. »Ich habe nur Liam.«

»Mikki ist ziemlich unabhängig. Genau wie ihre Mutter es war.«

»Sie scheint ein großartiges Mädchen zu sein. Wenn es um Musik geht, ist Liam nicht so leicht zu beeindrucken.«

»Mikki und ich geraten häufig aneinander. Sie ist nun mal ein Teenager, und noch dazu ein Mädchen. Die *brauchen* Dinge, auf die ein Vater sich nicht allzu gut versteht.«

»Mit Liam ist es mir ähnlich ergangen, nur umgekehrt.«

»Er scheint mir aber gut zurechtzukommen.«

»Ja, aber vermutlich eher *trotz* als *wegen* mir.«

»Und Sie sind jetzt geschieden?«

»Schon lange. Das war kurz nach Liams Geburt. Mein Ex ist damals nach Seattle gezogen und aus unserem Leben verschwunden. Was Männer betrifft, habe ich immer ins Klo gegriffen.«

»Wie haben Sie es mit einem Kind durch das Studium geschafft?«

»Meine Eltern waren mir eine große Hilfe. Manchmal habe ich Liam auch mit ins Seminar genommen. Man muss halt tun, was man tun muss.«

Jack blieb wieder stehen, hob einen Kiesel auf und warf ihn in die heranrauschenden Brecher. »Ja, das stimmt.«

Jenna nippte an ihrem Kaffee und betrachtete Jack. »Sie alle verbringen also den Sommer hier?«

»Das ist der Plan.« Jack lächelte. »Okay, ich rechne dann mal alles durch, und morgen haben Sie den Kostenvoranschlag.«

»Wie wäre es, wenn ich Ihnen heute Abend einen Blankoscheck ausstelle? Dann können Sie das Material besorgen und morgen direkt anfangen.«

»Sie wollen keinen Kostenvoranschlag?«, fragte Jack verwundert.

»Nein.«

»Warum nicht?«

»Ich vertraue Ihnen.«

»Aber Sie kennen mich doch gar nicht.«

»Ich kenne Sie gut genug.«

»Danke für den Kaffee.« Jack lächelte. »Und für das Vertrauen.«

»Kommen Sie mal wieder im Little Bit vorbei. Sie müssen unbedingt unsere Zwiebelringe probieren.«

Als sie zurückgingen, sagte Jenna: »Das mit Ihrer Frau tut mir wirklich leid.«

»Mir auch.« Jack schaute wieder zu dem alten Ehepaar, das noch immer Hand in Hand über den Strand schlenderte. »Mir auch.«

KAPITEL 28

Am nächsten Morgen wachte Mikki in ihrem Schlafzimmer unter dem Dach auf. Sie reckte sich, gähnte und lehnte sich in die Kissen zurück. Dann stand sie auf, schnappte sich ihre Gitarre und spielte einen neuen Song, an dem sie arbeitete. Dabei setzte sie die neue Technik ein, die Liam ihr beigebracht hatte. Die langen Finger ihrer linken Hand flogen mühelos über den Hals der Gitarre, während sie mit der rechten Hand die Saiten anschlug. Schließlich legte sie die Gitarre beiseite, ging zum Schreibtisch, nahm sich ein paar leere Notenblätter, schrieb die Noten auf und fügte einige Zeilen Text hinzu. Dann sang sie, während sie zur Begleitung Gitarre spielte.

Eine Minute später klopfte es an ihrer Tür.

Erschrocken verstummte Mikki. »Ja?«

»Bist du angezogen?«, rief Jack durch die Tür.

»Ja.«

Er öffnete und kam herein. In der Hand hielt er ein Tablett mit Frühstück: Schinken, Eier, englische Muffins mit Nutella und ein Glas Milch. Er stellte das Tablett vor Mikki ab, und sie legte die Gitarre weg.

»Woher weißt du, dass ich Nutella mag?«, fragte sie.

»Ich habe ein bisschen altmodische Aufklärungsarbeit geleistet.« Jack zog sich einen wackeligen Stuhl ans Bett.

»Was ist?«

»Iss, bevor es kalt wird.«

Mikki aß. »Wo sind die anderen?«, fragte sie.

»Die schlafen noch. Es ist noch früh. Hattest du gestern Abend Spaß mit Liam?«

Mikki schluckte ein Stück Schinken hinunter und rief: »O Mann! Er ist sooo toll. Weißt du noch, was er mir an der Gitarre gezeigt hat? Das mit den Kraftpunkten? Es funktioniert! Wir haben ein paar Stücke zusammen gespielt, und er mag dieselben Bands wie ich, und er ist lustig, und …«

»Das heißt dann wohl Ja.«

»Was?«

»Du *hattest* gestern Abend Spaß.«

Mikki grinste verlegen. »Ja, hatte ich. Wie ist es mit Jenna gelaufen?«

»Ich habe den Job angenommen, und sie hat mir einen Scheck gegeben, damit ich anfangen kann. Sammy und ich holen heute noch das Material und machen dann weiter.«

»Sie scheint ziemlich cool zu sein, findest du nicht auch?«

»Sie ist sehr nett.« Jack holte etwas aus seiner Tasche und gab es Mikki. »Das habe ich heute Morgen in einer Kiste im Leuchtturm gefunden.«

»Im Leuchtturm? Ist es nicht ein bisschen früh, um da rauszugehen?«

»Schau dir das Foto an.«

Mikki sah es sich an und runzelte die Stirn. »Ist das Mom?«

»Ja. Hinten steht ein Datum drauf. Auf dem Bild ist deine Mom genauso alt wie du jetzt. Es wurde hier am Strand aufgenommen. Das muss in dem Sommer gewesen sein, bevor sie nach Cleveland gezogen ist. Da ist der Leuchtturm im Hintergrund.« Er hielt kurz inne. »Du siehst es doch, oder?«

»Was soll ich sehen?«

»Dass du genauso aussiehst wie sie.«

Mikki schaute sich das Bild ihrer Mutter genauer an. »Echt?«

»O ja. Abgesehen von der Stachelfrisur und den Gothic-Klamotten, versteht sich. Deine Mutter stand mehr auf Pferdeschwänze und Pastellfarben.«

»Ha-ha, sehr lustig. Und meine Sachen sind nicht Goth. Das ist ohnehin aus dem letzten Jahrhundert.«

»Tut mir leid. Ich muss mich da noch einarbeiten. Iss zu Ende. Dann können wir noch ein bisschen am Strand spazieren gehen, bevor es losgeht.«

»Ist das so eine Sache von wegen du als Dad und ich als Tochter?«, fragte Mikki.

»Zum Teil, ja.«

»Und zum anderen Teil?«

»Ich habe lange Zeit allein verbracht, nachdem ihr gegangen seid, und ich habe es gehasst. Ich will das nie wieder erleben.«

Als sie den Sand erreichten, ging die Sonne auf. Der Himmel leuchtete rosa, darunter schimmerte das noch dunkle Meer. Wind hatte die Hitze der Nacht zum größten Teil vertrieben. Möwen kreisten über dem Wasser und stießen immer wieder herab, um sich ihr Frühstück in Gestalt eines zappelnden Fisches zu holen.

»Es ist wirklich ganz anders hier«, brach Mikki das Schweigen.

»Das Meer, der Sand, die Hitze.«

»Ja. Aber nicht nur das.«

»Ich nehme an, egal wo wir jetzt wären, es wäre alles anders«, erwiderte Jack.

»Manchmal wache ich auf und denke, Mom ist noch da.«

Jack blieb stehen und ließ den Blick über das Meer schweifen. »Ich auch, Mikki. Ich wache jeden Morgen auf und erwarte, sie zu sehen. Erst wenn sie nicht da ist, merke ich …« Er ging weiter. »Aber hier unten ist das anders. Ich habe das Gefühl, als wäre ich ihr hier irgendwie näher.«

Mikki schaute ihren Dad besorgt an, sagte aber nichts.

Sie warfen Steine ins Wasser und ließen sich von den Ausläufern der Wellen über den Sand jagen. Mikki fand eine Muschel und steckte sie ein, um sie später ihren Brüdern zu zeigen.

»Du hast eine tolle Stimme«, sagte Jack. »Ich habe heute Morgen vor deiner Tür gelauscht.«

»Na ja, sie ist ganz okay«, erwiderte Mikki bescheiden; allerdings war offensichtlich, wie sehr ihr das Lob gefiel.

»Möchtest du mal Musik studieren?«

»Ich bin nicht sicher, ob ich überhaupt aufs College will. Du warst doch auch nicht da.«

»Das stimmt. Aber deine Mutter hat ihren Abschluss gemacht.«

»Ich weiß nicht, ob es auf dem Konservatorium gut ankäme, was ich spiele … oder in der Popindustrie.«

»Und was für Musik ist das?«

»Fragst du aus Höflichkeit, oder willst du es wirklich wissen?«

»Warum musst du alles immer so kompliziert machen? Ich will es einfach wissen.«

»Okay, okay. Es ist ziemlich abgefahren. Alternative Beats mit unkonventioneller Instrumentenmischung. Keine billigen Synthesizertricks. Und vor allem keine Lollipoptexte, sondern Worte, die wirklich etwas bedeuten.«

Jack war beeindruckt. »Das hört sich an, als hättest du viel darüber nachgedacht.«

»Natürlich habe ich viel darüber nachgedacht, Dad. Das ist ein großer Teil meines Lebens.«

»Schön, dass du solche Leidenschaft entwickeln kannst.«

»Hattest du je eine Leidenschaft?«

»Nicht, bis ich deine Mutter kennengelernt habe, und dann hat meine ganze Leidenschaft ihr gegolten.«

Mikki verzog das Gesicht. »So etwas seiner eigenen Tochter zu erzählen ist eklig.«

»So habe ich das nicht gemeint. Bevor ich deine Mom kennenlernte, habe ich mich einfach treiben lassen. Ich hatte meinen Sport und so, aber nicht viel mehr. Und mein Dad starb an Krebs.«

»Aber du hattest noch immer deine Mutter.«

»Ja, aber wir hatten so unsere Probleme.«

»Ihr seid nicht miteinander ausgekommen? So wie du und ich?«, sagte Mikki und stieß Jack in die Seite.

»Ich habe wesentlich mehr Zeit bei den O'Tooles verbracht als bei ihr.«

»Was war denn das Problem?«

Jacks Gesicht nahm einen ernsten Ausdruck an. »Ich habe nie mit jemandem darüber gesprochen – außer mit deiner Mutter. Wir hatten keine Geheimnisse voreinander.«

»Schon gut. Ich war nur neugierig. Du musst es mir nicht erzählen.«

Jack blieb stehen, und Mikki tat es ihm nach.

»Okay, dann will ich mal beichten«, sagte er. »Das ging so weit, bis ich mich fragte, ob meine Mutter mich überhaupt liebt.«

Mikki blickte ihn schockiert an. »Sie muss dich geliebt haben. Sie war deine Mom.«

»Ja, das sollte man glauben.«

»Wie bist du denn auf den Gedanken gekommen, dass es anders sein könnte?«

»Wahrscheinlich, weil sie mich verlassen hat, als ich siebzehn war. Gleich nachdem mein Dad gestorben war.«

»*Was?* Das hat mir nie jemand erzählt. Ich wusste, dass sie vor meiner Geburt gestorben war, aber mehr auch nicht.«

»Nun ja, so etwas posaunt man nicht gerade heraus.«

»Was war denn passiert?«

»Sie hatte irgendeinen Kerl kennengelernt und ist nach Florida gezogen. Dort ist sie dann ein paar Jahre später bei einem Bootsunfall ums Leben gekommen. Das Haus in Cleveland hat sie behalten. Ich habe da gewohnt, bis ich deine Mom geheiratet habe und zur Army gegangen bin.«

Mikki musterte ihn staunend. »Du hast da gewohnt? Ganz allein?«

»Ja. Ich hatte keine Verwandten.«

»Aber du warst doch noch auf der Highschool.«

»Aber ich war auch schon über sechzehn. Eine Pflegefamilie kam nicht infrage. Und ich habe mir einen Teilzeitjob gesucht, um meine Ausgaben zu decken.«

»Meine Güte, Dad, ich meine ... du warst ganz allein.«

»*Du* verbringst doch auch gern Zeit allein.«

»Ja, aber ich kann auch jederzeit die Treppe runtergehen, und dann sind alle für mich da.«

»Ich hatte deine Mom. Sie war meine beste Freundin, und sie hat mir durch verdammt schwere Zeiten geholfen.«

Als sie wieder zum Palast zurückkehrten, sagte Mikki: »Danke für den Spaziergang und das Gespräch.«

»Ich hoffe, es war das erste Gespräch von vielen in diesem Sommer.«

Als Mikki vor ihrem Vater die Stufen hinaufstieg, kam Sammy um das Haus herum. »Du bist ja früh auf.« Er schaute zu Mikki, die im Haus verschwand. »Hast du ein bisschen Zeit mit deiner Tochter verbracht?«

»Sie ist ein erstaunliches Mädchen, Sammy. Ihr halbes Leben lang habe ich meinem Land mit dem

Gewehr in der Hand gedient, und die andere Hälfte habe ich Nägel in Bretter geschlagen. Ich muss noch viel über sie lernen.«

»Das ist vermutlich der Grund, warum ich nie geheiratet habe«, sagte Sammy.

»Hast du es je bereut, keine Frau und keine Kinder zu haben?«

»Nein. Bis ich euch Armstrongs kennengelernt habe.«

KAPITEL 29

Später in jener Woche schnappte Mikki sich Shorts, Tanktop und Tennisschuhe und joggte zum Strand hinunter, bevor ihr Vater zur Arbeit aufbrach und sie sich um ihre Brüder kümmern musste. Mikki war von Natur aus sportlich. Was das betraf, kam sie nach ihrem Dad, doch sie hatte sich nie um einen Platz in einer Schulmannschaft bemüht. Sie fand die Sportlertypen ziemlich widerlich. Und sie fand keinen Gefallen am Wettbewerb. Sie wollte einfach nur laufen und nicht schneller sein als irgendjemand, der neben ihr lief.

Mikki lief in südlicher Richtung den Strand hinunter und hörte Musik auf ihrem iPod. Sie hatte jede Menge Sonnenschutz aufgetragen, denn ihre Haut war noch immer blass vom Winter in Ohio und dem kalten Frühling dort. Die Sonne fühlte sich herrlich an, und die Aussicht war atemberaubend. Mikki lief schnell. Männer angelten am Ufer; Kinder spielten im Sand, und Teenager surften auf den rauen Wellen. Obwohl es noch früh war, lagen die ersten Sonnenanbeter bereits am Strand, lasen und plauderten.

»Was zum ...«, keuchte Mikki.

Der junge Bursche war ganz plötzlich neben ihr erschienen und lief nun neben ihr her.

»Hey«, sagte er und grinste.

Mikki erkannte ihn. Es war der Typ aus dem Mercedes Cabrio. Er trug Surfershorts und kein Hemd, und er war schlank und muskulös. Aus der Nähe betrachtet sah er wie ein Model von Ralph Lauren aus, was hieß, dass Mikki ihn auf Anhieb verabscheute.

Sie nahm ihren Kopfhörer ab, lief aber weiter.

»Der Strand ist ziemlich breit«, sagte sie und versuchte, so gleichgültig wie möglich dreinzuschauen. »Warum suchst du dir keinen anderen Platz zum Laufen?«

»Ich bin Blake Saunders.« Zur Begrüßung hielt er ihr im Laufen die Hand hin.

Mikki ignorierte sie. »Schön für dich.«

»Könnten wir mal kurz stehen bleiben?«

»Warum?«

»Es ist wichtig.«

Mikki blieb stehen, und Blake hielt neben ihr.

»Okay. Was ist?«, fragte sie.

»Ich wollte mich nur für gestern entschuldigen. Tiff kann manchmal ganz schön biestig sein.«

»Tiff?«

»Tiffany. Tiffany Murdoch.«

Mikki schnaubte verächtlich. »Sie sieht auch aus wie 'ne Tiffany.«

»Ja, sie ist ziemlich verwöhnt. Ihr Dad war Investmentbanker in New York, bevor sie hierhergezogen sind und das größte Haus am Strand gebaut haben.«

»Warum hängst du dann mit ihr rum?«

»Es kann auch Spaß mit ihr machen.«

Mikki warf ihm einen abschätzigen Blick zu. »O ja. Ich kann mir denken, dass es *Spaß* mit ihr machen kann.« Sie schlug sich auf den Hintern. *»Hug 'em?«*

»Nein, so habe ich das nicht gemeint.«

»Okay, ich lauf jetzt weiter«, sagte Mikki.

»Hast du was dagegen, wenn ich ein Stück mitlaufe? Ich spiele in der Highschool-Mannschaft und muss in Form bleiben.«

»Von mir aus.«

»Und du heißt?«

Mikki zögerte kurz, antwortete dann aber: »Mikki. Mikki Armstrong.«

Sie liefen weiter.

»In welcher Klasse bist du?«

»Nächstes Jahr gehe ich zur Junior High.«

»Seid ihr hier runtergezogen?«, fragte Blake.

»Ja, aus Cleveland.«

»Wow, Cleveland.«

Mikki drehte den Kopf zu ihm und sah, dass er sich über sie lustig machte. »Ja, aus Cleveland. Hast du ein Problem damit?«

»Nein, nein. Cleveland ist cool. Ihr habt eine gute Football-Profimannschaft. Und LeBron James.«

»Und die Rock and Roll Hall of Fame.«

»Echt? Das wusste ich gar nicht. Machst du auch Musik?«

»Ein bisschen. Ich spiele Gitarre und Bass.«

»Das würde ich mir gern mal anhören.«

»Warum?«

»Es ist wirklich schwer, dich kennenzulernen.«

»Stimmt.«

»Vielleicht können wir ja mal irgendwo abhängen.«

»Warum? Wenn Tiffany dein Typ ist, wäre das Zeitverschwendung. Ich bin nämlich nicht wie Tiffany, nicht mal ansatzweise.«

»Aber ich finde es nett, Leute kennenzulernen, die nicht von hier sind. Kleinstädte können ziemlich langweilig sein.«

»Ich habe vor, jeden Tag um diese Zeit am Strand zu laufen. Da kannst du mich vielleicht mal treffen.«

»Toll. Vielleicht bleibt mir nächstes Mal sogar der böse Blick erspart.«

Er schlug ihr spielerisch auf den Arm, und Mikki konnte sich ein Lächeln nicht verkneifen.

»Na also. Endlich ein Loch in der Rüstung«, scherzte Blake.

»Kennst du Liam Fontaine?«, fragte Mikki.

»Ja. Er ist cool, aber ein wenig seltsam.«

»Seltsam? Warum?«

»Er treibt keinen Sport. Und ich weiß, dass er ein guter Sportler ist.«

»Er arbeitet im Restaurant, und er hat seine Musik. Da bleibt nicht viel Zeit für andere Dinge.«

»Hört sich an, als würdest du ihn bereits kennen.«

»Ich bin ihm kurz begegnet. Er ist ein spitzenmäßiger Musiker.«

Blake grinste. »Vielleicht solltest du ihn mal fragen, ob er mit dir ausgehen will.«

»Hey, ich bin gerade erst hier angekommen. Ich kenne ihn noch gar nicht richtig und er mich auch nicht.«

»Genau das möchte ich gerne. Gib mir wenigstens eine *Chance*, dich kennenzulernen.«

Schließlich blieben sie stehen. »Sehe ich dich morgen?«, fragte Blake.

»Okay.«

»Du bist eine gute Läuferin.«

»Du läufst auch nicht schlecht«, räumte Mikki ein.

»Ich wünsch dir was.«

Blake sprintete davon, und Mikki ertappte sich dabei, wie sie seine braungebrannten Muskeln bewunderte. Dann machte sie sich auf den Weg zurück zum Palast.

KAPITEL 30

Vor dem Eisenwarenladen in Channing luden Jack und Sammy das Material für den Umbau in Jennas Haus auf ihren Pick-up. Charles Pinckney kam heraus, um sie zu begrüßen, und Jack stellte ihm Sammy vor.

»Danke, dass du mich empfohlen hast, Charles«, sagte Jack und wuchtete eine weitere Kiste auf die Ladefläche. »Und auch, dass du mir die Sachen so schnell besorgen konntest. Ich weiß, dass du das sonst nicht auf Lager hast.«

»Hab ich gern gemacht«, erwiderte Charles. »Und Jenna ist eine wirklich nette Person. Außerdem gehört ihr das beliebteste Restaurant der Stadt. Sie kann ein guter Einstieg für weitere Aufträge sein.«

»Hervorragend«, sagte Sammy.

Die beiden Männer trugen Arbeitshosen, ärmellose T-Shirts und Arbeitsstiefel. Es war noch früh am Morgen, doch die Temperatur war bereits merklich angestiegen.

»Ich hätte da mal eine Frage, Charles«, sagte Jack. »Es geht um den Leuchtturm. Der ist doch geschichtsträchtig, oder?«

»Mein Urgroßvater väterlicherseits hat ihn zusammen mit dem Haus gebaut. Ursprünglich hat er funktioniert, versteht sich, und war auf den offiziellen Seekarten eingezeichnet. Aber das ist lange her.«

»Hat schon mal jemand versucht, ihn wieder in Betrieb zu nehmen?«

Pinckney schaute Jack verwundert an. »Nein. Warum? Was hätte das für einen Sinn?«

»War nur so eine Frage«, sagte Jack.

Er und Sammy verließen Pinckney und fuhren zu Jennas Haus. Sie war bereits zum Restaurant gefahren, hatte aber eine Notiz an die Tür geklebt, dass die Hintertüren unverschlossen seien. Sammy und Jack trugen das Material ins Haus. Nachdem sie Liams Instrumente und Möbel mit Planen abgedeckt hatten, machten sie sich daran, den Putz von der Wand zu schlagen. Sie wollten Isoliermaterial einbauen, um die Wand schalldicht zu machen.

Gegen ein Uhr hörten sie oben jemanden.

»Hallo?«, rief Jenna.

»Wir sind hier unten«, antwortete Jack.

Jenna kam herunter. Sie hielt eine große weiße Tasche in der Hand. Jack stellte sie Sammy vor.

Jenna hob die Tasche. »Ich hoffe, Sie haben noch nichts gegessen.«

»Das war doch nicht nötig«, sagte Jack.

»Also, ich freue mich!«, rief Sammy. »Ich hab nämlich Hunger.«

Jenna lächelte und packte zwei große Truthahnsandwiches auf einen Tisch an der Wand, dazu Pommes, Mixed Pickles, Cookies und Soda. Dabei ließ sie den Blick durch den Raum schweifen. »Sie waren ja ganz schön fleißig.«

Jack nickte. »Es läuft besser, als ich gedacht habe. Und das bedeutet, dass es billiger für Sie wird.«

Sammy legte seine Werkzeuge beiseite, wischte sich die Hände an einem sauberen Lappen ab, ging zum Tisch und schaute auf das Essen, das Jenna gebracht hatte. Dann verneigte er sich steif und sagte: »Sie sind wahrlich eine Göttin, die zwei müden Wanderern zu Hilfe kommt.«

Jenna lachte. »Es ist immer schön, einen Mann zu treffen, der weiß, wie man eine Dame zu behandeln hat.«

Jack wusch sich die Hände mit Wasser aus einer Flasche und mit einem Lappen. Dann setzte er sich Sammy gegenüber, schaute zu Jenna und fragte: »Haben Sie nichts für sich selbst mitgebracht?«

»Ich esse immer früh, bevor die Mittagsgäste kommen. Dann ist der Laden rappelvoll, und mir fehlt die Zeit. So ist es jeden Sommer.«

»Sie haben wohl eine richtige Goldmine hier«, bemerkte Jack.

Jenna setzte sich auf ein kleines Sitzkissen und schlug die Beine übereinander. »Wir kommen zurecht«, sagte sie. »Aber die Gewinnspanne ist klein und die Arbeitszeiten lang.«

»Ein Kumpel von mir hatte auch mal ein Restaurant«, erzählte Sammy, nachdem er ein Stück Sandwich gegessen hatte. »Er hat immer gesagt, es sei die härteste Arbeit gewesen, die er je gemacht hat.«

Jack fragte: »Warum haben Sie sich dann ausgerechnet für diesen Job entschieden, Jenna?«

Jenna trug einen schwarzen Rock und eine weiße Bluse. Sie trat sich die Schuhe von den Füßen und rieb sich die Zehen. Unwillkürlich starrte Jack auf ihre langen Beine, wandte aber rasch den Blick ab. Falls Jenna es bemerkt hatte, ließ sie sich nichts anmerken.

»Ich bin mein eigener Chef und bin gerne mit Menschen zusammen. Und es verschafft mir noch immer einen Kick, wenn ich ins Little Bit komme und weiß, dass alles mir gehört. Außerdem kann ich später alles Liam hinterlassen … natürlich nur, wenn er will. Vermutlich wird er irgendwann mit einer Band auf Tour gehen, aber das Restaurant wird immer für ihn da sein.«

»Ein schönes Erbe für Ihr Kind«, sagte Sammy.

»Haben Sie auch Kinder, Sammy?«

»Nein, Ma'am. Onkel Sam war meine Familie. Das hat mir gereicht.«

»Onkel Sam?«

»Sammy war in der Army«, erklärte Jack. »In Vietnam. Und danach bei den Deltas.«

Jenna schaute Sammy ehrfürchtig an. »Das ist ziemlich beeindruckend.«

Sammy wischte sich mit einer Serviette den Mund ab. »Nun, da Jack viel zu bescheiden ist und es Ihnen nie sagen wird, gebührt die Ehre wohl mir.«

»Sammy«, warnte ihn Jack. »Nicht.«

»Er hat zwei Purple Hearts und einen Bronze Star«, sagte Sam, schaute Jack trotzig an und deutete auf die Schusswunde an dessen Arm. »Dafür gab es das erste Purple Heart.« Sein Finger wanderte zu Jacks vernarbten Schenkeln. »Und dafür das zweite. Und den Bronze Star hat er bekommen, weil er seine Kameraden bei einem Hinterhalt gerettet hat und dabei fast sein Leben verloren hätte.«

Jenna starrte Jack an, die Lippen leicht geöffnet und mit großen Augen. »Das ist ja …«

»Es ist vor allem verdammt lang her«, sagte Jack. Er beendete seine Mahlzeit, zerknüllte das Papier und warf es in die weiße Tasche, in der Jenna das Essen gebracht hatte. »Vielen Dank für das Mittagessen, Jenna.« Er stand auf. »Komm, Sammy. Wir müssen jetzt weitermachen.«

Jack brach weitere Stücke aus der Wand heraus.

Jenna schaute zu Sammy. Leise sagte er: »Er ist ziemlich kompliziert.«

Jenna drehte sich zu Jack um, der auf die Wand einschlug. »Das kommt mir allmählich auch so vor.«

KAPITEL 31

Später an diesem Abend, nachdem die Kinder zu Bett gegangen waren, schnappte Jack sich eine Taschenlampe und ging zum Leuchtturm. Er öffnete die Tür und leuchtete umher. Die Kisten an der Wand war er bereits durchgegangen, jetzt stieg er vorsichtig die wackelige Treppe hinauf.

Unvermittelt hörte er ein leises Trappeln und drehte die Taschenlampe gerade noch rechtzeitig, um eine Maus an seinem Fuß vorbeihuschen zu sehen. Er setzte seinen Weg fort, und die alte Holztreppe knarrte unter seinem Gewicht. Schließlich erreichte er den obersten Absatz, unmittelbar unter der Zugangstür, hinter der sich die Leuchtanlage des Turms befand.

Wieder ließ Jack den Lichtstrahl umherwandern, und die verschiedensten Dinge schälten sich aus der Dunkelheit. Die Eindrücke flogen wie ein Schwarzweißfilm aus einem alten Projektor an Jack vorbei. Dann hielt er inne und trat näher an etwas heran, das er soeben entdeckt hatte. Es war eine alte Matratze. Jack kniete sich hin und berührte sie. Mit dem Rücken an der Wand des Leuchtturms saß eine alte Puppe auf der Matratze. Das Haar der Puppe war schmutzig und verschimmelt, ihr Gesicht verdreckt. Trotzdem starrte Jack sie an wie einen Goldbarren. Er wusste, dass es Lizzies Puppe war. Auf einem alten Foto, das sie als Kind zeigte, hielt sie genau diese Puppe in der Hand.

Jack stand auf und leuchtete erneut umher. Der Lichtstrahl blieb an einem Wandbild hängen, das offenbar mit einem schwarzen Filzstift gemalt worden war. Es zeigte ein kleines Mädchen mit breitem Lächeln. Unter der Gestalt stand der Name »Lizzie«. Daneben war eine Zeichnung des Leuchtturms mit eingeschaltetem Leuchtfeuer zu sehen. Darüber wiederum stand das Wort »Himmel«. Jack bemerkte, dass der Lichtstrahl des Turms so weit ausgedehnt war, dass er das Wort umfasste.

Jack wollte gerade weitergehen, als er im Licht der Taschenlampe noch etwas bemerkte. Er kniete sich hin und hielt die Lampe nah an die Wand. Das Bild war nur noch teilweise zu erkennen, doch Jack wusste auch so, was es war. Es war die Zeichnung eines kleinen Mädchens mit Zöpfen. Zuerst glaubte Jack, dass es sich um ein weiteres Bild von Lizzie handelte. Doch als er sich das ausgeblichene Bild genauer ansah, fiel ihm ein wichtiger Unterschied auf. Auf dieser Zeichnung lächelte das Mädchen nicht. Ihre Mundwinkel waren nach unten gezogen.

»Ein glückliches Mädchen ist das nicht«, flüsterte Jack, und sein Blick wanderte weiter nach unten. Er rückte noch näher an die Wand heran und las drei Buchstaben: T-I-L.

Damit musste Tillie gemeint sein, Lizzies Zwillingsschwester, die gestorben war. Jack setzte sich auf die Fersen zurück und betrachtete die Zeichnung als Ganzes. Die restlichen Buchstaben waren so verblasst, dass sie kaum noch zu lesen waren.

Der Lichtstrahl des Leuchtturms reichte hier nicht bis an das andere Bild heran. Tillie blieb sozusagen im Dunkeln.

»Du hast den Himmel nie gefunden. Du hast Tillie nie gefunden.«

Jack spürte, wie ihm Tränen in die Augen stiegen. Plötzlich konnte er kaum noch atmen.

Die Puppe unter dem Arm, stieß er die Tür auf, die zu dem Laufsteg führte, der um die Spitze des Leuchtturms herumführte. Jack blickte hinauf zum dunklen Himmel. Irgendwo da oben *war* der Himmel. Und Tillie.

Und jetzt auch Lizzie.

Jack hob die Hand und winkte ihr zu. Dann kam er sich dumm vor und ließ die Hand sinken, doch er starrte noch immer zum Himmel. Aus irgendeinem Grund hatte er das Gefühl, seiner Frau in diesem Augenblick besonders nah zu sein.

Er schloss die Augen und beschwor ihr Gesicht herauf. Es konnte unmöglich schon sechs Monate her sein, seit er ihre Stimme zum letzten Mal gehört, ihre Haut zum letzten Mal gespürt und sie zum letzten Mal lächeln gesehen hatte.

Das kann doch unmöglich so lange her sein, Lizzie.

Wieder hob er die Hand. Seine Finger verdeckten einen Stern, der vielleicht Tausende von Lichtjahren entfernt und größer als die Sonne war. Trotzdem deckten seine Finger ihn vollständig ab. Wie nah musste Lizzie ihm da sein, wenn er einen so riesigen Stern mit dem Finger verdecken konnte?

Der Himmel muss genau da oben sein. Vielleicht hättest du ihn ja doch gefunden, Lizzie, wenn du nur ein bisschen mehr Zeit gehabt hättest und das Licht des Leuchtturms funktioniert hätte.

Vorsichtig legte Jack die Puppe auf den Boden und zog einen Briefumschlag aus der Tasche. Es war sein dritter Brief, datiert auf den 21. Dezember. Jack wusste genau, was darinstand. Er hatte sich jedes Wort gemerkt.

Geliebte Lizzie,

in vier Tagen ist Weihnachten. Das ist eine gute Zeit, über das Leben nachzudenken. Damit meine ich dein Leben, nicht meins. Das wird sehr hart. Hart für mich, es zu schreiben, und hart für dich, es zu lesen, aber es muss gesagt werden. Du bist jung und hast noch viele Jahre vor dir. Cory und Jackie werden noch lange bei dir sein, und selbst Mikki wird noch viel von dir haben. Was ich damit sagen will, Lizzie: Du solltest dir jemand Neues suchen.

Ich weiß, du wirst das zuerst nicht wollen. Du wirst dich sogar schuldig fühlen, wenn du nur daran denkst. Aber es muss so sein, Lizzie. Ich kann nicht zulassen, dass du den Rest deines Lebens allein verbringst. Das wäre nicht fair dir gegenüber, und das hat auch nichts mit der Liebe zu tun, die wir füreinander empfinden. Daran wird sich nichts ändern. Niemals. Dafür ist unsere Liebe zu stark. Sie wird ewig dauern. Aber es gibt viele Arten von Liebe, und wir alle haben die Fähigkeit, viele unterschiedliche Menschen zu lieben. Du bist eine wunderbare Frau, Lizzie, und du kannst das Leben eines anderen Menschen genauso wundervoll machen. Liebe muss man teilen. Man sollte sie nicht verbergen oder horten.

Jack hielt kurz inne, als eine Träne auf das Papier fiel.

Und du hast sehr viel Liebe in dir, die du teilen kannst. Das heißt nicht, dass du mich deshalb weniger liebst. Aber in deinem Herzen wirst du noch genug Liebe für einen anderen finden, und du wirst ihn glücklich machen, und er dich. Besonders Jackie braucht einen Vater, der ihm hilft, ein aufrechter Mann zu werden. Das hat unser Sohn verdient. Glaub mir, Lizzie, ich würde das nicht schreiben, wenn es eine andere Möglichkeit gäbe. Aber du musst dich dem Leben stellen, wie es kommt. Auch ich gebe mein Bestes, um genau das zu tun. Ich liebe dich so sehr, dass ich mich nur dann zufriedengeben werde, wenn du vollkommen glücklich bist.

In Liebe,
Jack

Jack schob den Brief in den Umschlag zurück und steckte ihn in die Tasche. Dann hob er die Puppe auf und starrte lange Zeit aufs Meer hinaus. Schließlich stieg er die Treppe hinunter und trat in die feuchte Nachtluft hinaus. Ein letztes Mal schaute er am Leuchtturm hinauf.

Lizzies Leuchtturm.

Er kehrte zum Haus zurück.

KAPITEL 32

Mikki wälzte sich im Bett herum. Draußen rauschten die Wellen. Bis vor Kurzem hatte sie keinen Gedanken an das Rauschen der Brandung verschwendet, aber nun wollte sie auf dieses Geräusch gar nicht mehr verzichten.

Mikki gähnte, setzte sich auf und reckte sich ausgiebig. Sie schaute auf ihre Uhr: halb sieben. Mikki joggte gerne um diese Zeit, weil sie dann zurück war, bevor Dad und Sammy zur Arbeit fuhren.

Sie zog das langärmelige T-Shirt aus, in dem sie normalerweise schlief, und zog Shorts, Tanktop und Turnschuhe an. Nach einem Zwischenstopp im Badezimmer band sie sich das Haar zu einem Pferdeschwanz zurück. Auf dem Weg nach draußen schaute sie bei ihren Brüdern rein, die sich auch hier ein Zimmer teilten, gleich neben dem Schlafzimmer ihres Vaters. Beide Jungs schliefen noch. Cory lag auf dem Bauch, Jackie auf dem Rücken, die Beine angezogen. Mikki lächelte und lauschte dem leisen Schnarchen ihres kleinen Bruders.

Als sie am Zimmer ihres Vaters vorbeikam, hörte sie, wie er sich bewegte.

Sie klopfte leise an. »Dad, ich gehe joggen. Ich setze Kaffee auf. In knapp einer Stunde bin ich zurück.«

»Okay. Danke«, antwortete Jack verschlafen.

Mikki setzte den Kaffee auf und stellte zwei Becher auf den Tisch, einen für ihren Dad, den anderen für Sammy. Die beiden Männer machten sich ihr Frühstück selbst, doch für ihre Brüder war Mikki zuständig. Manchmal gab es nur Müsli, dann wieder band sie sich die Schürze um, schlug Eier in die Pfanne, briet Speck dazu und fabrizierte etwas, das sie »Gries« nannte und das ihre Brüder verschlangen, obwohl Mikki selbst es nicht ausstehen konnte.

Sie sprang die Stufen hinunter und lief durch die Dünen zum Strand. Nach ein paar Dehnungsübungen joggte sie los, wobei sie darauf achtete, stets auf möglichst festem Untergrund zu bleiben. Sie lief schnell an diesem Morgen. Nach gut einer halben Meile gesellte Blake sich zu ihr. Sie unterhielten sich beim Laufen miteinander und redeten über Dinge, über die Teenager gerne reden. Mikki mochte Blake immer mehr, obwohl er sich mit einer Zicke wie Tiffany Murdoch abgab. Aber er brachte Mikki zum Lachen.

Ein paar Meilen später verabschiedeten sie sich, und Blake joggte zur Straße hinauf.

Mikki hatte gerade kehrtgemacht, um wieder zum Palast zu laufen, als sie jemanden in der Brandung sah.

»Liam?«

Sie lief zum Wasser. Liam richtete sich auf und winkte ihr.

»Schwimmst du als Frühsport?«, fragte Mikki.

Liam watete durch die Wellen auf sie zu.

»Auch Musiker und Schnellköche müssen in Form bleiben, und ich stehe nicht so auf Laufen.«

Mikki lächelte und schaute aufs Wasser hinaus. »Meine Mom hat mir das Schwimmen in einem Planschbecken in unserem Garten beigebracht.«

»Schwimmen zu können ist immer gut.« Liam rieb sich den Sand aus dem Haar. »Bist du gerade beim Joggen?«

»Ja.«

»Dann lass dich nicht aufhalten.«

»Ach, ich hab nur noch ein paar Meilen.«

»Meilen? Da müsste ich kotzen.«

»Jetzt komm aber. Du siehst doch gut in Form aus.«

»Ich weiß nicht. Wenn ich weiter im Little Bit esse, wird man mich irgendwann mit dem Gabelstapler aus der Küche fahren müssen.«

»Mein Dad sagt, das mit der Schallisolierung geht gut voran.«

»Ja, sie sind fast fertig. Dann können wir's mal richtig krachen lassen.«

»Ich freue mich schon drauf.«

Wieder im Palast duschte Mikki und zog sich um. Ihr Dad überraschte sie, denn er hatte Frühstück für alle gemacht. Pfannkuchen und Speck. Jackie half ihm, indem er Sirup darübergoss.

Bevor ihr Vater und Sammy zur Arbeit fuhren, ging Mikki zu ihrem Schrank, um ein paar Sachen zu holen, die sie später mitnehmen wollte, wenn sie mit den Jungs zum Strand ging. Dabei kippte ihre Tasche um. Als Mikki alles aufsammelte, was herausgefallen war, bemerkte sie ein loses Bodenbrett neben dem Schrank. Sie drückte es hoch und sah die Ecke eines Fotos. Mikki zog es heraus und schaute es sich an, ehe sie hinunterging und das Foto ihrem Vater zeigte, der gerade mit dem Frühstück fertig war.

Jack schaute sich das Bild an. Es zeigte Lizzie als junges Mädchen, umgeben von ihrer Familie: einem wesentlich jüngeren Fred, Bonnie und ihren Geschwistern.

»Schau mal, Dad«, sagte Mikki und deutete auf eine der Personen.

»Das ist Tillie.«

»Moms Zwillingsschwester, nicht wahr? Die gestorben ist, stimmt's?«

»Ja. Sie hieß Matilda, aber alle nannten sie nur Tillie. Warum, weiß ich nicht.«

»Ob das der Grund war, weshalb sie von hier weggezogen sind? Weil es hier zu viele traurige Erinnerungen gab?«

»Ja, wahrscheinlich«, antwortete Jack. »Ich nehme es an.«

»Ich weiß nicht, was ich tun würde, wenn Cory oder Jackie was passiert. Und wenn ein Zwilling stirbt, muss das irgendwie so sein, als würde man einen Teil von sich selbst verlieren.«

»Ich glaube, da hast du recht.«

Jack streckte die Hand nach dem Foto aus, doch Mikki zog es rasch weg.

»Hast du was dagegen, wenn ich es behalte?«

»Nein. Ganz und gar nicht.«

KAPITEL 33

Als Jack die Tür öffnete, stand seine Schwiegermutter vor ihm.

»Bonnie?«, sagte er verwundert, denn mit ihr hätte er am wenigsten gerechnet.

Sie trug eine weite Hose, eine türkisfarbene Bluse und Sandalen. »Darf ich reinkommen?«, fragte sie und nahm die Sonnenbrille ab.

»Natürlich.« Jack trat beiseite und schaute hinter sie. »Wo ist Fred?«

»Ich bin allein gekommen.«

»Seit wann seid ihr hier?«

»Seit ein paar Tagen. Wir haben für ein paar Wochen ein Haus in den Marschen gemietet.«

»Hier?«

»Ja. Wieso? Das ist immer noch meine Heimatstadt.«

»Natürlich.«

Sie setzten sich auf die Couch im Wohnzimmer.

»Ich muss sagen, ich war überrascht, dass Mutter dir das Haus vererbt hat«, begann Bonnie.

»Bestimmt nicht so überrascht wie ich.«

»Ja«, sagte Bonnie gedankenverloren, »das kann ich mir denken.«

Jack zögerte, beschloss dann aber, es ihr doch zu sagen. »Ich habe gehört, wie Lizzie dir erzählt hat, dass sie nach meinem Tod mit den Kindern hierherfahren wollte.«

Bonnie warf ihm einen Blick zu, sagte aber nichts.

»Das hat dich auch überrascht, nicht wahr?«, fuhr Jack fort. »Dass sie hierher zurückkehren wollte.«

Bonnie ignorierte seine Frage und schaute sich um. »Wo sind die Kinder?«

»Am Strand. Ich kann sie rufen, wenn du willst.«

»Nein, lass uns erst reden.« Sie schaute sich weiter um. »Die Veranda sieht aus wie neu, und der Hof ist kaum wiederzuerkennen.«

»Sammy und ich haben daran gearbeitet. Elektrik, Wasserleitungen, ein bisschen Landschaftsgärtnerei.«

»Offensichtlich mehr als nur ein bisschen.« Bonnie musterte ihn. »Ich nehme an, deshalb hat sie dir das Haus auch hinterlassen. Du kannst es instand setzen.«

»Wie gesagt, es war ein ziemlicher Schock für mich ...«

»Sie hat mir einen Brief hinterlassen, der manches erklärt.«

»Mir hat sie auch einen Brief hinterlassen.«

»Mutter hat immer an alles gedacht«, bemerkte Bonnie trocken.

»Ich spiele mit dem Gedanken, auch den Leuchtturm instand zu setzen. Lizzies Leuchtturm.«

»Bitte, tu das nicht«, sagte Bonnie. »Weißt du, dass sie von dem verdammten Ding geradezu besessen war?«

»Sie hat mir davon erzählt«, antwortete Jack. »Aber sie war damals noch ein Kind.«

»Es hat Jahre gedauert. Jeden Abend ist sie den Leuchtturm raufgestiegen. Sie hat uns das Licht einschalten und auf das Wasser richten lassen, um nach Tillie zu suchen.«

»Den Himmel«, sagte Jack.

»Was?«

»Lizzie hat nach Tillie im Himmel gesucht.«

»Ja, nun ... Jedenfalls, das war eine große Belastung für uns alle. Als Fred das Jobangebot aus Cleveland bekam, haben wir uns sofort darauf gestürzt. Ich war vollkommen überrascht, als Lizzie mir davon erzählt hat, hierher zurückzukommen.«

»Sie war kein kleines Mädchen mehr. Sie war eine erwachsene Frau mit drei Kindern. Sie wollte nicht mehr den Himmel suchen und auch nicht mehr ihre tote Schwester.«

»Wie kannst du dir da so sicher sein?«

»Glaub mir, das kann ich.«

»Wieso?«

»Weil ich Lizzie kenne.«

Bonnie wandte sich ab, schien aber nicht überzeugt zu sein.

Jack beschloss, das Thema zu wechseln. »Du und Fred, ihr seid hier jederzeit willkommen, Bonnie. Das Haus ist sowieso mehr deines als meines.«

»Das ist nett von dir, aber das kann ich nicht. Ich habe schon allen Mut aufbringen müssen, um heute herzukommen.« Bonnie stand auf und ging zu einem Türrahmen, in dem sich Kerben in unterschiedlicher Höhe befanden. »Schau mal, hier habe ich die Größe meiner Kinder gemessen. Lizzie ist viel schneller gewachsen als ihre älteren Schwestern. Das hat sie verrückt gemacht.«

»Wir haben die Kerben gesehen«, sagte Jack. »Ich wollte das Gleiche mit Cory und Jackie machen.«

Bonnie ging zum Fenster, schaute zum Leuchtturm und schauderte. »Ich kann einfach nicht glauben, dass das verdammte Ding noch steht.« Sie setzte sich wieder. »Ich würde gerne die Kinder sehen, solange Fred und ich noch hier sind.«

»Natürlich. Wann immer du willst.«

Jack wollte noch etwas sagen, hielt sich dann jedoch zurück. Ihr Gespräch verlief so ungewöhnlich harmonisch, dass er es nicht aufs Spiel setzen wollte. Doch Bonnie schien seine Unsicherheit zu bemerken.

»Was ist?«

»Diese Regenbogenstory über den Wundermann ...«, sagte Jack.

»Das war widerlich. Hätte ich diesen Reporter finden können, ich hätte ihm den Hals umgedreht.«

Jack schaute sie verwirrt an. »Wenn du ihn hättest finden können?«

Bonnie blickte ihn an. Allmählich dämmerte ihr, was er dachte. Vor Zorn lief sie rot an. »Glaubst du etwa, ich hätte mit so einem Revolverblatt über meine Tochter gesprochen?«

»Aber all die Einzelheiten in der Geschichte ... Wer sonst hätte davon wissen können?«

»Keine Ahnung, aber ich kann dir versichern, dass ich es nicht war. Diese Zeitungsschmierer haben Lizzie zu jemandem gemacht, der sie nicht war.«

»Aber du hast deswegen nie angerufen.«

»Warum hätte ich das tun sollen? Ich wusste doch, dass nichts davon der Wahrheit entsprach. Lizzie soll dich betrogen haben? Was für ein Blödsinn! Sie hätte dich ebenso wenig betrügen können wie du sie.«

»Und das mit den Medikamenten? Du hast mir die Tasche gebracht, und das schien dich sehr wütend zu machen.«

Bonnie schaute verlegen drein. »Ich *war* auch wütend, aber ich habe immer gewusst, dass es nicht deine Schuld gewesen ist. Ich habe Lizzie an dem Abend angerufen, weil ich dachte, sie wäre zu Hause. Sie war aber schon unterwegs zur Apotheke. Sie hat mir gesagt, dass du nicht wolltest, dass sie fährt, und dass du gesagt hättest, du würdest ohne Pillen auskommen. Ich habe mich dir gegenüber nur deshalb so verhalten, weil ... Nun ja, ich hatte gerade erst meine Tochter begraben und konnte nicht mehr klar denken. Es tut mir leid.«

»Okay, das verstehe ich vollkommen.«

»Und ich liebe die Kinder. Ich will nur das Beste für sie.«

»Ich weiß.«

»Was ich dir jetzt sagen muss, Jack, ist hart, aber hör mich bitte bis zu Ende an.«

Okay. Jetzt kommt's, dachte Jack. *Der wahre Grund, warum sie hier ist.*

»Seit deiner Erholung habe ich mit mehreren Ärzten gesprochen.«

»Warum?«

»Weil deine Kinder nur ein Elternteil davon entfernt sind, Vollwaisen zu werden.«

»Ich lebe, Bonnie, falls du es noch nicht bemerkt hast.«

»Jeder Arzt, mit dem ich gesprochen habe, sagte mir, das sei unmöglich. Deine Krankheit ist tödlich.«

»Ich *hatte* diese Krankheit. Jetzt habe ich sie nicht mehr. Die Ärzte haben mich für gesund erklärt.«

»Genau die gleichen Ärzte – und noch einige mehr, einer sogar von der Mayo Clinic – haben mir gesagt, das sei unmöglich. Diese Krankheit verschwindet nicht einfach. Sie schläft vielleicht eine Zeit lang, aber sie kehrt immer wieder zurück. Und wenn es so weit ist, hast du nur noch wenige Wochen.«

»Was soll diese Diskussion, Bonnie? Sieh mich doch an. Ich bin nicht mehr krank.«

»Die Kinder haben schon genug durchgemacht. Du auf dem Sterbebett ... Lizzie tot ... Und sie selbst wurden durchs Land gekarrt.«

»Dafür warst du verantwortlich, nicht ich.«

»Was hatte ich denn für eine Wahl?«

Jack wandte sich von ihr ab. »Okay, vielleicht hast du damals keine andere Wahl gehabt, aber jetzt verstehe ich nicht, worauf du eigentlich hinauswillst.«

»Was ist, wenn du wieder krank wirst? Wenn die Krankheit zurückkommt? Wenn du stirbst? Hast du auch nur die leiseste Ahnung, was das bei den Kindern anrichten würde? Ein Mensch kann nur ein gewisses Maß an Leid ertragen. Und sie sind noch Kinder. Es würde sie zerbrechen.«

»Ich verstehe deine Sorge, auch wenn ich nicht deiner Meinung bin. Aber was willst du denn von mir? Soll ich dir die Kinder zurückgeben? Soll ich mich in eine Ecke verkriechen und darauf warten, ob ich wieder krank werde oder nicht?«

»Nein, aber du könntest zu uns nach Arizona ziehen. Du und die Kinder. Dann hätten sie wieder ein stabiles Umfeld. Und falls dir etwas passiert, könnten wir für sie da sein. Und bis dahin hätten sie sich daran gewöhnt, bei uns zu leben.«

Jack musterte sie misstrauisch. »Willst du damit sagen, dass ihr bereit wärt, mich und die Kinder aufzunehmen?«

»Ja. Mutter hat dir zwar den Palast vererbt, mir aber eine hübsche Summe Geld. Wir sind durchaus in der Lage, ein größeres Haus zu kaufen und euch zu unterstützen.«

»Vielen Dank, aber ich kann selbst für meine Familie sorgen«, erwiderte Jack gereizt.

»So habe ich das nicht gemeint.«

»Okay.«

»Ich will euch doch nur helfen.«

»Das weiß ich zu schätzen.«

»Dann wirst du über mein Angebot nachdenken?«

»Nein, ich fürchte, das werde ich nicht.«

Bonnie stand auf. »Damit wäre das Gespräch dann wohl beendet. Kann ich jetzt gehen und die Kinder sehen?«

»Selbstverständlich. Ich kann dich runterbringen.« Er schaute sie an. »Hör zu, Bonnie. Ich will, dass du Teil des Lebens der Kinder bist. Das will ich wirklich.«

»Das will ich auch.«

KAPITEL 34

Am Sonntag, als Sammy eine Tour mit seinem Motorrad machte, lud Jack die Kinder in den Pick-up und fuhr nach Channing. Er hatte hart an Jennas Haus und auf ein paar anderen Baustellen gearbeitet, und die Kinder brauchten mal eine Abwechslung. Jack hatte Verbindung mit Ned Parker aufgenommen, und der hatte eingewilligt, sie hinter die Kulissen der Showbühne schauen zu lassen.

Parker traf sie vor der Showbühne, und eine Stunde lang führte er sie durch die dunklen Winkel und Ecken des Gebäudes. Er zeigte Cory, wie man mit den Scheinwerfern arbeitete, wie man die Kulissen verschob und wie man mit der Falltür umging, die es einem Schauspieler gestattete, mitten auf der Bühne zu verschwinden. Jack war besonders beeindruckt von der handwerklichen Kreativität, die in die Bühnenmechanik und die Kulissen geflossen war.

Schließlich verließen sie die Showbühne und gingen die Straße entlang, um sich die Restaurants anzuschauen. Irgendjemand rief Jack von der anderen Straßenseite aus zu. Er schaute hinüber und sah Charles Pinckney auf sie zukommen. Pinckney trug Khakishorts, ein kurzärmeliges Oxfordhemd mit T-Shirt darunter, dazu Ledersandalen.

»Na«, sagte er, »nutzt ihr den Sonntag, um ein bisschen Sonne zu tanken und die Vorzüge von Channing zu genießen?«

Jack nickte. »Wir wollten mal raus aus dem Haus und uns die Stadt ansehen.«

»Habt ihr Hunger?«

»Wir überlegen gerade, wo wir hingehen sollen«, antwortete Jack.

Charles zwinkerte ihm zu. »Da gibt es dann nur eine Alternative.«

»A Little Bit of Love«, sagte Mikki sofort.

»Da waren wir schon«, erklärte Jack. »Wie wär's mal mit einem anderen Laden? Allein in diesem Block gibt es drei.«

»Aber Jackie und Cory haben ihn noch nicht gesehen.« Mikki drehte sich zu ihren Brüdern um. »Da gibt's jede Menge Sachen, die mit Musik zu tun haben. Es ist richtig cool.«

»Cool«, stimmte Jackie ein.

Mikki lächelte. »Du willst wohl auch ein bisschen Liebe, was, Jackie?«

Er hüpfte auf und ab. »Bisschen Liebe. Bisschen Liebe.« Er packte seinen Daddy am Bein. »Bisschen Liebe. Bisschen Liebe.«

»Das war wirklich ein billiger Trick, Mikki«, bemerkte Cory.

»Aber den besten Sonntagsbrunch in der ganzen Stadt gibt's nun mal bei Jenna«, erklärte Charles. »Ich war gerade selbst dorthin unterwegs.«

»Okay«, seufzte Jack resigniert.

Jenna lächelte, als sie die Armstrongs hereinkommen sah. Der Laden war brechend voll, doch sie sagte: »Ich habe da noch einen schönen Tisch am Fenster. Da bekommt man auch noch etwas von der frischen Brise draußen ab. Kommen Sie bitte mit.«

Jenna brachte sie zum Tisch, verteilte die Speisekarten und nahm die Getränkebestellung auf.

»Ist Liam heute hier?«, fragte Mikki.

»Liam steht in der Küche am Grill. Er entwickelt sich zu einem ziemlich guten Schnellkoch.«

»Ich habe mich für heute Abend mit ihm verabredet«, sagte Mikki. »Wir wollen uns bei Ihnen treffen und ein bisschen Musik machen.«

Jack schaute sie an. »Ach ja?«

Mikki erwiderte seinen Blick. »Ja«, sagte sie eisig. »Ständig auf Cory und Jackie aufpassen zu müssen entspricht nicht gerade meinen Vorstellungen von Sommerferien.«

»Du musst nicht auf mich aufpassen«, protestierte Cory.

»Auf mich auch nicht!«, krähte Jackie.

Jenna blickte zu Jack, spürte seine Not und wandte sich an Mikki: »Dein Dad arbeitet hart an der Schallisolierung, aber er ist noch nicht fertig. Und du und Liam, ihr spielt zwar toll zusammen, aber ich habe abends gern ein bisschen Ruhe. Ich mache dir einen Vorschlag, Mikki. Komm gegen acht vorbei. Dann ist Liam auch wieder zu Hause, und ich gehe um diese Zeit immer am Strand spazieren. Ich werde gut eine Stunde weg sein. Bist du damit zufrieden?«

»Das ist cool, Jenna. Danke.«

Jenna schaute zu Jack. »Findet dein Dad das auch cool?«

»Ja«, seufzte Jack. »Supercool.«

»Wo ist Ihr Freund?«, fragte Jenna.

»Der ist mit seiner Harley unterwegs«, antwortete Cory an Jacks Stelle.

»Dann sollte er besser auf sich aufpassen. Ich kenne ein paar alleinstehende Frauen in dieser Stadt, die ihn sich sofort schnappen würden.«

»Schnappen!«, rief Jackie.

Nachdem Jenna gegangen war, beugte Jack sich vor und flüsterte seiner Tochter zu: »Zwischen dir und Liam geht es doch nur um Musik, oder?«

»Dad, bitte.«

»Ich frag ja nur.« Er drehte sich zu Charles um. »Bonnie hat mich besucht.«

»Ja, sie hat mir gesagt, dass sie das vorhätte.«

»Und hat sie dir auch gesagt, warum sie gekommen ist?«

»Ja. Ich habe sie hinterher getroffen. Da hat sie mir erzählt, worüber ihr gesprochen habt und was du gesagt hast. Ich habe ihr erklärt, dass ich auf deiner Seite stehe. Ich glaube zwar nicht, dass sie das hören wollte, aber so ist es nun mal.«

Mikki, die zugehört hatte, fragte: »Was wollte Oma denn hören?«

»Ein andermal, Mikki, nicht jetzt.« Jack warf einen verstohlenen Blick zu den Jungs. Dann fügte er hinzu: »Ist ihr Besuch bei dir gut verlaufen?«

»Sie war ein bisschen gelassener als in Arizona«, antwortete Mikki. »Da war sie ein richtiger Kontrollfreak. Sie hat mich in den Wahnsinn getrieben.«

Jack drehte sich zu Pinckney um. »Ich habe mich gestern Abend mal im Leuchtturm umgesehen.«

»Und? Wie sieht's aus?«

»Nicht gut, fürchte ich.«

»Früher war er ein beeindruckendes Bauwerk.«

»Darauf möchte ich wetten«, sagte Jack.

KAPITEL 35

Nach dem Mittagessen gingen sie zum Pick-up zurück, als Charles auf die andere Straßenseite deutete und sagte: »Wenn man vom Teufel spricht.«

Jack sah, wie Bonnie und Fred soeben in einem Souvenirladen verschwanden. Mikki fragte mit leiser Stimme: »Was ist mit Oma los, Dad? Warum ist sie wirklich hier?«

»Sie hat mir ein Angebot gemacht.« Mikki schaute ihn erwartungsvoll an. Jack fuhr fort: »Sie hat mir angeboten, dass wir alle zu ihr nach Arizona ziehen.«

»Was? Niemals! Du denkst doch nicht ernsthaft darüber nach, oder?«

»Nein.«

Mikki wollte noch etwas sagen, als sie Blake Saunders mit zwei kräftigen jungen Männern die Straße herunterkommen sah. Die drei trugen Footballhemden der Channing Highschool.

»Hi«, sagte Mikki. Jack schaute sie fragend an. »Das ist Blake« erklärte sie. »Ich habe ihn am Strand kennengelernt, als ich joggen war. Danach sind wir ein paar Mal gemeinsam gelaufen.«

»Danke, dass du mir das sagst.« Jack musterte Blake. »Du kommst mir bekannt vor.«

Blake schaute verlegen drein. »Ich war in dem Auto, das Sie beinahe von der Straße gedrängt hätte.«

»Das Mädchen, das am Steuer saß, heißt Tiffany«, sagte Mikki. »Sie ist superreich. Was für ein Schock.«

»Ich habe Tiffany gesagt, sie soll langsamer fahren«, sagte Blake kleinlaut. »Aber sie hört auf niemanden.«

»Darauf möchte ich wetten«, schnaubte Mikki verächtlich.

Blake drehte sich zu ihr um. »Hey, wir haben nächsten Freitag eine kleine Party am Strand. Hättest du Lust, ein bisschen mit uns rumzuhängen? Es gibt zu essen und ein Lagerfeuer, und wir hören uns Musik an.«

»Und natürlich habt ihr keinen Alkohol«, mischte Jack sich ein.

»Natürlich nicht, Sir«, erwiderte Blake sofort, obwohl seine Freunde schelmisch grinsten.

»Ja, sicher doch. Meine Tochter wird sich deswegen noch mal bei dir melden«, sagte Jack.

Mikki funkelte ihren Vater wütend an.

»Die Fete steigt um neun Uhr abends«, erklärte Blake, »ungefähr auf der Hälfte unserer Laufstrecke. Da, wo das große gelbe Haus steht.«

»Verstanden.«

»Okay. Ich hoffe, ich sehe dich dann.«

Die jungen Männer gingen davon.

»Was war das denn?«, wollte Jack wissen.

»Hast du einen Freund?«, fragte ein grinsender Cory. »Ich dachte, du magst diesen Liam.«

Mikki lief rot an. »Würdet ihr zwei bitte den Mund halten?«

»Der Kerl hat ja nicht mal 'nen Ohrring, und sein Haar ist auch vollkommen normal«, sagte Jack. »Das ist doch nicht dein Typ. Obendrein spielt er Football, um Himmels willen. Du hasst doch Footballspieler.«

»Wer hat dir das gesagt?«

»Deine Mom. Sie hat sich immer darüber lustig

gemacht, weil sie einen Footballspieler *geheiratet* hat.«

»Ich kann selbst entscheiden, wer mein Typ ist und wer nicht!«, fuhr Mikki auf.

»Aber ich bin immer noch dein Vater, und mir gefällt die Vorstellung nicht, dass …«

»Hey, Wundermann!«

Jack drehte sich um.

»Hier drüben, Wundermann!«

Jack sah zwei große Männer in einem Pick-up. Sie starrten ihn an. Einer streckte den Kopf zum Fenster heraus. »Ich brauche auch ein Wunder, Chef. Kannst du mal eben rüberkommen und mir etwas Weihwasser auf die Birne spritzen?« Er winkte mit einer Fünfdollarnote. »Natürlich erwarte ich keine kostenlosen Wunder. Ich zahle gut.« Die beiden Männer brachen in schallendes Gelächter aus, stiegen aus dem Pick-up, lehnten sich an die Motorhaube und verschränkten die dicken Arme vor der Brust. Beide trugen Jeans, schmutzige T-Shirts und fettige Baseballkappen. Ihre nackten Arme waren mit Tattoos übersät.

Cory schaute seinen Vater ängstlich an. »Dad?«

»Ist schon okay, Cory. Wir gehen einfach weiter.«

Sie gingen an den Männern vorbei.

Einer sagte: »Hey, Wundermann, bist du dir etwa zu fein für arme Schweine wie uns?«

Mikki fuhr herum und rief den Männern wütend zu: »Werdet erwachsen, ihr Vollidioten!«

»Mikki«, drängte Jack, »geh einfach weiter.«

»Ja, Mikki«, äffte einer der Männer ihn nach, »geh einfach weiter, Süße.«

Bei diesen Worten versteifte sich Jack. Beinahe hätte er sich umgedreht, doch er hatte seine Kinder dabei, und er wusste, dass eine Konfrontation ohnehin nichts bringen würde. Er sagte zu den Kindern: »Wenn wir zurück sind, gehen wir zum Strand, und …«

»Hey, Wundermann, stimmt es, dass deine Schlampe von Frau dich mit deinem besten Freund betrogen hat? Bist du deshalb von den Toten zurückgekehrt?«

Jack bewegte sich so schnell, dass Cory die Hand noch in die Höhe hielt, mit der er sich bei seinem Dad festgehalten hatte. Als Jack sich auf die beiden Kerle stürzte, schlug der Erste von ihnen zu. Jack duckte sich unter dem Schlag weg, packte die Hand des Mannes, riss sie nach hinten und über die Schulter, schleuderte den Burschen herum und warf ihn mit dem Kopf voran gegen den Pick-up. Blut strömte aus einer Risswunde. Als der Mann sich umdrehte, um anzugreifen, wich Jack geschickt aus und schickte ihn mit einem wuchtigen Schlag ans Kinn zu Boden. Der zweite Mann warf sich gegen Jacks Rücken und rammte ihn mit dem Gesicht gegen einen Lampenmast. Doch einen Sekundenbruchteil später hatte Jack sich zu ihm umgedreht, hämmerte ihm die Faust auf den Solarplexus, dass er vornüberklappte, und trat ihm die Beine weg. Ein Ellbogenstoß in den Nacken schickte den Mann endgültig zu Boden, wo er stöhnend liegen blieb.

Jack stand vornübergebeugt da und schnappte nach Luft. Blut lief ihm aus der Nase, wo er gegen den Lampenmast geprallt war. Er richtete sich auf, schaute sich um und sah, dass ganz Channing ihn anstarrte. Niemand rührte sich; niemand schien auch nur zu atmen. Jack schaute auf die andere Straßenseite und sah Jenna und Liam in der Tür des Little Bit. Dann blickte er nach links, wo Bonnie und Fred ihn entsetzt von der Tür des Souvenirladens aus beobachteten. Bonnie schaute von Jack zu den bewusstlosen, blutenden Männern auf dem Bürgersteig und dann wieder zu ihrem Schwiegersohn.

»Daddy!«

Jack blickte über die Schulter. Jackie stand heulend mitten auf dem Bürgersteig. Cory wiederum musterte seinen Vater staunend, während Mikki die beiden Männer auf dem Boden wütend anfunkelte. »Idioten«, sagte sie verächtlich.

Jack lud seine Kinder in den VW und fuhr davon.

KAPITEL 36

Jack saß am Küchentisch. Er hatte Eis in ein Küchentuch gewickelt und hielt es sich an die linke Wange. Getrocknetes Blut klebte an seiner Stirn. Als jemand an die Tür klopfte, rechnete er schon mit der Polizei.

»Ein alter Mann und eine Lady«, quiekte Jackie, nachdem er die Tür geöffnet hatte.

Jenna und Charles kamen herein. Jenna hatte einen kleinen Koffer dabei, stellte ihn neben Jack und holte Verbandsmaterial sowie Wundheilsalbe heraus.

»Was macht ihr denn hier?«, fragte Jack.

Jenna nahm Jacks Hand von seinem geschundenen Gesicht, säuberte die Wunden, trug die Salbe auf und klebte Pflaster darauf.

»Wir dachten, du könntest vielleicht ein wenig Hilfe gebrauchen«, antwortete Charles.

»Diese beiden Idioten«, sagte Jenna. »Vermutlich waren sie betrunken.«

»Kennen Sie sie?«, fragte Jack.

»Ja. Vom Sehen. Ab und an kommen sie ins Restaurant.«

»Die beiden kommen aus Sweat Town«, fügte Charles hinzu.

Jenna runzelte die Stirn. »Ich mag den Begriff nicht.«

»Na ja, toll ist er nicht, aber die Bewohner haben ihn sich verdient«, erwiderte Charles.

»Was genau ist dieses Sweat Town?«, fragte Mikki.

»Es liegt auf der anderen Seite der Eisenbahngleise. Sweat Town ist sozusagen das Armenviertel der Stadt. Da wohnen die meisten Leute, die hier wirklich arbeiten.«

»Hier ist eine Eiskompresse«, sagte Jenna. »Damit geht die Schwellung schneller weg.«

»Danke.«

Jenna schloss ihren Koffer, lehnte sich zurück und musterte Jacks Gesicht. »Okay, jetzt sollten Sie wieder in Ordnung sein.«

»Sie sind ganz schön geschickt«, bemerkte Mikki.

»Ach«, erwiderte Jenna, »das hat jede Mom standardmäßig drauf.«

Jackie sprang auf und ab und versuchte, in Jennas Koffer zu greifen. Schließlich klebte Jenna ihm ein Pflaster auf den Finger und küsste es. »Jetzt hast du auch kein Aua mehr.« Sie richtete sich auf und schaute Jack an. »Sie haben Ihre Militärausbildung offenbar nicht vergessen. Die beiden Kerle waren nicht gerade schmächtig, aber Sie haben sie ziemlich schnell zu Boden geschickt.«

Jack verzog das Gesicht. »Das war dumm von mir. Es hätte nie passieren dürfen.«

Die Tür ging auf, und Sammy kam herein, den Motorradhelm unter den Arm geklemmt. »Das war eine schöne Tour. Ich …« Dann sah er Jack und rief: »Hey, Mann, was ist denn mit dir passiert? Bist du von der Leiter gefallen?«

Jackie rief: »Daddy hat gekämpft!« Der kleine Junge trat in die Luft und schwang die Faust so heftig, dass er vom eigenen Schwung zu Boden gerissen wurde.

»Gekämpft? Mit wem?«, wollte Sammy wissen.

Mikki und Cory begannen gleichzeitig zu erzählen, was geschehen war. Während Sammy ihnen zuhörte, verdüsterte sich seine Miene immer mehr.

Als sie berichteten, dass der eine Mann Lizzie als Schlampe bezeichnet hatte, ging Sammy zu seiner Werkzeugkiste und holte ein Brecheisen heraus. »Sag mir, wie diese Maden aussehen und wo ich sie finden kann.«

»Nein, Sammy«, sagte Jack.

»Mit diesem Scheiß kommen sie bei mir nicht durch!«, rief Sammy.

»Ich kann das selbst erledigen.«

»Was denn? Glaubst du, ich bin zu alt, um auf mich selbst aufzupassen?«

»Darum geht es nicht. Wenn du sie zusammenschlägst, landest du auf direktem Weg im Knast.«

»Er hat recht, Sammy«, sagte Charles. »Das ist nicht die richtige Art, das zu regeln.«

»Uh-oh«, machte Jackie. Er schaute aus dem Fenster neben der Tür.

»Was ist denn, Jackie?«, fragte seine Schwester.

Jackie deutete zur Tür, die Augen so groß, dass sie aus dem Kopf zu quellen drohten. »Cops«, flüsterte er auf ganz untypische Art. »Bullen.« Dann huschte er ins Nebenzimmer, um sich dort zu verstecken.

Jack schaute seine beiden älteren Kinder streng an. »Wo hat er denn solche Wörter her?«

Mikki senkte verlegen den Kopf, während Cory die Lippen aufeinanderpresste und an die Decke starrte.

»Na toll«, seufzte Jack und ging zur Tür.

Der Sheriff stellte sich als Nathan Tammie vor. Er war ein großer Mann mit hartem, ernstem Gesicht und dunklem, gewelltem Haar. Er nahm Jacks Aussage auf und kratzte sich am Kinn. »Das entspricht so ziemlich dem, was andere Personen ausgesagt haben. Aber *Sie* haben angegriffen.«

»Er wurde provoziert«, mischte Mikki sich ein. »Diese Männer haben schlimme Dinge über unsere Mutter gesagt. Was hätte er denn tun sollen?«

»Sheriff«, sagte Jenna. »Charles und ich haben alles gesehen. Es war genau so, wie das Mädchen sagt. Mr. Armstrong wurde provoziert. Jeder hätte so gehandelt.«

»Ich sage ja nicht, dass ich nicht das Gleiche getan hätte, Jenna«, erwiderte der Sheriff, »aber ich kann auch nicht zulassen, dass so etwas ohne Konsequenzen bleibt. Ich habe den beiden Jungs schon gesagt, sie sollen sich zurückhalten. Von Ihnen erwarte ich in Zukunft das Gleiche, Mr. Armstrong. Sollte so etwas noch einmal passieren, dann kommen Sie zu mir, und ich werde mich darum kümmern. Haben wir uns verstanden? Wenn eine solche Sache aus dem Ruder läuft, landet irgendwer im Knast.«

»Ich verstehe.«

Nachdem der Sheriff gegangen war, sagte Charles: »Er ist ein guter Kerl, und er meint, was er sagt.« Er schaute zu Jenna. »Ich kann dich in die Stadt fahren.«

»Ich komme gleich.«

Sammy hatte den Raum längst verlassen, und auch die Kinder waren verschwunden.

»Wundermann?« Jenna hob die Augenbrauen.

Jack starrte sie an und drückte sich die Kompresse auf die Wange. »Das ist eine lange Geschichte.«

»Ich bin eine gute Zuhörerin.«

»Das weiß ich zu schätzen, Jenna. Es ist nur …«

»Ich weiß, ich weiß. Ich bin noch eine Fremde für Sie, und Sie öffnen sich nicht so leicht. Sie sind mehr der Typ, der alles in sich hineinfrisst.«

»Vielleicht können wir ja irgendwann darüber reden, aber jetzt nicht.«

»Okay.« Jenna stand auf. »Lassen Sie es mich wissen, falls Sie noch was brauchen.«

»Jenna?«

Sie drehte sich noch einmal zu ihm um. »Ja?«

Jack berührte das Pflaster auf seiner Wange.

»Danke, dass Sie gekommen sind. Das bedeutet mir sehr viel.«

Sie lächelte. »Jederzeit. Aber ich hoffe, dass ich das nächste Mal den Erste-Hilfe-Koffer zu Hause lassen kann.«

KAPITEL 37

Das Geräusch weckte alle. Lichter flammten auf. Jack und Sammy überzeugten sich, dass mit den Kindern alles in Ordnung war, bevor sie den Rest des Hauses überprüften.

»Das hat sich angehört wie eine Bombe«, sagte Sammy, »oder als wäre ein Gebäude eingestürzt.«

Jack schaute ihn fragend an. »Oh, verdammt!«

Er rannte zur Rückseite des Hauses.

»Jack! Was ist denn?«

Sammy eilte ihm hinterher.

Jack sprintete über den Hinterhof und über die Felsen, riss die Tür zum Leuchtturm auf und blieb schwer atmend stehen. Die Treppe war eingestürzt. Er leuchtete mit der Taschenlampe nach oben. Fünfzehn Meter Holz waren einfach zusammengebrochen.

Sammy trat neben ihn und sah, was los war. »Verdammt, warst du nicht erst gestern da oben?«

Jack nickte, den Blick noch immer auf die eingestürzte Treppe gerichtet. Jetzt konnte er nicht mehr zur Spitze hinauf.

»Das war verflucht knapp, alter Junge«, bemerkte Sammy.

Jack drehte sich zu ihm um. »Ich muss die Treppe wieder aufbauen.«

»Was?«

»Wir können das Material morgen holen.«

»Aber wir sind noch nicht bei Jenna fertig, und wir haben noch andere Jobs. Und Charles hat weitere Aufträge für uns. Da ist eine Lady mit Namen Anne Bethune mit einem großen Haus am Strand. Sie will einen Windschutz an ihrer Veranda und noch ein paar andere Sachen. Das bringt gutes Geld.«

»Das erledige ich in meiner Freizeit.«

»Ja, klar, davon hast du ja auch so viel.«

»Ich *muss* das einfach tun, Sammy.«

Sammy schaute auf den Berg aus geborstenem Holz. »Das wird verdammt teuer.«

»Ich werde es von meinem Anteil bezahlen, und ich erwarte auch nicht, dass du mir hilfst.«

Sammy legte die Stirn in Falten. »Seit wann haben wir Anteile und helfen einander nicht mehr?«

»Das hier ist was anderes, Sammy. Ich kann nicht von dir verlangen, dass du das auch noch machst.«

Sammy schaute auf das handgemalte Schild neben der Tür und sagte leise: »Morgen früh nehmen wir erst mal die Maße. Dann holen wir das Material. Tagsüber arbeiten wir dann für Geld, und später machen wir das hier. Okay?«

»Okay«, antwortete Jack. Als Sammy sich zum Gehen wandte, fügte er hinzu: »Danke, Sammy.«

Sammy drehte sich noch einmal um. »Ich war zwar nie verheiratet, Jack, aber ich weiß, was es bedeutet, jemanden zu verlieren. Besonders jemanden wie Lizzie.«

Er ging zum Haus weiter. Jack drehte sich wieder zu dem Leuchtturm um, den er wieder aufbauen würde.

* * *

»Wofür ist das alles?«, fragte Pinckney, als Jack und Sammy den Pick-up bis oben hin beladen hatten. Er schaute sich die Sachen an. »Ein Gerüst. Und ihr habt genug Holz bestellt, um damit eine zweite Arche Noah zu bauen.«

»Wir hatten einen kleinen Unfall im Palast«, sagte Sammy, als es so aussah, als würde Jack nicht antworten.

Pinckney schaute besorgt drein. »Ein Unfall? Ist jemand verletzt worden?«

»Die Treppe im Leuchtturm ist eingebrochen«, sagte Jack. »Aber es ist niemand zu Schaden gekommen.«

»Dann willst du die Treppe reparieren, ja?«, fragte Charles überrascht.

»Ja!«, antwortete Jack gereizt.

Sammy schaute zu Charles und zuckte mit den Schultern.

»Aber die Lichtanlage funktioniert doch nicht mal.«

»Das Leuchtfeuer? Das will er auch reparieren«, erklärte Sammy.

»Aber warum? Der Leuchtturm hat doch keinerlei Bedeutung für die Schifffahrt mehr.«

Jack zurrte erst einmal alles fest, bevor er sich wieder zu Charles umdrehte. Er zog ein Blatt Papier aus der Tasche und reichte es ihm. »Ich habe einen Plan des Leuchtfeuers gefunden. Könntest du diese Teile hier für mich besorgen?«

Charles warf einen Blick auf die Liste. »Das könnte einige Zeit dauern, und billig wird es nicht.«

Jack stieg in den Wagen. »Danke.«

Sammy warf Charles einen hilflosen Blick zu und stieg ebenfalls ein.

Auf der Fahrt zur Stadt fragte Sammy plötzlich: »Ist das nicht Bonnie?«

Jack schaute in die Richtung, in die sein Freund deutete. Es war tatsächlich Bonnie. Und sie saß mit einem jungen Mann im Anzug in einem Auto.

»Wer ist der Kerl?«, fragte Sammy.

»Den habe ich noch nie gesehen.«

»Bonnie ist wirklich ein seltsamer Vogel.«

»Ja.« Jack schaute noch einmal zu seiner Schwiegermutter zurück und fuhr weiter.

* * *

Am Palast angekommen luden sie das Baumaterial aus. Dann nahm Sammy den VW und fuhr zu Anne Bethune, um mit ihr zu besprechen, was genau sie brauchte, während Jack im Pick-up zu Jenna fuhr.

Jenna öffnete ihm die Tür. Sie trug einen Bademantel und Slipper.

»In einem Restaurant arbeitet man nicht von neun bis fünf, eher von zehn bis Mitternacht. Möchten Sie einen Kaffee?«

Jack zögerte.

»Er kostet nichts extra«, sagte sie lächelnd.

»Okay. Danke.«

Jenna brachte ihm eine Tasse ins Musikzimmer hinunter und schaute zu, wie er an der neuen Wand arbeitete.

»Sie wissen wirklich, was Sie tun«, bemerkte sie.

»Das ist bloß eine Gipswand. Wenn man erst mal weiß, wie das geht, ist es ziemlich einfach.«

»Berühmte letzte Worte. Ich kann nicht mal ein Bild aufhängen.«

»Vermutlich war das Leben als Anwältin auch nicht gerade leicht.«

»Ach, da ging es immer nur um Wortklauberei.«

»Wenn Sie es sagen.«

Jenna nippte an ihrem Kaffee und schaute weiter zu. »Unsere Kinder verstehen sich wirklich gut dank ihrer Musik.«

»Ja, Mikki hat es mir erzählt.«

»Das ist das erste Mal, dass Liam hier unten Interesse an jemandem zeigt.«

»Er scheint mir ein netter junger Mann zu sein.

Und Mikkis Stimmung hat sich deutlich gehoben. Allein das ist schon Liams Gewicht in Gold wert.«

Jack legte sein Werkzeug beiseite und trank einen Schluck Kaffee. »Darf ich Ihnen mal eine persönliche Frage stellen?«

Jenna beäugte ihn mit gespielter Vorsicht. »Muss ich jetzt Angst haben?«

»Nein.«

»Dann fragen Sie.«

»Haben Sie je daran gedacht, wieder zu heiraten?«

»Daran gedacht schon.«

»Das ist gut. Sie sind noch jung, gut betucht, klug und gebildet. Und ausgesprochen attraktiv.«

»Hey, ich sollte Sie als meinen PR-Berater anheuern.«

»Ich meine es ernst, Jenna.«

Jenna stellte ihre Tasse beiseite und schlug den Bademantel über die nackten Knie. »Einige Männer waren an einer dauerhaften Beziehung mit mir interessiert. Ein paar sogar hier aus Channing.«

»Aber?«

»Aber es waren nicht die Richtigen. Und ich bin eine Frau, die bereit ist, auf Mr. Right zu warten … besonders, wenn man bedenkt, wie falsch ich beim ersten Mal gelegen habe.«

Jack griff wieder zu seinem Werkzeug. »Lizzie und ich haben uns an der Highschool kennengelernt. Dieses Jahr hätten wir unseren achtzehnten Hochzeitstag gefeiert.«

»Hört sich so an, als hätten Sie Ihre Mrs. Right beim ersten Versuch gefunden.«

»Ja, das habe ich«, gab Jack offen zu.

»Ich nehme an, das macht den Verlust umso schwerer.«

»Allerdings. Aber da sind noch unsere Kinder, die ich erziehen muss, und das möchte ich vernünftig machen. Für Lizzie.«

»Und für Sie, Jack. Sie sind Teil der Gleichung.«

»Ja, und für mich«, sagte er. »Ich hoffe, Sie werden Ihren Mr. Right noch finden.«

»Das hoffe ich auch«, erwiderte Jenna.

KAPITEL 38

Sammy drehte sich zu Jack um und sagte: »Wir sollten jetzt Feierabend machen. Es ist fast Mitternacht.«

»Geh nur. Ich bringe nur noch ein paar Sachen zu Ende.«

Sie waren im Leuchtturm. Nachdem sie die letzten drei Tage hauptsächlich an Anne Bethunes Haus gearbeitet hatten, hatten Sammy und Jack rasch zu Abend gegessen und noch vier Stunden am Leuchtturm gearbeitet. Sie hatten die Trümmer der eingestürzten Treppe weggeräumt und das Gerüst bis zur Hauptplattform aufgebaut, die ebenfalls repariert werden musste. Draußen lag bereits sauber gestapelt das Holz dafür bereit.

»Du hast heute sechzehn Stunden geschuftet, Jack. Du brauchst Ruhe.«

»Ich mache nur noch ein halbes Stündchen, Sammy.«

Sammy schüttelte den Kopf, warf seinen Werkzeuggürtel unten aufs Gerüst, reckte seinen schmerzenden Rücken und ging langsam zum Palast zurück.

Jack sicherte die Stützstangen des Gerüsts, kletterte dann nach oben und trat auf den Laufsteg hinaus. Er versuchte, sich vorzustellen, wie Lizzie als kleines Mädchen den Ausblick von hier oben empfunden hatte.

»Hattest du zuerst Angst, Lizzie?«, fragte Jack laut in die Stille hinein. »Hast du dich gefürchtet, dass du runterfällst? Oder hast du es schon beim ersten Mal geliebt, hier oben zu sein?« Er blickte auf das dunkle Meer hinaus und ließ den Wind über sein Gesicht streichen. Sein Blick schweifte über den Himmel und suchte nach der genauen Stelle, wo Lizzie geglaubt hatte, den Himmel finden zu können – jenen Ort, zu dem ihre Schwester gegangen war.

Und wo du jetzt auch bist, Lizzie.

Weit draußen auf dem Meer waren die Lichter von Schiffen zu sehen, die sich langsam über das Wasser bewegten. Jack schloss die Augen, und seine Gedanken kehrten zu dem eisigen Friedhof zurück, wo sie Lizzie vier Tage nach Weihnachten zur Ruhe gebettet hatten. Dort war sie immer noch, allein und in der Dunkelheit.

»Nicht, Jack«, ermahnte er sich selbst. »Tu das nicht. Es bringt keinem was, darüber nachzudenken. Erinnere dich an Lizzie so, wie sie im Leben war.«

Er blickte nach rechts und war überrascht, jemanden über den Strand kommen zu sehen. Als die Gestalt näher kam, erkannte er sie. Es war Jenna. Sie hielt ihre Sandalen in der Hand und schlenderte unmittelbar am Wasser durch den Sand. Jack schaute auf die Uhr. Es war fast ein Uhr morgens. Was machte sie so spät hier draußen?

Plötzlich schaute Jenna nach oben und sah Jack im Mondschein. Sie winkte, ging auf den Leuchtturm zu und rief hinauf: »Machen Sie Überstunden?«

»Ich mache nur noch ein paar Sachen fertig«, antwortete Jack. »Aber was tun Sie so spät noch hier?«

»Manchmal spaziere ich ein bisschen am Strand entlang, nachdem ich das Restaurant geschlossen habe. Das hilft mir zu entspannen.« Sie betrachtete den Leuchtturm. »Ich habe schon gehört, dass Sie ihn instand setzen wollen.«

»Ich versuche es zumindest. Das ist ziemlich verrückt, hm?«

»Ich halte es für eine prima Idee«, überraschte Jenna ihn.

»Warum?«

»Ich find's einfach gut, das ist alles.« Jack erwiderte nichts darauf. »Übrigens, die Schallisolierung funktioniert hervorragend. Ich höre keinen Ton mehr. Das hat meine Lebensqualität um tausend Prozent erhöht. Und ich werde meinen Sohn nicht mehr ermorden müssen.«

»Freut mich, dass ich Ihnen helfen konnte.«

»Tja«, sagte Jenna, »ich sollte jetzt wohl besser wieder zurückgehen.«

Jack schaute den dunklen Strand hinunter, von wo Jenna gekommen war. »Soll ich Sie nach Hause begleiten? Es ist sehr dunkel da draußen.«

»Nein, nein, das ist kein Problem. Die Gegend ist ziemlich sicher. Und Sie sehen so aus, als hätten Sie noch zu tun.«

Bevor Jack etwas erwidern konnte, drehte Jenna sich um und ging davon.

Langsam stieg Jack das Gerüst hinunter. Unten angekommen, trat er durch die Tür, drehte sich um und betrachtete das handgemalte Schild.

»Ich werde ihn wieder zum Leben erwecken, Lizzie«, sagte er. »Ich verspreche dir, dass dieses Licht wieder leuchten wird. Und dann kannst du es vom Himmel aus sehen.«

Und mich vielleicht auch.

KAPITEL 39

»Na toll«, sagte Mikki am Freitagabend. Sie war auf der Strandparty, zu der Blake Saunders sie eingeladen hatte. Es waren schon jede Menge Leute erschienen, darunter Tiffany Murdoch, die an einem großen Feuer Hof hielt. Es gab jede Menge gut gebaute Jungs in Footballtrikots und Mädchen in Shorts oder engen Röcken und noch engeren Tops. Der Wagen eines Catering Service parkte auf der Straße neben dem Strand. Mikki, die sich eine Decke und Marshmallows mitgebracht hatte, beobachtete teils entsetzt, teils belustigt, wie Männer und Frauen in weißen Jacketts Tabletts mit Essen und Trinken zwischen den Teenagern im Sand herumtrugen.

Blake entdeckte sie und schlenderte zu ihr, eine Flasche in der Hand.

»Hey. Schön, dass du's geschafft hast.«

»Ich war noch nie auf einer Beach Party, wo ein Catering Service die Leute versorgt.«

»Ich weiß. Tiffanys Dad ist ein großer Förderer des Footballteams, und er richtet jedes Jahr diese Party für uns aus.«

»Deswegen ist Tiff wohl auch hier, nehme ich an.«

»O ja. Und wie immer steht sie im Mittelpunkt der Aufmerksamkeit. Sie ist wie eine Bienenkönigin.«

»Bienen stechen«, schoss Mikki zurück.

»Was ist da drin?«, fragte Blake.

»Nichts«, antwortete Mikki rasch und versteckte die Tasche mit den Marshmallows hinter ihrem Rücken.

Blake hielt die Flasche in die Höhe. »Willst du einen Schluck?«

»Nein, danke.«

»Das ist kein Alkohol.«

»Darauf habe ich nur dein Wort.«

Ein wenig beleidigt sagte Blake: »Dann nicht. Es gibt ja genug zu essen und zu trinken. Hol dir was, und dann komm zu uns.«

Er schlenderte davon. Mikki ging zu den Tischen voller Speisen, hinter denen weitere Frauen und Männer in weißen Jacketts standen. Mikki fragte nach einer Cola. Eine ältere Frau mit strähnigem grauem Haar reichte ihr ein Glas.

»Danke«, sagte Mikki.

Die Frau musterte sie erstaunt.

»Was ist?«, fragte Mikki und schaute an sich hinunter. »Stimmt was nicht mit mir?«

»Sie gehören nicht zu diesen Leuten, oder?«, fragte die Frau leise.

»Nein. Wir sind aus Ohio und verbringen den Sommer hier. Warum?«

»Sie haben Danke gesagt.«

»Und das ist ungewöhnlich?«

Die Frau schaute zu den anderen Partygästen. »Für einige Leute hier scheint das sogar unmöglich zu sein. Aus Ohio kommen Sie? Gehören Sie zu Cee Pinckneys Leuten?«

»Ja, sie war meine Urgroßmutter. Ich bin Mikki. Und das Sie ist überflüssig. So alt bin ich nun auch wieder nicht.«

Die Frau lächelte. »Nett, dich kennenzulernen, Mikki. Mrs. Pinckney war eine echte Lady. Es tut mir leid, dass sie gestorben ist.«

»Ich nehme an, Sie sind aus Channing.«

»Ich habe mein ganzes Leben hier verbracht, allerdings nicht auf der Postkartenseite.«

»Was?«

»Na, der Teil von Channing eben, den man immer auf Postkarten sieht. Ich wohne in einem Stadtteil, den Touristen nie zu sehen bekommen. Dort können wir uns keine hübsche Aussicht aufs Meer leisten.«

»Sweat Town, nicht wahr?«

»Du hast schon davon gehört?«

»Jemand hat mir davon erzählt. Es scheint dort genauso zu sein wie in der Gegend, in der wir in Cleveland gelebt haben. Wie heißen Sie?«

»Die Leute nennen mich Fran.«

»Hat Spaß gemacht, mit Ihnen zu reden, Fran.«

»Die Freude ist ganz auf meiner Seite, Liebes.«

Sie wandte sich ab, um andere Leute zu bedienen.

Besorgt von dem, was Fran ihr erzählt hatte, schlenderte Mikki zwischen den Leuten umher, von denen viele bereits betrunken waren. Die Jungs starrten sie lüstern an, die Mädchen feindselig.

Warum bin ich nur gekommen?

»Sieh mal einer an, wen wir da haben.«

Mikki stöhnte innerlich auf, schloss die Augen und öffnete sie wieder. Schlimmer konnte es nicht kommen.

Tiffany stand vor ihr. Sie wankte leicht und hielt einen Plastikbecher mit Bier in der Hand. Sie trug ein Stringbikini-Unterteil und ein bauchfreies Netzhemd, das ihre Brust kaum bedeckte. »Wie heißt du noch mal?«

»Mikki«, knurrte sie mit zusammengebissenen Zähnen.

»Oh, wie Micky Maus.« Tiffany kicherte, schaute zu den anderen und verneigte sich übertrieben. »Micky Maus, Leute!« Gelächter durchlief die Reihen der Jugendlichen. Ein nervös aussehender Blake kam herbei und legte den Arm um Tiffanys nackte Hüfte. »Komm, Tiff, lass uns etwas zu essen holen.«

»Ich hab keinen Hunger«, erwiderte Tiffany und zog eine Schnute. Mikki erkannte sofort, dass dies Tiffanys Art war zu bekommen, was sie wollte. Sie spitzte die Lippen und führte sich auf wie ein kleines Mädchen.

Mikki blickte auf das Bier und dann auf Tiffanys rotes Cabrio, das neben dem Cateringwagen geparkt war. »Ich hoffe, du bist nicht die Fahrerin von dem Schlitten.«

»Ich kann machen, was ich will«, erwiderte Tiffany und setzte ein schiefes Lächeln auf.

Blake zog sie am Arm. »Komm schon, Tiff. Lass uns was zu essen holen. Du willst deinen Dad doch nicht schon wieder sauer machen. Schon vergessen?«

»Halt die Klappe!«, rief Tiffany und drehte sich wieder zu Mikki um. »Bist du eigentlich gerne ein Freak?«

»Tja, dann bis demnächst.« Mikki wandte sich zum Gehen.

»Hey, ich rede mit dir!«

Tiffany packte sie an der Schulter. Mikkis Arme und Beine schienen mit einem Mal einen eigenen Willen zu entwickeln. Wie ein Schraubstock schlossen ihre Finger sich um das Handgelenk Tiffanys. Sie drehte ihr den Arm auf den Rücken, riss ihn hoch, schob einen Fuß hinter Tiffanys Beine und schubste sie von hinten. Einen Augenblick später lag Tiffany mit dem Gesicht im Sand. Das Netzhemd war ihr über den Kopf gerutscht.

Blake starrte Mikki staunend an. »Wie hast du das gemacht?«

Mikki schaute auf ihre Hände, als gehörten sie nicht ihr. »Das hat mein Dad mir beigebracht.«

Beide blickten auf Tiffany, die Sand spuckte und fluchte. Andere Partygäste kamen herbei.

»Ich will hier weg!«, sagte Mikki voller Panik.

Sie wirbelte herum, drängte sich zwischen den Leuten hindurch und rannte los. Als sie an Fran vorbeikam, zwinkerte die Frau ihr zu und hob einen Löffel in stummem Salut.

KAPITEL 40

Mikki lief den Strand hinunter und prallte mit jemandem zusammen, der wie ein Gespenst aus der Dunkelheit erschien.

»Liam?«

Der große, schlaksige Teenager trug einen Kapuzenpullover und eine Jogginghose.

»Was machst du denn hier?«, fragte Mikki atemlos.

»Ich gehe spazieren. Was ist mit dir?« Er schaute über ihre Schulter zu der Party, von der Mikki gerade geflohen war. »Tiffanys Fete? Sag jetzt nicht, du bist zur dunklen Seite übergelaufen.« Er grinste.

»Das war dumm von mir«, gab Mikki zu.

»Wenn du mit mir kommst, zeig ich dir eine viel bessere Party.«

»Was?«

»Aber ich muss dich warnen. Einen Catering Service gibt's da nicht.«

»Woher weißt du, dass Tiffany sich bei ihren Partys beliefern lässt?«

»Weil meine Mom das ein paar Jahre gemacht hat, bis die kleine Tiffany Bier und Schnaps haben wollte. Da hat Mom dem alten Murdoch gesagt, wo er sich seine Party hinstecken kann.«

»Gut für sie.«

»Ja. Komisch, hinterher bin ich nie wieder zu ihrer kleinen Feier eingeladen worden. Aber lass uns nicht mehr von den Reichen und Verwöhnten sprechen. Lass uns lieber gehen.«

Liam setzte sich in Bewegung, und Mikki eilte ihm hinterher. »Wohin gehen wir denn?«

»Hab ich doch gesagt. Zu einer schöneren Party.«

Die Wellen rauschten an den Strand und bildeten den melodischen Hintergrund zu den Schritten der Teenager im harten, nassen Sand. Eine halbe Meile den Strand hinunter waren mit einem Mal Geräusche zu hören und Lichter zu sehen.

»Ist das die schönere Party?«, fragte Mikki.

»Jep.«

Je näher sie kamen, desto deutlicher war die Szene zu sehen. Das Feuer brannte lichterloh, und die Flammen schlugen hoch. Jungs und Mädels saßen um das Feuer herum und hielten Stöcke mit Hot Dogs und Marshmallows über die Glut. Mikki hörte eine Gitarre und Trommeln, und Lachen hallte über die Wellen hinweg. Ein paar Pärchen knutschten, doch die meisten hingen einfach nur herum und plauderten miteinander.

»Hey, Liam«, sagte einer der Jungs, als sie näher kamen. »Schön, dass du noch kommst.« Er reichte Liam und Mikki je einen langen Stock. »Bon appétit.« Die beiden Neuankömmlinge gesellten sich zu den anderen. Mikki sah zwar auch hier ein paar Footballtrikots, doch die meisten trugen Jeans und T-Shirts. Und es gab kein einziges Designerstück. Die Jungs sahen hart und wild aus, hatten aber freundliche Gesichter, und die Mädchen waren schüchtern und fingerten nervös an ihren Haaren herum. Alle begrüßten Liam und klatschten ihn ab.

»Du scheinst ziemlich beliebt zu sein«, bemerkte Mikki.

»Nö, die Jungs hier finden meine Mutter heiß, und die Mädels wollen einen Job im Little Bit. Sie wollen mich nur ausnutzen.«

Mikki lachte. »Geht ihr alle zusammen auf die Highschool?«

»Ja. Aber die meisten hier sind aus Sweat Town, nicht aus einer der Villen oben bei Tiffany. Mit denen kann ich aber auch nichts anfangen.« Liam schaute zu zwei Jungs, von denen einer Gitarre und der andere Schlagzeug spielte. Dann drehte er sich wieder zu Mikki um. »Und? Sollen wir die Party mal ein bisschen aufmischen?«

Mikki wusste sofort, worauf er hinauswollte. »Und wie wir die aufmischen werden!«

Sie spielten fast eine halbe Stunde lang, und die Teenager jubelten ihnen zu.

Mikki sang sogar Teile des Songs, an dem sie gerade schrieb, und die Leute stiegen voll mit ein und sangen den Text teilweise mit. Dann schnappte Mikki sich die Drumsticks und bewies, dass sie als Schlagzeugerin fast so gut war wie an der Gitarre. Selbst Liam staunte, als sie die Stöcke schließlich weglegte.

»Als ich meine Band aufgebaut habe«, erklärte Mikki, »hab ich jedes Instrument gelernt. Ich bin ein ziemlicher Kontrollfreak.«

Anschließend brieten sie Hot Dogs.

Als jemand ein paar Songs auf einem tragbaren CD-Player spielte, fragte Liam: »Hast du Lust auf einen Sandtanz?«

»Sandtanz? Was ist das?«

»Oh, das ist ziemlich kompliziert. Man muss nämlich barfuß im Sand tanzen.«

Mikki lächelte. »Ich glaube, das schaffe ich gerade so.«

Liam legte ihr beide Arme um die Hüfte, und Mikki legte ihm die Hände auf die Schultern. Langsam bewegten sie sich über den Strand.

»Fühlt sich cool an«, sagte Mikki. »An den Füßen, meine ich«, fügte sie rasch hinzu.

»Finde ich auch«, erwiderte Liam und grinste. »Okay, jetzt ist Zeit für die Sandengel. Das bedeutet …«

»Lass mich raten.« Mikki ließ sich mit dem Rücken in den Sand fallen und bewegte Arme und Beine auf und ab.

Liam gesellte sich zu ihr. »Wow, Hirn und Schönheit.«

Die Musik spielte weiter, und Liam und Mikki kamen sich beim Tanzen immer näher.

»Das ist wirklich nett, Liam.«

»Ja, richtig geil hier.«

Mikki nahm sein Kinn in die Hand.

»Mikki …«, begann Liam verwundert.

Sie küsste ihn und trat einen Schritt zurück. »War sehr schön hier, Liam. Danke, dass du mich mitgenommen hast.«

»Jederzeit. Nächste Woche arbeite ich tagsüber im Little Bit. Komm doch mal vorbei, dann gebe ich dir aus, was immer du willst.«

»Kannst du das einfach so?«

»Ich bin der Koch. Ohne mich läuft gar nichts.«

»Okay.« Mikki lachte.

»Soll ich dich nach Hause bringen?«, fragte er.

»Ich bin mit einem Fahrrad gekommen, das ich im Haus gefunden habe, und so weit ist es nicht.«

»Ich hab auch mein Fahrrad mit. Ich komme mit dir. Es liegt ohnehin auf meinem Weg.«

»Das musst du nicht.«

»Ich will's aber.« Er verstummte und blickte verlegen drein. »Ich meine …«

»Ich weiß, was du meinst«, sagte Mikki sanft.

Liam brachte sie sicher nach Hause, winkte ihr zu und fuhr davon.

Als Mikki das Haus betrat, rief ihr Dad aus dem dunklen Zimmer nach ihr.

»Und?«, fragte er.

Mikki kam näher und kniff die Augen zusammen, um ihn in dem schlechten Licht besser sehen zu können. Er saß auf der Couch und schaute sie an.

»Und was?«

»Hast du Spaß gehabt?«

»Ja. Allerdings auf einer anderen Party.«

Mikki erzählte von dem Abend.

»Hört sich an, als hättest du die richtige Wahl getroffen.«

Sie setzte sich neben ihn. »Und wie geht es mit dem Leuchtturm voran? Du hast da schon ziemlich viel Zeit verbracht.«

Jack seufzte. »Ich weiß, wie seltsam das aussehen muss.«

»Das sieht nicht seltsam aus, Dad. Na ja, vielleicht ein bisschen«, räumte Mikki mit einem Lächeln ein. »Aber du hast gesagt, du wärst mit mir und den Jungs hier runtergefahren, weil du mehr Zeit mit uns verbringen willst. Erinnerst du dich? Aber du und Sammy, ihr arbeitet immer nur, und ich habe Cory und Jackie am Hals.«

Jack ließ den Kopf sinken. »Es ist nur … Ich weiß nicht. Es ist kompliziert, Mikki, sehr kompliziert.«

Mikki stand auf. Die Enttäuschung in ihrer Stimme war nicht zu überhören, als sie sagte: »Ja, scheint so.«

»Aber ich will versuchen, mich zu bessern. Vielleicht können wir dieses Wochenende was zusammen unternehmen. Was meinst du?«

Sie strahlte. »Was, zum Beispiel?«

»Ich … äh, ich hab noch nicht darüber nachgedacht.«

Mikkis Gesicht verdunkelte sich wieder. »Klar. Sicher. Gute Nacht.«

Als sie die Treppe hinaufstieg, wollte Jack ihr hinterherrufen, überlegte es sich dann aber anders und lehnte sich in der Dunkelheit zurück.

Keiner von beiden bemerkte Sammy, der an der Tür seines Schlafzimmers stand, von wo er das Gespräch belauscht hatte. Der ehemalige Elitesoldat der Delta Force ging in sein Zimmer, schnappte sich sein Handy und machte einen Anruf. Es war Zeit, Verstärkung zu rufen.

KAPITEL 41

Als Mikki eines frühen Morgens am Strand joggte, gesellte Blake sich zu ihr.

»Tut mir leid, was auf der Party passiert ist«, sagte er. »Tiff war sturzbetrunken.«

»Was du nicht sagst.«

»Normalerweise ist sie nicht so unausstehlich.«

»Jetzt hör aber auf. Sie ist ein Albtraum im Stringtanga.«

»Okay, vielleicht hast du recht. Wo bist du gelandet?«

»Auf einer anderen Strandparty. Liam Fontaine hat mich mitgenommen. Die meisten Leute kamen aus Sweat Town. Schon mal davon gehört?«

»Klar. Ich wohne in Sweat Town.«

Mikki war so erstaunt, dass sie unwillkürlich stehen blieb. »*Was?*«

»Meine Mom arbeitet als Haushälterin bei den Murdochs.«

»Warum hängst du dann mit Tiffany herum?«

»Wie gesagt, meine Mom arbeitet für sie.«

»Und deshalb bist du verpflichtet, nach ihrer Pfeife zu tanzen?«

Blake lachte nervös. »Ich tanze nicht nach ihrer Pfeife. Ich hänge nur manchmal mit ihr rum.«

Sie liefen weiter.

»Schön für dich«, sagte Mikki. »Es sagt viel über einen Menschen aus, mit wem er rumhängt.«

»Was ist so falsch daran, dass ich mit Tiffany befreundet bin? Willst du damit etwa sagen, dass arme Leute nur mit anderen armen Leuten herumhängen dürfen?«

»Nein, natürlich nicht.«

»Ich hab jede Menge Freunde in Sweat Town. Mit vielen von denen spiele ich Football. Aber deshalb kann ich doch auch zu Tiffany gehen. Sie hat coole Sachen, und ich hab viel Spaß mit ihr. Was ist verkehrt daran?«

»Nichts. Du kannst tun und lassen, was du willst.«

Diesmal war es Blake, der stehen blieb. »Weißt du, was ich will? Mit dir ausgehen.«

Mikki war ebenfalls stehen geblieben, schwieg aber.

»Und?«, fragte Blake. »Was ist? Hast du Lust?«

»Warum willst du mit mir ausgehen?«

»Weil ich dich mag.«

»Du kennst mich doch gar nicht.«

»Ein Grund mehr, mit dir auszugehen. Um dich besser kennenzulernen. Aber wenn du keinen Bock hast, okay. Ich wünsch dir einen schönen Tag. Tut mir leid, dass ich nicht deiner Vorstellung eines perfekten Menschen entspreche. Vielleicht trifft das ja eher auf Liam zu.« Er schickte sich an, in die andere Richtung davonzulaufen.

»Warte ...«

Blake blieb stehen, und Mikki kam zu ihm. »Was genau hast du bei diesem Date vor?«

»Wie meinst du das?«

»Ich habe keine Lust, wieder in einen Haufen reicher Säcke zu rennen und jemandem in den Hintern treten zu müssen ... es sei denn, es ist Tiffany. Das hat Spaß gemacht«, fügte sie hinzu.

»In der Stadt gibt's eine Kaffeebar. Mit Musik. Zwar nicht live, aber sie haben einen guten DJ. Ich dachte, wir könnten uns ein paar Sachen anhören, ein bisschen tanzen und chillen. Das ist alles.«

Mikki dachte darüber nach. »Okay. Klingt nicht schlecht. Aber nur tanzen und Musik hören.«

Blake betrachtete sie aufmerksam. »Warum? Hast du noch was anderes laufen?«

»Nein, ich …«

»Liam?«

»Das geht dich nichts an.«

»Okay, okay. Hast ja recht. Ich komm dich morgen mit dem Wagen abholen. Um sieben?«

»Ich muss das noch mit meinem Dad besprechen, aber ich denke, das geht in Ordnung.«

»Gut«, sagte Blake. »Ich freue mich, dass wir das geklärt haben. Läufst du jetzt weiter?«

Mikki grinste und stieß Blake in den Sand. »Fang mich doch, wenn du kannst!«, rief sie und sprintete lachend davon.

Blake sprang auf und rannte ihr hinterher.

KAPITEL 42

»Ich habe Hunger, Jack. Lass uns gehen.«

Sie parkten auf der Hauptstraße in Channing. Sammy schaute immer wieder zu Jennas Restaurant, doch Jack schien nicht nachgeben zu wollen.

»Es ist ja nicht so, als könnte man nur hier essen, Sammy.«

Sammy öffnete die Tür. »Du solltest endlich mal darüber hinwegkommen.«

»Über was?«

»Sie ist nur eine nette Frau, die mit dir befreundet sein will«, sagte Sammy, »und du willst ihr nicht mal die Uhrzeit sagen, weil du dich wegen Lizzie schuldig fühlst.«

»Ich habe keine Ahnung, wovon du redest. Ich bin doch nett zu ihr.«

»Toll. Na, wenn du es so haben willst. Ich werde jetzt jedenfalls essen gehen. Du kannst ja hierbleiben.«

Sammy schlug die Tür zu und ging ins Little Bit of Love.

Jack blieb sitzen und trommelte nervös auf dem Lenkrad. Schließlich stieg er aus und folgte Sammy ins Restaurant. Sammy hockte bereits in einer Ecke und studierte die Speisekarte. Jack setzte sich ihm gegenüber. Der ältere Mann reichte ihm eine Speisekarte. »Ich hab mir schon gedacht, dass dein leerer Magen dich zur Vernunft bringt.«

Jack nahm die Speisekarte, warf einen Blick hinein und legte sie auf den Tisch. »Ich weiß nicht, was du von mir erwartest.«

»Ich erwarte gar nichts von dir.«

»Irgendwas brennt dir doch auf der Seele.«

»Wann hast du zum letzten Mal mit Jackie gespielt? Oder mit Cory? Und wann hast du zum letzten Mal mehr als zwei Worte mit Mikki gesprochen?«

»Ich habe erst gestern Nacht mit ihr gesprochen.«

»Ich weiß. Ich habe zugehört. Aber was genau hat sich verändert? Du schuftest den ganzen Tag, und dann arbeitest du die ganze verdammte Nacht am Leuchtturm. Das ist nicht gesund, Jack. Willst du eigentlich nie wieder Spaß haben?«

Jack starrte seinen Freund hart an. »Wie kommst du auf die Idee, dass ich es mir verdient hätte, irgendwann wieder Spaß zu haben?«

»Du warst zum Tode verurteilt, bist fast draufgegangen und hast dich wie durch ein Wunder wieder erholt. Und für was? Um dich den Rest deines Lebens schlecht zu fühlen?«

Jack griff wieder nach der Speisekarte. »Du machst es dir zu einfach.«

»Und du machst es dir zu kompliziert. Du hast Kinder, Jack. Sie brauchen dich.«

»Ich reiße mir den Hintern auf, um sie zu unterstützen.«

»Ist das alles?«

»Was meinst du damit?«

»Ist das der einzige Grund, warum du dir den Hintern aufreißt? Für die Kinder?«

»Ich weiß, Sammy, dass ich nicht der perfekte Vater bin. Daran hat meine Tochter mich schon oft genug erinnert.«

»Nur weil sie sich um dich sorgt. Und Himmel noch mal, sie ist fast sechzehn. Wahrscheinlich würde sie hier unten gerne auch mal was anderes tun, als ständig auf ihre jüngeren Brüder aufzupassen.«

»Gestern Abend war sie auf einer Strandparty. Und sie macht Musik mit diesem Liam.«

»Okay, schön, bitte entschuldige, dass ich mir Gedanken darüber mache.«

Jacks Wut verrauchte. »Schon gut, hast ja recht. Es reicht nicht, für meine Kinder zu sorgen. Ich muss auch für sie da sein.«

Sammy schaute ihn überrascht, aber auch erleichtert an. »Halleluja! Vielleicht siehst du es nach all der Arbeit am Leuchtturm ja doch.«

»Was?«

»Na, das verdammte Licht.«

Doch Jack hörte ihm nicht mehr zu. Er dachte über etwas anderes nach, was Sammy gesagt hatte.

Sie ist fast sechzehn …

Plötzlich fiel Jack das Datum wieder ein. Mikkis Geburtstag. Er stand unmittelbar vor der Tür.

»Haben Sie gewählt?«

Jack hob den Blick und sah eine Kellnerin. »Was?«

Die Frau lächelte und tippte auf die Speisekarte. »Das ist ein Restaurant, und das ist eine Speisekarte. Da habe ich mir gedacht, Sie beide würden vielleicht gerne was bestellen.«

»Ich kümmere mich um die beiden, Sally«, sagte eine Frauenstimme. Jenna kam an den Tisch. »Die könnten nämlich Ärger machen«, fügte sie mit einem schelmischen Lächeln hinzu.

»Okay, Boss.« Sally ging wieder.

Sammy schaute Jenna an und grinste. »Und? Was gibt es heute Besonderes?«

»Ach, Mr. Duvall, Sie wissen doch, dass alles auf unserer Speisekarte etwas Besonderes ist, und Sie haben das meiste davon auch schon gegessen.«

Jack blickte Sammy überrascht an. »Hast du?«

Zu seiner Verteidigung erklärte Sammy: »Ich bekomme tagsüber nun mal oft Hunger. Nur weil du nichts isst, heißt das nicht, dass ich auch hungern muss.«

»Wie wäre es mit unserem berühmten Barbecue-Sandwich«, schlug Jenna vor, »mit Zwiebeln vom Grill und Krautsalat? Das ist zwar ein Horror für die Arterien, aber wir garantieren Ihnen, dass Sie mit einem Lächeln sterben.«

»Klingt gut«, sagte Sammy. »Machen Sie zwei davon. Und malen Sie ein Smiley auf Jacks Sandwich. Vielleicht bessert sich dann seine Laune.« Er zwinkerte Jenna zu. »Aber unser Freund hier kommt vielleicht auch so wieder auf den richtigen Weg. Wir müssen ihn nur noch mal in die richtige Richtung schubsen.«

»Ich würde gerne etwas mit Ihnen besprechen, Jack«, sagte Jenna. »Ich gebe rasch Ihre Bestellung ab, dann bin ich gleich wieder zurück. In Ordnung?«

»Ja, sicher«, sagte Jack verwundert.

Jenna ging, kam eine Minute später wieder und zog sich einen Stuhl heran.

»Ich möchte gleich auf den Punkt kommen«, sagte sie. »Ihre Tochter würde gerne hier kellnern, und ich will sie einstellen.«

»Was?« Jack war verwirrt. »Davon hat sie mir gar nichts erzählt.«

»Wann denn auch?«, warf Sammy gereizt ein. »Du bist ja nie da.«

Jack ignorierte den Kommentar und schaute Jenna an. »Als Kellnerin?«

»Das ist ein ehrbarer Beruf, und ich zahle fair.«

Jack drehte sich zu Sammy um. »Irgendjemand muss auf die Jungs aufpassen.«

»Da habe ich mir schon was überlegt«, sagte Jenna. »Sie kennen doch Anne Bethune. Sie leitet ein Sommerlager auf ihrem Grundstück. Es liegt direkt am Strand. Die Jungs könnten dorthin und hätten viel Spaß.«

»Ich habe Anne kennengelernt und gesehen, wie sie das Lager aufgebaut haben«, sagte Sammy. »Es wird den Jungs gefallen. Da gibt's jede Menge zu tun.«

»Aber ich kenne die Frau doch kaum.«

»Sie ist Rektorin der hiesigen Grundschule, Jack«, sagte Jenna. »Sie hat selbst zwei Kinder. Als ich hierhergezogen bin, habe ich Liam zu ihr ins Sommerlager gebracht, und er hatte eine tolle Zeit. Anne hat qualifiziertes Personal, das ihr hilft.«

»Dann könnte Mikki tagsüber hier arbeiten«, fügte Sammy hinzu, »und sich etwas Geld verdienen. Außerdem kommt sie auf diese Weise aus dem Haus und hätte mal was vom Leben.«

»Und sie würde umsonst verköstigt werden«, sagte Jenna. »Ich glaube, das wäre gut für sie.«

»Wie viel kostet dieses Sommerlager?«

»Jetzt wird's interessant«, sagte Sammy. »Ich arbeite nebenbei für Anne, und sie hat sich bereit erklärt, im Tausch dafür die Jungs aufzunehmen.«

»Das hättest du nicht tun sollen, Sammy.«

»Und ob. Die Jungs haben auch ein bisschen Spaß verdient.«

Jack schaute zwischen Jenna und Sammy hin und her. »Warum habe ich den Eindruck, dass ihr das alles von langer Hand geplant habt?«

»Hast du einen Grund, unsere Vorschläge abzulehnen?«, fragte Sammy.

»Äh … nein. Im Gegenteil. Ich halte das für eine tolle Idee.«

»Wo liegt dann das Problem?«

Jack schaute Sammy lange in die Augen, bevor er sich schließlich abwandte. »Okay. Einverstanden.«

Sammy knallte die Hand auf den Tisch. »Na also. War doch gar nicht so schwer, oder? Und jetzt hätten wir gerne noch zwei Bier, Jenna. Wir haben was zu feiern.«

Jenna ging, um das Bier zu holen. »Entschuldige mich mal eben«, sagte Jack zu Sammy und folgte Jenna. »Könnte ich Sie kurz sprechen?«

Sie schaute ihn überrascht an. »Stimmt was nicht?«

»Nein, nein, alles in Ordnung. Ich muss Sie nur etwas fragen.«

»Ich weiß, Jack, dass wir Sie mit dem Sommerlager überfallen haben und mit Mikkis Wunsch, hier zu arbeiten, aber ...«

Jack lächelte. »Ich wollte eigentlich nur sagen, dass ich Ihnen sehr dankbar bin für alles, was Sie für uns tun.«

»Sie sollten sich bei Sammy bedanken. Es war seine Idee. Er ist ein großartiger Freund.«

»Ich weiß. Das ist er wirklich.« Jack schaute sie an. »Und Sie sind eine gute Freundin.«

Diese Bemerkung schien Jenna zu überraschen. Verlegen senkte sie den Blick.

»Ich weiß, dass ich in letzter Zeit nicht gerade freundlich zu Ihnen war«, sagte Jack. »Es tut mir leid. Ich möchte mich entschuldigen.«

Jenna schaute ihn wieder an. »Sie müssen sich nicht entschuldigen. Was mich betrifft, haben Sie nichts falsch gemacht. Aber Sie wollten mich doch etwas fragen.«

»Nicht jetzt. Hätten Sie später Zeit?«

»Ich komme so um neun hier raus.«

»Ich könnte Sie abholen und nach Hause fahren.«

»Okay. Liam kann den Wagen nach Hause bringen.«

»Dann bis später.«

KAPITEL 43

Die Kaffeebar war voll, und Blake und Mikki gingen so nah wie möglich an die Bühne. Die Musik dröhnte, und die Leute tanzten. Blake und Mikki bestellten sich Cola an der Bar, machten es sich in einer Ecke bequem und hörten zu.

»Du siehst toll aus«, bemerkte Blake.

Mikki trug Jeansshorts, Flipflops, eine weiße ärmellose Bluse und ein Paar Ohrringe, die ihre Mutter ihr zum vierzehnten Geburtstag geschenkt hatte. Das Haar hatte sie sich zu einem Pferdeschwanz zurückgebunden. Sie hatte die grüne Farbe ausgewaschen, sodass es nun braun, lang und dick war. Auch ihre Haut war inzwischen gebräunt, und ihr Gesicht glühte.

Blake trug Jeans und ein Hemd, dessen Ärmel er hochgekrempelt hatte. Mikki musterte ihn. »Du siehst auch nicht übel aus.«

Er lachte. »Danke. Möchtest du tanzen?«

»Okay.«

Sie gingen auf die Tanzfläche und tanzten, bis sie verschwitzt und außer Atem waren. Nach ein paar weiteren Stunden, in denen sie der Musik zuhörten, wurde es im Laden ruhiger. »Wie wäre es mit einem Spaziergang am Strand? Es ist ein schöner Abend.«

»Okay, aber vergiss nicht, was ich mit Tiffany gemacht habe.« Mikki hob die Hand zu einer Martial-Arts-Pose.

Blake lachte. »Mit dir lege ich mich bestimmt nicht an. Oder mit deinem Dad.«

Sie schlenderten durch den Sand. Mikki zog ihre Flipflops aus. Ihre freie Hand berührte Blakes. Als er zögernd danach griff, wich sie aus, doch einen Augenblick später gingen sie Hand in Hand.

Sie erreichten einen abgelegenen Teil des Strandes, wo dichte Vegetation auf großen Dünen wucherte.

»Wir sollten jetzt besser zurückgehen«, sagte Blake.

»Okay.«

Er drehte sich zu Mikki um. Sie schaute ihn an.

»Es war schön heute Abend«, bemerkte sie.

»Das sagst du jetzt doch nicht nur so, oder?«

»Nein.«

»Die meisten Mädchen sind leicht zu durchschauen. Du nicht.«

»Das bekomme ich oft zu hören.«

Blake grinste, nahm Mikkis Kinn in die Hand und beugte sich zu ihr vor.

Sie wich zurück.

Blake schaute verärgert drein. »Stimmt was nicht? Du hast doch schon mal jemanden geküsst, oder?«

»Natürlich«, antwortete Mikki gereizt. »Ich bin fast sechzehn.«

»Wo liegt dann das Problem?«

»Es gibt kein Problem.« Sie legte die Hand in seinen Nacken und drückte ihm einen Kuss auf den Mund. Als sie sich voneinander lösten, rief er: »Wow, das war cool!«

Doch Mikki war anzusehen, dass der Kuss nicht die gleiche Wirkung auf sie gehabt hatte. Sie blickte sogar ein wenig schuldbewusst drein.

»Lass uns zurückgehen«, sagte sie rasch.

Sie hatten erst ein paar Schritte zurückgelegt, als Blake sagte: »Was war das?« Er drehte sich um und starrte zu den Dünen.

»Was war was?«, fragte Mikki.

Dann war das Geräusch noch einmal zu hören. Irgendetwas bewegte sich in den Dünen.

»Was ist das?« Mikki klammerte sich an Blakes Handgelenk.

»Ich weiß nicht. Aber da oben ist irgendwas.«

»Vielleicht ein Hund oder eine Katze.«

Wieder ein Geräusch.

»Das ist kein Tier«, sagte Mikki. »Da hat jemand gesprochen. Blake, lass uns von hier verschwinden!«

»Warte mal. Ich glaube, ich kenne die Stimme.« Er rief: »Duckie? Duckie, bist du das?«

»Wer ist Duckie?«

»Einer der Verteidiger in unserem Footballteam. Er ist so groß, wie er dumm ist. Keine Ahnung, was er hier treibt.« Er schaute sich um. »Warte hier. Ich bin sofort wieder da.«

»Blake, geh nicht da rauf!«

»Es dauert nicht lange.«

Blake lief auf die Dünen zu und verschwand in der Dunkelheit. Mikki schaute sich nervös um. Der Mond war untergegangen, und es war kaum zu erkennen, wo die Wasserlinie endete und der Strand begann.

»Blake?«, rief Mikki leise, erhielt aber keine Antwort. Sie schlich näher an die Dünen heran. »Blake?«

Wie aus dem Nichts wurde sie gepackt. Sie versuchte zu schreien, doch eine kräftige Hand legte sich auf ihren Mund. Schritte waren zu hören, Getuschel. Als Mikki sich voller Panik umschaute, sah sie, dass alle um sie herum Halloweenmasken trugen. Es war unheimlich und bedrohlich.

Jemand presste ihr Klebeband auf den Mund, ein anderer fesselte ihr die Hände auf dem Rücken. Mikki versuchte, sich zu wehren, und fiel in den Sand. Hände hielten sie am Boden. Irgendetwas wurde über ihr Haar gegossen, und jemand hielt ihr die Augen zu. Sie spürte, wie etwas auf ihre Kleidung gesprüht wurde. Sie wand sich verzweifelt und versuchte zu schreien, doch das Klebeband erstickte jeden Laut. Tränen rannen ihr übers Gesicht.

Irgendjemand brüllte. Dann war ein lautes Grunzen zu hören.

Plötzlich wurde derjenige, der Mikki am Boden hielt, nach hinten gerissen. Sofort sprang die Meute von ihr weg. Mikki setzte sich auf und versuchte zu erkennen, was vor sich ging. Als ihr Blick sich klärte, sah sie, wie Liam einen der Maskierten zu Boden schlug. Dann sprang ihm jemand auf den Rücken, doch Liam warf den Angreifer ab. Als dieser auf den Boden prallte, fiel ihm die Maske vom Gesicht, und Mikki sah Tiffany Murdoch im Sand liegen. Es gelang ihr, die Fesseln um ihre Hände zu lösen. In dem Moment, als ein anderer, größerer Angreifer Liam von hinten schlug und ihn zu Boden schickte, riss Mikki sich das Klebeband vom Mund. Zwei weitere schattenhafte Gestalten warfen sich auf Liam. Dann riss wieder ein anderer die beiden von Liam herunter und setzte sich auf ihn. Mikki sprang auf, rannte über den Sand und stürzte sich auf den Kerl, der Liam in den Sand drückte. Sie riss ihm den Kopf zurück und kratzte ihn im Gesicht.

Er schrie irgendetwas und stieß Mikki weg. Dann sprang er auf. Seine Maske war verrutscht. Mikki saß im Sand und starrte ihn ungläubig an. »Blake?«

Blake rieb sich die Kratzwunden im Gesicht, warf sich herum und rannte davon. Mikki sah, wie er Tiffanys Hand packte. Gemeinsam verschwanden sie in den Dünen. Als Mikki sich von den beiden abwandte, sah sie, wie der einzig verbliebene Angreifer Liam in den Bauch trat. Sie griff sich eine Handvoll Sand, sprang auf, riss dem Kerl die Maske herunter und schleuderte ihm den Sand in die Augen. Er brüllte, taumelte und kratzte sich fast die Augen aus. Mikki stieß ihn nach hinten, und er fiel, rappelte sich aber sofort wieder auf und wankte den anderen hinterher.

Mikki lief zu Liam, der mit dem Gesicht nach unten im Sand lag und sich den Bauch hielt.

»Liam … alles okay?«

Langsam setzte er sich auf. Er atmete schwer. Mikki wischte ihm den Sand aus dem Gesicht und von der Kleidung.

»Wow! Du weißt wirklich, wie man eine Party feiert«, sagte er und grinste schwach.

»Was machst du hier?«, fragte sie.

»Ich komme gerade von der Arbeit und wollte noch ein bisschen den Wind genießen, bevor ich nach Hause fahre. Dann habe ich seltsame Geräusche gehört und Leute hinter der Düne gesehen. Kurz darauf bist du mit Blake vorbeigekommen. Als sie dich angegriffen haben, habe ich mich auf sie gestürzt.«

»Du hast uns beobachtet? Dann hast du auch gesehen …?«

»Hey, das ist kein Problem. Ich bin nur froh, dass dir nichts passiert ist.« Er stand vorsichtig auf. »Komm, ich fahr dich nach Hause.«

Mikki rührte sich nicht. »Es tut mir leid, Liam.«

»Was tut dir leid?«

»Es war nicht annähernd so cool wie der Kuss zwischen uns beiden.«

Liam senkte den Blick. Seine Hand öffnete und schloss sich, als suche er zum Trost nach seinen Drumsticks. »Wirklich?«

»Wirklich. Ehrlich.« Mikki stand auf. »Das war sehr tapfer von dir. Du hast mich gerettet.«

»Diese Schweine.« Liam starrte sie an und zog zischend die Luft ein. »Verdammte Schweine!«

»Was ist?«

»Dein Haar und deine Kleider …«

Mikki schaute an sich hinunter. Ihre Sachen und ihre Haut waren rot eingesprüht. Sie berührte ihr

Haar. Es klebte, war verklumpt und roch nach faulen Eiern.

»Mistkerle!«, stieß sie hervor und blickte zu den Dünen. »Und Blake gehörte zu denen. Ich kann's nicht fassen, dass ich so dumm gewesen bin.«

»Bist du mit ihm ausgegangen? Ich meine, es geht mich ja nichts an, aber …«

»Es war ein Fehler«, sagte Mikki und packte Liams Arm. »Aus vielen Gründen. Und er hat mich in einen Hinterhalt gelockt. Ich wette, es hatte damit zu tun, dass ich Tiffany auf der Strandparty verprügelt habe.«

Liam musterte sie schockiert. »Du hast Tiffany verprügelt?«

»Sie hatte es darauf angelegt.«

Liam lachte und musste sich die Rippen halten.

»Bist du sicher, dass mit dir alles in Ordnung ist?«, fragte Mikki besorgt und legte den Arm um seine Hüfte, um ihn zu stützen.

Als ihre Körper sich berührten, blickten sie einander an.

»Ich weiß, im Augenblick sehe ich beschissen aus«, sagte Mikki.

»Nein. Du bist wunderschön.«

Mikki stellte sich auf die Zehenspitzen, während Liam sich zu ihr hinunterbeugte. Sie küssten sich, diesmal viel inniger als beim ersten Mal.

Als sie sich voneinander lösten und die Augen öffneten, sagte Mikki: »Du bist mein Ritter.« Sie schaute auf seine dunkle Kleidung und lächelte. »In strahlender schwarzer Rüstung und Wanderstiefeln.«

Liam berührte sie an der Wange und grinste. »Und du bist meine holde Jungfer in Feuerrot und stinkendem Haar.«

»Wir dürfen unseren Eltern nichts davon sagen, Liam. Mein Dad würde die Typen schlimm verprügeln und vermutlich im Knast landen.«

»Aber was ist mit deinen Kleidern und deinem Haar?«

»Ich wasche mich, bevor ich ins Haus schleiche.«

»Dann werden wir uns nicht an Tiffany und ihren Freunden rächen?«, fragte Liam.

»Oh, das habe ich nicht gesagt«, erwiderte Mikki. »Wir *werden* uns rächen. Aber richtig und nicht auf eine so dämliche Tour, wie sie es versucht haben.«

»Was hast du denn vor?«

»Das wirst du schon sehen.«

Mikki stapfte ins Wasser und schrubbte sich ab.

KAPITEL 44

Jack saß vor dem Restaurant, als Jenna um Punkt neun den Laden verließ. Sie stieg in den VW-Bus, und Jack fuhr los.

»Der sieht uralt aus«, bemerkte sie.

»Ist er auch. Er gehört Sammy. Er liebt es, an alten Autos zu basteln.«

»Das ist nicht alles, woran er gerne bastelt.«

Jack schaute sie an. »Was soll das heißen?«

»Das soll heißen, dass er und Anne Bethune miteinander gehen.«

»Was? Warum erfahre ich so etwas immer als Letzter?«

Jenna legte ihm die Hand auf die Schulter. »Sie müssen einfach mehr unter Menschen.«

»Wann hat das angefangen?«

»Kurz nachdem die beiden sich zum ersten Mal gesehen haben. Jedenfalls hat Anne es mir so erzählt. Er war übrigens auch an dem Tag bei ihr, als Sie die beiden Kerle verdroschen haben. Sie haben einen Ausflug auf seiner Harley gemacht.« Jenna beugte sich vor, zog die Schuhe aus und rieb sich die Füße. »Tut mir leid, aber nach zehn Stunden auf den Beinen tun sie verflixt weh.« Sie ließ das Fenster herunter und atmete die frische Abendluft ein. »Meine Güte, ich kann mich noch gut daran erinnern, dass ich im College mal mit einem Typen ausgegangen bin, der auch eine Harley hatte. Einmal, als Liam bei meiner Mutter war, sind wir damit den ganzen Blue Ridge Parkway runtergefahren. Das hat unheimlich Spaß gemacht.«

»Haben Sie Liam damals oft allein gelassen?«

Jenna kurbelte das Fenster wieder hoch. »Eigentlich so gut wie nie. Ich bin nicht weit von zu Hause aufs College gegangen, sodass ich bei meiner Mutter wohnen bleiben konnte. Sie war geschieden und hatte sich zu Hause ein Geschäft aufgebaut. Sie hat für mich auf Liam aufgepasst, wenn ich an der Uni oder arbeiten war.«

»Arbeiten?«

»Ja, ich musste mir nebenher was verdienen. Nur so konnte ich die Studiengebühren bezahlen. In meinem Viertel ist niemand mit einem goldenen Löffel im Mund geboren worden. Aber ich wollte aufs College, Jura studieren und anschließend in einer großen Kanzlei arbeiten.«

»Hört sich so an, als hätten Sie alles geplant.«

»So ziemlich, nur Liam nicht. Er ist einfach … passiert. Wir waren zwei dumme Teenager.« Ihr Gesicht nahm einen ernsten Ausdruck an. »Trotzdem ist er das Beste, was ich je zustande gebracht habe. Ich weiß nicht, was ich ohne ihn tun würde. Liam ist ein großartiger Junge. Und er und Mikki scheinen sich wirklich zu mögen. Als ich ihm gesagt habe, dass sie im Little Bit anfängt, wäre er vor Freude beinahe ausgeflippt.«

»Genau darüber wollte ich mit Ihnen reden. Über Liam.«

»Was ist mit ihm?«

Jack erzählte ihr von seinem Plan.

Jenna lächelte und nickte, als er fertig war. »Okay, das klingt toll. Ich bin richtig stolz auf Sie, *Dad*. Aber als Gegenleistung müssen Sie etwas für mich tun.«

Er blickte sie misstrauisch an. »Und was?«

»Würden Sie mit mir eine Runde auf der Harley drehen?«

Jack fuhr rasch zum Palast, holte sich Sammys Zulassung und startete die Harley. Jenna stieg auf den Sozius, und sie fuhren los, die Küste entlang. Während der Wind ihnen ins Gesicht blies, rief Jenna: »Hey, das bringt wirklich die Erinnerungen zurück!«

»Dann macht es Ihnen Spaß?«

»Das wissen Sie doch!« Sie klammerte sich an Jacks Hüfte, und sie legten sich in eine Kurve nach der anderen. Nach dreißig Minuten fuhr Jack sie wieder nach Hause.

»Liam ist noch nicht hier«, sagte Jenna. »Möchten Sie noch auf eine Tasse Tee oder Kaffee reinkommen? Oder was Stärkeres?«

Kurz darauf saßen sie hinter dem Haus auf der Terrasse und nippten an dem Chardonnay, den Jenna ihnen eingeschenkt hatte. Nachdem sie die Einzelheiten von Jacks Plan durchgegangen waren, fragte Jenna: »Wie geht es eigentlich mit dem Leuchtturm voran?«

Jack stellte sein Glas ab. »Gut. Mit der Treppe habe ich schon prima Fortschritte gemacht, und Charles hat die Ersatzteile für das Leuchtfeuer aufgetrieben.«

»Ich wette, es wird wunderbar, wenn der Leuchtturm wieder in Betrieb genommen wird.«

»Ja, das glaube ich auch«, erwiderte Jack gedankenverloren.

»Aber irgendwie habe ich das Gefühl, dass das nicht Ihr wahres Motiv ist.«

Jack schaute sie an. »Ich repariere Dinge. Das ist mein Job.«

»Manche Dinge können aber nicht mit einem Hammer repariert werden.«

Jack leerte sein Glas. »Ich sollte jetzt gehen.« Er stand auf.

»Jack?«

»Ja?«, sagte er mit streitlustigem Unterton.

»Lass mich bitte wissen, wenn der Leuchtturm wieder funktioniert. Ich würde es wirklich gerne sehen. Tust du mir den Gefallen?«

Überrascht von der persönlichen Anrede und Ernsthaftigkeit dieser Aussage erwiderte Jack: »Mach ich, Jenna.«

»Und danke für die Motorradtour. So viel Spaß hatte ich schon lange nicht mehr.«

Bevor Jack sich's versah, hatte er es bereits ausgesprochen: »Ich auch nicht.«

KAPITEL 45

Am nächsten Morgen sagte Jack beim Frühstück: »Ich habe dich gestern Nacht gar nicht nach Hause kommen hören, Mik.«

»Echt nicht? Dabei war ich ziemlich früh zu Hause«, log Mikki und goss sich ein Glas Orangensaft ein.

»Und? Wie war dein Date?«

»Ganz okay. Aber wir sind einfach nicht kompatibel.«

»Soll vorkommen.«

»Ja, da hast du wohl recht. Hör mal, Dad, ich gehe heute in die Stadt.«

»Warum?«

»Ich muss nur was erledigen. Liam kommt mit.«

»Wann fängst du im Restaurant an?«

»Morgen, sobald Cory und Jackie im Sommerlager sind.«

»Du weißt doch, dass du auch direkt zu mir hättest kommen können, oder?«

Mikki stemmte die Hände in die Hüften. »Wirklich, Dad?«

Jack wandte sich ab. »Und wie willst du in die Stadt kommen? Soll ich dich fahren?«

»Liam holt mich ab.«

»Hör mal, Mikki, ich möchte, dass wir über alles reden. Wenn uns das nicht gelingt, haben wir keine Chance mit der Vater-Tochter-Sache.«

»Meinst du das ernst?«

»Ja.«

»Dann wär's schon mal ein guter Anfang, wenn du nicht den ganzen Tag arbeiten und nachts auch noch in den Leuchtturm gehen würdest.«

»Aber ich bin fast fertig.«

»Okay. Dann können wir ja reden, wenn du's geschafft hast.«

* * *

Mikki trat hinaus auf die Straße, wo Liam im Wagen auf sie wartete.

Er grinste. »Als du heute Morgen angerufen und mir deinen Plan geschildert hast, war ich fasziniert. Aber jetzt bin ich richtig heiß darauf.«

»Gut. Ich nämlich auch.«

Sie parkten vor der Showbühne in Channing. Ihr Wagen war nicht der einzige: Auch Tiffanys rotes Cabrio parkte am Straßenrand. Ein Schild am Eingang verkündete:

Großer Talentwettbewerb! Anmeldung heute.

Mikki grinste. »Als ich gestern Abend dieses Schild gesehen habe, hab ich nicht weiter darüber nachgedacht. Aber jetzt? Jetzt ist das Timing perfekt.«

»Dann los«, sagte Liam.

Sie betraten die Lobby und stellten sich in die Schlange vor einem langen Tisch, an dem eine Reihe aufgedonnerter Ladys in Kleidern saßen, die vermutlich mehr kosteten, als viele Einwohner der Stadt im Monat verdienten. Eine von ihnen, eine attraktive Blondine in hautengem Kleid, schien das Sagen zu haben.

»Lass mich raten«, flüsterte Mikki Liam zu und deutete auf die Frau. »Tiffanys Mom?«

Liam nickte. »Wie bist du darauf gekommen?«

»Ich habe mir einfach Tiffany in fünfundzwanzig Jahren vorgestellt.«

»Das ist Chelsea Murdoch. Meine Mom hat mal gesagt, sie sei noch schlimmer als ihre Tochter.«

»Wow! Na, das nenne ich dann doch mal eine Herausforderung.«

Als Liam und Mikki den Tisch erreichten, schaute Chelsea Murdoch sie so hochmütig an, dass Mikki ihr am liebsten eine Ohrfeige verpasst hätte. »Ja?«

»Wir würden gerne am Wettbewerb teilnehmen«, erklärte Mikki höflich.

Chelsea Murdoch schaute verwirrt zu Liam. »Zu zweit?«

»Ja, zu zweit.«

»Liam Fontaine, richtig?«, sagte sie.

»Höchstpersönlich.«

Die Frau grinste verächtlich, und ihr Blick wanderte wieder zu Mikki. »Und du bist?«

»Michelle Armstrong. Wir sind eigentlich aus Cleveland und verbringen den Sommer hier.«

Die Frau blickte belustigt drein. »Cleveland?«

»Ja, die größte Stadt in Ohio. Haben Sie das gewusst?«, erwiderte Mikki unschuldig.

»Nein, und ich wüsste auch nicht, warum mich das interessieren sollte«, entgegnete Chelsea Murdoch und stieß die Frau neben sich mit dem Ellbogen an, die daraufhin pflichtbewusst kicherte. Mrs. Murdoch schob den beiden ein Formular hin. »Füllt das aus. Dann bekomme ich noch die Anmeldegebühr von zehn Dollar. Mit was wollt ihr eigentlich auftreten?«

»Mit Musik«, antwortete Mikki. »Mit Drums, Keyboard und E-Gitarre.«

Mrs. Murdoch schaute sie kalt an. »Das klingt ziemlich ambitioniert.«

»So ist es auch gedacht«, erwiderte Mikki in süßlichem Tonfall. »Ich bin sicher, die Konkurrenz ist gut.«

»O ja. Die junge Dame, die schon dreimal in Folge

gewonnen hat, will auch das vierte Mal auf den ersten Platz.«

»Ist das womöglich Tiffany?«

»Ja. Meine Tochter.«

»Natürlich. Ich wusste auch schon, dass sie dreimal hintereinander gewonnen hat.«

»Woher?«

Mikki deutete auf das riesige Banner an der Wand hinter ihnen, auf dem ein großes Bild von Tiffany mit drei Trophäen zu sehen war. Über ihrem Kopf stand in goldenen Buchstaben: *Dreimalige Siegerin*. »Ich bin ganz schön clever, was?« Mikki antwortete mit einem Lächeln auf Mrs. Murdochs leicht verrutschte Miene.

»Legt einfach das Formular in den Kasten da, und gebt der Frau in Blau das Geld«, sagte sie säuerlich.

»Toll. Danke für Ihre Hilfe, Mrs. Murdoch«, sagte Mikki mit ihrer höflichsten Schulmädchenstimme.

Sie spürte, wie sich die wütenden Blicke der Frau in ihren Rücken brannten, als sie davongingen. Mikki füllte das Formular aus und gab es zusammen mit der Anmeldegebühr der Frau in dem blauen Kleid.

»Okay, Schritt eins erledigt«, bemerkte Liam.

»Und hier kommt Schritt zwei.«

Tiffany und ein paar ihrer Freundinnen hatten soeben die Lobby betreten.

Als Mikki auf sie zuging, versteifte sich Tiffany.

»Hey, Tiff.«

Tiffany riss verwirrt die Augen auf, schaute zu ihren Freundinnen, dann wieder zu Mikki. »Hi«, sagte sie kühl.

»Ich wollte mich nur für die tolle Zeit am Strand bei dir bedanken. Das werde ich nie vergessen.«

Tiffany schnaubte verächtlich, und die anderen Mädchen lachten. »Okay«, sagte sie und grinste.

Mikki beugte sich näher an sie heran. »Und nur, damit wir uns nicht missverstehen: Wir werden dir beim Talentwettbewerb den Arsch aufreißen.«

Das Grinsen verschwand von Tiffanys Gesicht, und ihre Freundinnen verstummten.

Mikki rückte noch näher heran. »Und noch was: Solltest du mich je wieder anfassen, wird man nicht mehr genug Teile von dir finden, um dich wieder zusammenzusetzen, Süße.« Unbewusst benutzte sie die gleiche Drohung, die sie von ihrem Dad in Cleveland gehört hatte.

Tiffany blinzelte und wich einen Schritt zurück. »Du hältst dich wohl für ziemlich taff, was?«

Mikki schob ihr Gesicht dicht an Tiffanys heran. »Ich komme aus Cleveland. Da muss man taff sein, wenn man sich durchsetzen will.«

Draußen kamen sie an Tiffanys rotem Cabrio vorbei. Liam vergewisserte sich, dass niemand sie beobachtete; dann griff er in seine Tasche und holte eine weiße Tube heraus. Er tat so, als würde er etwas aufheben, drückte dabei aber eine durchsichtige Flüssigkeit aus der Tube auf den Fahrersitz des Cabrios. Auf dem Leder war sie unsichtbar.

»Was ist das?«, fragte Mikki.

»Nach dem, was sie mit dir gemacht haben, halte ich ein wenig Klebstoff für angebracht.«

»Liam, ich mag deinen Stil.«

KAPITEL 46

»Weshalb die Heimlichtuerei?«

Jenna war in die Küche des Little Bit gekommen und hatte Liam und Mikki in der Ecke gefunden, wo sie es sich während ihrer Pause gemütlich gemacht hatten.

»Ach, nichts, Mom«, antwortete Liam ein wenig *zu* unschuldig.

»Sohn, vergiss nicht, dass ich mal Anwältin war. Mein Lügendetektor funktioniert perfekt.«

Verlegen senkte Liam den Kopf und schaute zu Mikki. »Willst du es ihr sagen?«

»Wir haben uns als Musiker beim Talentwettbewerb angemeldet«, verkündete Mikki.

»Das ist ja großartig«, sagte Jenna. »Aber warum wolltet ihr das geheim halten?«

Liam antwortete: »Wir werden gegen Tiffany antreten, und ich weiß, dass ihre Familie eine große Rolle in der Stadt spielt. Wenn wir verhindern, dass sie zum vierten Mal in Folge gewinnt, könntest du Probleme mit ihren Leuten bekommen.«

»Das können sie ja gerne mal probieren, aber ich glaube nicht, dass ihnen das was bringt. Das Little Bit ist hier und wird auch nicht verschwinden.« Jenna schaute die beiden neugierig an. »Aber woher rührt das plötzliche Verlangen, Tiffany Murdoch schlagen zu wollen?«

Die beiden Teens sahen einander an.

Jenna fühlte, dass sie ihr etwas Wichtiges verheimlichten, und so sagte sie: »Okay. Wie der Zufall es will, bin ich eure Chefin, und ich will die Wahrheit wissen. Sofort.«

Abwechselnd erzählten Liam und Mikki ihr, was am Strand passiert war.

Als sie fertig waren, hatte sich ein Schatten auf Jennas Gesicht gelegt. »Was sie mit dir gemacht haben, war Körperverletzung, Mikki. Eine Straftat. Für dich gilt das Gleiche, Liam. Ihr hättet schwer verletzt werden können.«

»Ach, so schlimm war das nicht, Mom«, sagte Liam.

»O doch. Das war sogar sehr schlimm. Diese Leute müssen zur Verantwortung gezogen werden, sonst machen sie das womöglich noch einmal.«

»Mom, bitte, halt dich zurück. Wir wollen das auf unsere Art regeln.«

Mikki fügte hinzu: »Und wenn mein Dad davon erfährt, wird er sich die Typen vorknöpfen, und dann landet er womöglich noch im Knast. Ich kenne ihn. Sein Beschützerinstinkt ist ein bisschen überentwickelt. Das sind nur Teenager, und Dad ist ein ehemaliger Army Ranger. Sie haben ja gesehen, was er mit den zwei großen Kerlen gemacht hat. Er kann eine Bestie sein, falls nötig. Sie würden ihn mit Sicherheit wegsperren. Also sagen Sie ihm bitte nichts, Jenna. Bitte.«

Jennas Gesicht hellte sich endlich wieder auf. »Okay, das kann ich nachvollziehen. Aber weiß dein Dad, dass du dich für den Talentwettbewerb angemeldet hast?«

»Noch nicht.«

»Je schneller er davon erfährt, desto besser, meinst du nicht?«

Mikki schaute sie an. »Könnten *Sie* es ihm sagen?«

»Ich? Warum?«

»Es ist vermutlich besser, wenn er es von einem

anderen Elternteil erfährt. Ich glaube zwar nicht, dass er was dagegen hat, aber er hat in letzter Zeit auch so schon den Kopf voll genug gehabt. Und Liam und ich haben uns bereits angemeldet. Jetzt können wir nicht mehr zurück.«

Jenna dachte kurz darüber nach. »Okay, ich werde mit ihm reden.« Sie schaute auf die Uhr und lächelte. »Die Pause ist um. Wir haben viel zu tun. Also macht euch an die Arbeit.«

Mikki umarmte sie. »Danke. Sie haben mir das Leben gerettet. Wann wollen Sie mit ihm sprechen?«

»Ich glaube, ich kenne den richtigen Zeitpunkt ganz genau.«

* * *

Kurz nach Mitternacht stand Jack am Leuchtturm und blickte hinauf zum klaren Himmel. Nach seinem Gespräch mit Mikki – und nachdem er die Enttäuschung auf ihrem Gesicht gesehen hatte – hatte er versucht, nicht hierherzukommen, aber seine Beine hatten ihn wie von selbst hier herauf getragen.

Jack hatte den ganzen Tag mit Sammy an Anne Bethunes Projekt gearbeitet, wodurch er Gelegenheit bekommen hatte, sich das Sommerlager anzuschauen. Er hatte zugeben müssen, dass Jackie und Cory sich großartig amüsierten. Und sie lernten viel: Anne hatte einen Lehrer engagiert, der mit den Kindern an den Strand ging, ihnen vom Leben im Meer erzählte und ihnen ökologische Zusammenhänge näherbrachte. Cory war ganz in seinem Element. Er malte und spielte Szenen, die er in einem Workshop, der ebenfalls im Sommerlager angeboten wurde, selbst geschrieben hatte. Es war genau die Art von Erfahrung, auf die er gehofft hatte, als sie hierhergefahren waren. Allerdings versuchte Jack zu verdrängen, dass er nicht Teil dieser Erfahrung war – jedenfalls im Moment noch nicht.

Wenn ich doch nur schon mit dem Leuchtturm fertig wäre.

Jack ging wieder in den Turm zurück und blickte die neue Treppe hinunter. Vor ein paar Minuten hatte er die letzten Nägel eingeschlagen. Zwar gab es noch einiges zu tun, aber es waren hauptsächlich kosmetische Arbeiten; sicher waren die Stufen auch jetzt schon. Jack plante, das Gerüst morgen abzubauen und wieder zu Charles zu bringen. Er nahm Lizzies Puppe und trat wieder auf den Laufsteg hinaus. Verschwitzt von der harten Arbeit zog er das Hemd aus und genoss die frische Brise auf der Haut.

Kurz betrachtete er die Puppe und richtete den Blick dann wieder nach oben. Irgendwo dort war Lizzies Himmel. Wo mochte das kleine Mädchen ihn wohl vermutet haben?

Jack selbst unterteilte den Himmel ganz nüchtern in Planquadrate, so wie er es während des Krieges in der Wüste getan hatte, als es darum gegangen war, feindliche Stellungen zu orten. Nur dass er jetzt nicht nach Scharfschützen oder MG-Nestern suchte, sondern nach Engeln und Heiligen, nach Tillie …

… und nach Lizzie.

Jack setzte die Puppe auf den Boden und zog den Briefumschlag aus der Hemdtasche. Nun, da er die Treppe fertig gestellt hatte, war es an der Zeit, den nächsten Brief zu lesen. Auf dem Umschlag stand wieder eine Zahl. Er war auf den 22. Dezember datiert. Jack lehnte sich ans Geländer und las.

Geliebte Lizzie,

in drei Tagen ist Weihnachten, und ich verspreche dir, dass ich es bis dahin schaffen werde. Das wird ein großartiger Tag. Allein die Gesichter der Kinder zu sehen, wenn sie ihre Geschenke öffnen, wird besser für mich sein als jedes noch so teure Medikament. Ich weiß, wie hart das für alle gewesen ist, besonders für dich und die Kinder. Aber ich weiß, dass deine Eltern dir eine große Hilfe gewesen sind. Ich habe sie nie so kennengelernt, wie ich es mir gewünscht hätte. Manchmal habe ich das Gefühl, deine Mutter ist der Meinung, du hättest jemanden heiraten sollen, der besser für dich ist, der Erfolg hat. Doch tief in meinem Herzen weiß ich zugleich, dass sie sich um mich sorgt, und ich weiß, dass sie dich und die Kinder von ganzem Herzen liebt. Es ist ein wahrer Segen, dass du so jemanden hast, der dich unterstützt.

Wie du weißt, ist mein Vater gestorben, als ich noch ein kleines Kind war. Und du weißt auch über meine Mutter Bescheid. Aber deine Eltern sind immer für dich da gewesen, besonders Bonnie, und in vieler Hinsicht betrachte auch ich sie als Mutter. Schließlich sind es Taten, was zählt, nicht Worte, wenn man jemanden liebt. Bitte sag Bonnie, dass ich immer den größten Respekt vor ihr und Fred gehabt habe. Sie sind gute Menschen. Und ich hoffe, dass auch Bonnie eines Tages der Meinung sein wird, dass ich ein guter Vater war, der sich bemüht hat, das Richtige zu tun. Und dass ich deiner Liebe wert gewesen bin.

In Liebe,
Jack

KAPITEL 47

»Störe ich?«

Jack drehte sich um und sah Jenna in der Tür mit einer Flasche Wein und zwei Gläsern in der Hand. Sie sah den Brief, sagte aber nichts, als Jack ihn so rasch wie möglich in der Tasche verschwinden ließ.

»Was machst du denn hier?«, fragte Jack ein wenig schroff.

»Tut mir leid, falls du den Eindruck hast, ich hätte mich angeschlichen.«

»Nun, das hast du.«

Jenna seufzte. »Dann sollte ich wohl besser wieder gehen.«

Sie machte auf dem Absatz kehrt, aber Jack sagte: »Nein, nein, ist schon okay. Bitte entschuldige. Ich wollte dich nicht so anfahren. Es ist nur ... Ich habe niemanden erwartet.«

Jenna lächelte. »Warum? Es ist nach Mitternacht, und du stehst auf deinem eigenen Grund und Boden oben auf dem Leuchtturm. Da hätte ich inzwischen schon mit Hunderten hier gerechnet.«

Jacks Wut verrauchte, und ein Grinsen schlich sich auf sein Gesicht. »Dutzende vielleicht, aber nicht Hunderte.« Er schaute auf den Wein. »Willst du hier eine Party veranstalten?«

Jenna sah sich um, stellte die Gläser auf eine alte Kiste und öffnete den Wein. »Eigentlich hatte ich gehofft, dass hier schon eine Party abgeht.«

»Was?«

Sie schenkte den Wein ein, gab Jack ein Glas und stieß mit ihm an. Nachdem sie einen Schluck getrunken hatte, ließ sie den Blick über das Meer schweifen. »Es ist wunderschön hier oben.«

»Ja.«

»Wie ich sehe, bist du mit der Treppe fertig.«

»Hier und da muss noch was gemacht werden, aber das Schlimmste ist erledigt.«

»Ich nehme an, du fragst dich, was ich hier mache.«

»Um ehrlich zu sein, ja.«

Jenna erzählte ihm, dass Liam und Mikki sich für den Talentwettbewerb angemeldet hatten, doch den Grund dafür verschwieg sie ihm.

»Das ist toll«, sagte Jack. »Ich wette, sie haben gute Siegchancen.«

»Das glaube ich auch. Ich bin zwar keine Expertin, aber ich würde sogar dafür bezahlen, sie zu hören.«

Jack trank einen Schluck Wein. »Aber warum hat Mikki mir nicht selbst davon erzählt?«

»Das weiß ich nicht. Sie hat mich gebeten, es dir zu sagen. Frag sie doch mal.«

Jack nickte bedächtig. »In letzter Zeit habe ich wohl die falschen Prioritäten gesetzt.«

»Selbsterkenntnis ist der erste Schritt zur Besserung«, bemerkte Jenna. »Aber wie du gesagt hast: Du bist gut im Reparieren.«

»Na ja, Leuchttürme kann man aber auch leichter reparieren als Beziehungen.«

»Alles ist wohl leichter als das. Aber das heißt nicht, dass man es einfach ignorieren kann.«

»Das ist mir inzwischen auch klar geworden.«

»Warum machst du das alles hier *wirklich*, Jack?«

Er stellte das Glas beiseite. »Ich habe das Gefühl, Lizzie hier oben am nächsten zu sein«, antwortete er langsam. Jenna schaute ihn besorgt an. »Aber keine

Bange, ich verliere nicht den Kontakt zur Wirklichkeit«, fügte er rasch hinzu. »Trotzdem ist es verrückt, nicht wahr?«

»Nein, es ist nicht verrückt, Jack. Du hast viel durchgemacht.«

»Der Wundermann«, sagte er leise.

Jenna schaute ihn an, schwieg aber und wartete darauf, dass er weitersprach.

»Eigentlich dürfte ich gar nicht hier sein, Jenna. Ich meine, ich dürfte nicht mehr leben. Ich habe nur bis Weihnachten durchhalten wollen ... für die Kinder. Für Lizzie.«

Jenna berührte ihn an der Schulter. »Ich hätte nicht fragen sollen. Du schuldest mir keine Erklärungen.«

»Ich habe die Hälfte unserer Ehe in der Army verbracht, und die meiste Zeit davon weit weg von zu Hause.« Jack atmete tief durch. »Ich war bis über beide Ohren in meine Frau verliebt. Es heißt ja, dass die Liebe mit der Entfernung wächst. Was mich betrifft, so reichte es schon, wenn Lizzie im Nebenzimmer war, um sie zu vermissen.«

Eine Träne rann Jack über die rechte Wange – wie ein Spiegelbild der Träne, die Jenna über die linke Wange rann.

»Ich habe Lizzie und mich immer als eine Person betrachtet, deren Hälften irgendwie voneinander getrennt worden waren, sich aber wiedergefunden hatten. So glücklich war ich, weißt du.«

»Die meisten Menschen erleben so etwas nie, Jack. Da ist dir ein großes Geschenk gemacht worden.«

»Als wir uns zum letzten Mal gesehen haben, hat sie mir gesagt, sie wolle den Sommer hier verbringen. Ich habe deutlich gesehen, dass sie glauben *wollte*, dass ich dann noch lebe und sie begleiten kann. Sie hat sogar davon gesprochen, dass ich den

Leuchtturm reparieren soll. Ich hätte nie gedacht, dass ich mal die Chance dazu bekomme.«

»Dann erfüllst du hier also Lizzies letzten Wunsch.«

»Ja, das könnte man so sagen.« Jack drehte sich wieder zum Meer um. »Sie hat aber nie die Chance bekommen, hierher zurückzukehren.«

»Und dann bist du wieder gesund geworden«, sagte Jenna.

Jack schaute sie an. Seine Augen waren gerötet. »Weißt du warum? Weil Lizzie mich bei jedem Schritt begleitet hat. Sie wollte mich nicht sterben lassen.«

»Warum erzählst du mir das alles?«

»Wenn ich es niemandem erzähle, werde ich ... Ich weiß nicht. Aber du scheinst jemand zu sein, der das versteht.«

Es begann zu nieseln. Jenna stellte ihr Glas beiseite, packte Jack an den Schultern, drehte ihn zu sich um und nahm ihn in die Arme. So standen sie eine Weile da und wiegten sich im Regen.

»Ja, ich verstehe das, Jack. Ich verstehe dich.«

KAPITEL 48

»Sie müssen das wirklich nicht tun, Jenna«, sagte Mikki.

Sie waren in einer Boutique in Channing.

»Das ist doch nichts Besonderes«, fuhr Mikki fort. »Ich meine, ich gehe doch nur mit meiner Familie essen. Cory und Jackie ist es egal, was ich trage.«

»Aber es ist dein sechzehnter Geburtstag, Liebes, und den feiert man nur einmal im Leben.«

Gemeinsam suchten sie sich ein halbes Dutzend Kleider aus, und Mikki probierte sie an. Nachdem sie sich für ein dunkles, ärmelloses Kleid entschieden hatte, half Jenna ihr, dazu passende Schuhe, eine Handtasche und andere Accessoires auszusuchen.

»Danke, Jenna. Mit meinem Dad kann ich schlecht BHs kaufen.«

»Ja, stimmt wohl.« Jenna grinste. »Obwohl es sicher ganz lustig wäre, das mal zu versuchen.«

Mikki schaute sich die Sachen an und rechnete die Preise zusammen. Sie lief rot an. »Äh … Ich muss wohl ein paar Sachen wieder zurücklegen.«

»Warum?«

»Ich habe kein Geld dafür.«

»Doch, hast du. Ich habe dir gerade einen Vorschuss auf dein Gehalt gegeben.«

»Was?«

»Das mache ich bei allen neuen Angestellten so,

jedenfalls bei denen, die gerade sechzehn werden und was Neues zum Anziehen brauchen.«

»Ich will aber nichts geschenkt.«

»Bekommst du auch nicht. Ich werde es dir über die nächsten sechzig Jahre in Raten von deinem Gehalt abziehen, junge Dame.«

Mikki lachte. »Sind Sie sicher?«

»Absolut. Aber mal im Ernst, du bist eine richtig gute Kellnerin und arbeitest hart. So etwas sollte belohnt werden.«

Nachdem sie den Laden verlassen hatten, fragte Jenna: »Wie wär's mit einem Eis? Es gibt da eine Sache, über die ich mit dir reden will.«

Sie setzten sich mit dem Eis auf eine Bank an der Straße.

»Das Wichtigste zuerst«, sagte Jenna. »Ich habe mit deinem Dad über den Talentwettbewerb gesprochen, und er hat keine Probleme damit.«

»Hey, das ist toll! Danke!«

»Allerdings hat er sich gefragt, warum du damit nicht einfach zu ihm gekommen bist.«

»Und was haben Sie ihm geantwortet?«

»Ich habe mich dumm gestellt und bin der Frage mehr oder weniger ausgewichen.« Jenna leckte am Eis und überlegte sich die nächsten Worte genau. »Der Leuchtturm.«

Mikki seufzte. »Was ist damit?«

»Dein Dad verbringt da sehr viel Zeit.«

»Woher wissen Sie das?«

»Du meinst, abgesehen von deinem Gesichtsausdruck? Ich weiß es einfach. Lassen wir es dabei bewenden. Warst du je mit ihm dort oben?«

»Nein.«

»Warum nicht?«

Mikki zuckte die Achseln. »Es gibt keinen besonderen Grund.«

»Hast du was gegen den Turm?«

»Ich soll etwas gegen ein dämliches altes *Gebäude* haben? Was ist das denn für eine dumme Frage?«, erwiderte Mikki verärgert.

»Ist die Frage wirklich so dumm?«

Mikki aß ihr Eis, wischte sich die Finger ab und warf das Eispapier in einen Mülleimer neben der Bank. »Wenn Dad lieber da draußen ist anstatt bei seiner Familie, warum sollte ich da einen Aufstand machen?«

»Ich glaube, damit hast du meine Frage beantwortet. Du weißt doch, dass es der Leuchtturm deiner Mutter war, oder?«

Mikki verzog das Gesicht. »Ja, als Mom ein kleines Mädchen war. Seitdem war sie aber nie mehr da.«

»Dann hältst du es also für seltsam, dass dein Vater so …«

»Dass er so besessen davon ist? Ja, ein wenig. Was würden Sie denn davon halten?«

»Schwer zu sagen.« Jenna wechselte das Thema. »Kannst du mir erklären, warum er diesen beiden Idioten letztens an die Gurgel gegangen ist? Was genau hat es mit diesem ›Wundermann‹ auf sich?«

Mikki war das Thema sichtlich unangenehm. »Darüber möchte ich nicht reden.«

»Bitte, Mikki. Ich will doch nur helfen. Aber dazu muss ich es wissen.«

Nach ein paar Minuten hatte Mikki ihr alles erklärt.

Jenna schaute nachdenklich drein. »Dann hat die Zeitung das alles also nur erfunden.«

»Behauptet Dad zumindest.«

»Und du glaubst, eine Zeitung macht Millionen damit, Lügen über deinen Vater zu verkaufen? Macht das Sinn?«

Mikki weigerte sich, Jenna anzuschauen. »Wo Rauch ist, da ist auch Feuer«, sagte sie.

»Das ergibt sogar noch weniger Sinn.«

»Sie haben leicht reden. Es war ja nicht Ihre Familie, die zerstört wurde.«

»Nein, aber lass mich mal kurz die Anwältin spielen und das analysieren. Dein Dad verliert die Frau, die er liebt, in einer Tragödie, an der niemand Schuld hat. Dann verliert er auch noch den Rest seiner Familie und bleibt allein zum Sterben zurück. Doch irgendwie schafft er es, dem Tod von der Schippe zu springen. Er führt seine Familie wieder zusammen und versucht, seine Sache als Alleinerziehender so gut wie möglich zu machen. Und dann werden in den Medien plötzlich schreckliche Lügen über ihn verbreitet. Die Leute geben ihm furchtbare Namen, und er kann nichts dagegen tun und muss alles hilflos ertragen.«

Mikki starrte wie benommen auf ihre Füße.

»So habe ich das noch nie betrachtet«, sagte sie nach langem Schweigen. »Kein Wunder, dass Sie früher als Anwältin gearbeitet haben.«

»Sich in jemand anders hineinzuversetzen, ist das Schwierigste, was es gibt. Man muss versuchen zu fühlen, was der andere fühlt, und herausfinden, warum er dies und jenes getan hat. Da ist es viel einfacher, diesen Jemand in eine Schublade zu stecken.«

»Und welche Rolle spielt der Leuchtturm?«

»Lizzie hat ihn früher sehr geliebt. Er war wichtig für sie. Sie wollte erleben, dass er wieder funktioniert ... dass er das Dunkel erhellt. Jack wird sich die Seele aus dem Leib schuften, um den Turm zu reparieren.«

»Für Mom?«

»Dein Dad ist nicht verrückt. Er weiß, dass sie tot ist, Mikki. Er tut es zum Gedenken an sie. Zumindest teilweise. Das gehört sozusagen zum Heilungsprozess.«

»Und was soll ich jetzt tun?«

»Irgendwann wirst du den Mut aufbringen müssen, mit ihm zu reden.«

»Worüber?«

»Ich glaube, das wirst du noch selbst herausfinden.«

Mikki legte Jenna die Hand auf den Arm. »Danke für das Eis und den guten Rat.«

»Gern geschehen, Süße.«

KAPITEL 49

Samstagabend half Jenna Mikki in ihr neues Kleid und machte ihr die Haare, indem sie sie bis auf ein paar Strähnen zurücksteckte, die sie über Mikkis langen Nacken fallen ließ.

Cory und Jackie saßen auf der Couch und schauten fern. Beide rissen die Augen auf, als ihre Schwester die Treppe herunterkam, gefolgt von einer stolzen Jenna.

»Mensch, ist Mikki hübsch!«, sagte Jackie.

Cory hüllte sich in Schweigen. Er starrte seine Schwester an, als sähe er sie zum ersten Mal.

Sammy kam aus der Küche, schaute auf Mikki und rief: »Wow! Hey, Leute, Herzensbrecherin im Anflug. Macht Platz, macht Platz!«

Mikki lief rot an. »Bitte, Sammy, lass den Quatsch.«

»Das ist kein Quatsch«, sagte Jenna. »Wenn ein Mann dir ein Kompliment macht, solltest du es annehmen.«

Sammy rief: »Hey, Jack! Beweg deinen Hintern hierher! Es gibt Ärger!«

Jack kam aus der Küche und blieb wie angewurzelt stehen, als er seine Tochter sah.

Mikki ließ den Blick über die Männer schweifen, die sie anstarrten. »Was ist?«

»Nichts«, sagte Jack mit belegter Stimme. »Du siehst wunderschön aus.«

»Jenna hat mir geholfen.«

Jack warf Jenna einen anerkennenden Blick zu. »Gott sei Dank. Ich bin nicht gerade Experte, wenn es um Frisuren und Make-up geht.«

Jenna lachte. »Bekommt man das in der Army etwa nicht beigebracht?«

»Okay, Leute«, sagte Mikki, »wo gehen wir hin?«

»Wie gesagt, Dinner mit der Familie, um deine Sweet Sixteen zu feiern.«

Mikki schaute zu Cory und Jackie, die sich Cartoons ansahen und Käseröllchen knabberten. Jackies Gesicht und Hände waren bekleckert und verklebt, und Cory stieß einen Rülpser aus. »Toll«, sagte Mikki und bemühte sich, möglichst enthusiastisch zu klingen.

Sammy schaute zu Jack. »Moment mal, Jack. Du hast doch gesagt, wir müssten heute Abend den Job zu Ende bringen. Das hast du der Lady versprochen. Schon vergessen?«

»Oh, verdammt. Stimmt ja. Was habe ich mir nur dabei gedacht?« Jack schlug sich auf die Stirn.

Mikki verzog das Gesicht. »Heute Abend? Was für ein Job denn?«

Jack schaute betrübt drein. »Einen sehr wichtigen Job. Tut mir leid, Liebling, ich hab's vergessen.«

Mikki wurde rot. Tränen traten ihr in die Augen. »Dad, ich werde heute *sechzehn*.«

»Ich weiß, ich weiß. Gott sei Dank habe ich einen Notfallplan.«

»Was denn für einen Notfallplan?«

Jack öffnete die Haustür. Mikki schnappte nach Luft.

Liam stand dort. Er trug eine makellos gebügelte Hose und ein weißes Hemd. Sein Gesicht war rosa geschrubbt, und er hatte sich sogar die langen Haare gekämmt. In der Hand hielt er einen Blumenstrauß.

Mikki schaute von Liam zu ihrem Vater. »Was geht denn hier ab?«

Jack grinste. »Willst du an deinem sechzehnten Geburtstag wirklich mit deinem alten Herrn und deinen kleinen Brüdern rumhängen? Das kannst du mir nicht erzählen.«

»Das wäre in Ordnung gewesen. Ehrlich«, sagte Mikki und versuchte, ernst zu bleiben.

»Ja, klar«, spottete Sammy. Er drehte sich zu Liam um, der sich keinen Zoll bewegt hatte. »Jetzt komm schon rein und gib der Lady deine Blumen.« Er packte Liam am Arm und schleuderte ihn förmlich ins Zimmer.

Liam reichte Mikki den Blumenstrauß. »Du siehst toll aus«, sagte er schüchtern.

»Du aber auch.« Sie schaute zu ihrem Dad. »Wie hast du das geschafft, ohne dass Cory oder Jackie sich verplappert haben?«

»Oh, das war einfach. Ich habe ihnen erst gar nichts davon erzählt. Jenna war allerdings Teil der Verschwörung.«

Jenna machte einen Knicks. »Schuldig im Sinne der Anklage.«

»Und was ist geplant?«, fragte Mikki.

»Wie schon gesagt, ein Dinner. Allerdings für zwei. Der Tisch ist schon reserviert.«

»Aber nicht im Little Bit«, fügte Jenna hinzu, »sondern im schicksten Restaurant in der Stadt. Ich kenne die Besitzer gut. Sie haben den besten Tisch für euch.«

»Ich ... Ich kann's kaum glauben«, stammelte Mikki. »Ich fühle mich wie Cinderella.«

Jack legte den Arm um seine Tochter. »Schön zu wissen, dass ich dich noch immer überraschen kann.«

»Danke, Dad. Tja ... Dann sollten wir jetzt wohl besser gehen«, sagte Mikki.

»Warte mal«, hielt Jack sie zurück. »Mach die Augen zu.«

»Dad!«

»Bitte.«

Mikki seufzte und schloss die Augen. Jack zog eine Kette aus der Tasche und legte sie Mikki um den Hals. »Okay.«

Mikki schaute auf die Kette hinunter und schnappte nach Luft. Dann rannte sie zum Spiegel an der Wand.

»Das war Moms Kette«, sagte sie leise.

Jack nickte. »Ich habe sie ihr an unserem ersten Hochzeitstag geschenkt.«

Mikki drehte sich zu ihm um. Tränen schimmerten in ihren Augen.

»Herzlichen Glückwunsch zum Geburtstag, Baby.«

Vater und Tochter umarmten einander.

Nachdem Liam und Mikki gegangen waren, stand Jack auf der Veranda und starrte in die Ferne. Jenna gesellte sich zu ihm. Jacks Augen waren feucht, und er drehte den Kopf zur Seite.

»Alles okay, *Dad?*«, fragte Jenna.

»Sie werden so furchtbar schnell erwachsen«, bemerkte Jack.

»Ja. Aber das ist okay. Weniger schön ist, dass sie sich von uns entfremden.«

»Das mit dem Elternsein hast du wirklich drauf.«

»Nun ja, wenn man etwas lange genug allein macht, wird man entweder ziemlich gut darin oder man fliegt auf die Nase.«

»Dann gibt es also noch Hoffnung für mich?«

»Definitiv.« Sie hakte sich bei ihm unter. »Mikki ist ein tolles Mädchen, Jack.«

»Dank Lizzie.«

»Stell dein Licht nicht unter den Scheffel. Du warst heute Abend richtig gut, Jack Armstrong.«

»Findest du?«

»Ja.«

KAPITEL 50

Mikki und Liam waren gerade mit dem Essen fertig, als er sich entschuldigte und zur Toilette ging. Augenblicke später staunte Mikki nicht schlecht, als sie Blake Saunders an ihren Tisch kommen sah.

»Was machst du denn hier, du Wiesel?«, fragte sie.

»Ich arbeite hier.«

»Du arbeitest hier?«

»Ich mache die Tische sauber. Wie gesagt: Sweat Town.«

»Gibt dir die süße kleine Tiffany etwa kein Taschengeld?«

»Ich weiß, dass du wütend bist, und du hast auch jedes Recht dazu.«

»Da irrst du dich, Blake. Wenn ich wütend wäre, würde das bedeuten, dass es mich interessiert. Tut es aber nicht. Du hattest deinen dummen Spaß, aber Liam hätte ernsthaft verletzt werden können.«

»Falls du es nicht bemerkt haben solltest, ich habe die beiden Trottel von ihm runtergezogen. Ich habe auf ihm gesessen, um ihn zu beschützen. Und dann bist du mir in den Rücken gesprungen und hast mir fast die Augen ausgekratzt.«

»Das alles wäre nicht passiert, hättest du mich nicht hinters Licht geführt. Warum hast du das eigentlich getan?«

Blake senkte den Blick. »Wegen dem, was du mit

Tiffany gemacht hast. Sie war stocksauer und wollte es dir heimzahlen.«

»Und du tust alles, was Tiffany dir sagt? Das ist echt erbärmlich, Blake.«

»Ja, das stimmt wohl«, gab er zu.

»Ich falle nicht noch einmal auf deine Unschuldstour herein. Du kannst dir den Atem sparen.«

»Hast du den Klebstoff in ihr Auto getan?«

»Klebstoff? Ich weiß gar nicht, wovon du sprichst.«

»Tiffany war ziemlich angepisst. Sie musste ihre Hose ausziehen und aussteigen. Und sie hatte sich nicht die Mühe gemacht, Unterwäsche anzuziehen. Sie musste die Stufen zum Haus raufsteigen, aber sie ist ausgerutscht und in die Sträucher gefallen. Jedenfalls hat meine Mom es mir so erzählt. Wahrscheinlich haben die Angestellten sich halb totgelacht.«

Als Mikki das hörte, konnte sie sich ein Grinsen nicht verkneifen. »Schön zu wissen, dass schlechten Menschen auch mal was Schlechtes widerfährt.«

»Ich habe gehört, du willst am Talentwettbewerb teilnehmen.«

»Stimmt. Liam und ich. Aber du wirst sicher die liebe Tiff bejubeln.«

»Ehrlich gesagt hoffe ich, dass du sie zur Schnecke machst.«

Blake drehte sich um und ging davon.

* * *

Nachdem sie das Restaurant verlassen hatten, fuhren Liam und Mikki zum Strand, stellten den Wagen ab, zogen die Schuhe aus und wanderten durch den Sand.

»Bevor ich hierhergekommen bin, hatte ich das Meer noch nie gesehen«, sagte Mikki, als sie nahe genug am Wasser waren, um nasse Füße zu bekommen.

»Mom und ich haben schon immer nah am Wasser gelebt«, erwiderte Liam. »Mehr oder weniger jedenfalls.«

»Mir gefällt es hier. Ich hab's gar nicht erwartet, nachdem ich bisher nur in der Stadt gewohnt habe, aber es ist wirklich so.«

»Ja. Ich musste mich auch erst eingewöhnen, aber hier kann es richtig cool sein.«

»Blake Saunders ist vorhin kurz bei mir gewesen, als du auf der Toilette warst.«

Es schien Liam nicht weiter zu stören; er war nur neugierig. »Echt? Was wollte er denn?«

»Er wollte sich entschuldigen, dass Tiffany mir eine Falle gestellt hatte. Er habe dich beschützen, nicht verletzen wollen.«

»Das glaube ich ihm sogar.«

»Wirklich?«

»Blake ist kein Schläger, Mikki. Er ist eigentlich ganz in Ordnung. Okay, er hängt zu viel mit Tiffany herum, aber ich hatte nie ein Problem mit ihm. In der Schule kommen wir gut miteinander aus. Manchmal unternehmen wir sogar was zusammen.«

»Das wusste ich gar nicht.«

»Ist aber so.«

Es begann zu regnen, und die beiden Teenager liefen zu einem alten Unterstand für Rettungsschwimmer.

»Deine Mom ist echt nett, Liam«, bemerkte Mikki. »Wie war dein Dad denn so?«

»An den kann ich mich nicht erinnern. Er hat sich kurz nach meiner Geburt vom Acker gemacht.«

»Das muss hart gewesen sein.«

»Halb so wild. Wie kann man etwas vermissen, was man nie kennengelernt hat?«

»Stimmt auch wieder. Aber ich vermisse meine Mom.«

Liam legte ihr den Arm um die Schultern. »Das ist ganz normal, Mikki. So sollte es auch sein. Schließlich war sie deine Mutter. Sie hat dich mit großgezogen, und sie hat dich geliebt, und du sie.«

»Für einen Typen bist du ziemlich sensibel.«

Liam grinste. »Ich bin Musiker. Das liegt mir im Blut.«

Er zog sie an sich, und sie küssten sich, während der Regen stärker wurde und der Wind die Wellen an den Strand trieb.

Mikki sagte: »Gestern hat deine Mom mit mir über meinen Dad gesprochen. Sie hat mich ganz schön zum Nachdenken gebracht.«

»Was meinst du damit?«

»Als mein Vater schwer krank war, habe ich mich nicht gerade toll verhalten. Ich habe sogar ziemlichen Mist gebaut.«

»Wie das?«

»Wenn ein Mensch in Schwierigkeiten steckt und hilfesuchend die Hand ausstreckt, kann man sie entweder ergreifen oder sich zurückziehen. Ich habe mich zurückgezogen. Ich war schrecklich zu meiner Mom, und für meinen Dad war ich keine Hilfe. Ich habe ihn sogar gemieden, wann immer ich konnte. Ich war rebellisch, habe meine Grenzen ausgelotet, allen möglichen Mist gebaut und alles nur noch schwerer für meine Eltern gemacht.« Tränen rannen ihr über die Wangen. »Und weißt du, warum ich das getan habe?«

Liam schaute sie an. »Weil du Angst gehabt hast?«

Erstaunt erwiderte sie seinen Blick. »Ja genau, ich hatte Angst. Ich habe zugesehen, wie mein Dad jeden Tag ein bisschen mehr gestorben ist. Doch statt ihm die Zeit, die ihm noch blieb, so schön wie möglich zu machen, bin ich weggelaufen. Ich bin einfach nicht damit fertiggeworden. Ich wollte ihn nicht verlieren, und ein Teil von mir hat ihn sogar dafür gehasst, dass er bald sterben würde ... dass er mich verlässt.« Sie schluchzte. »Und jetzt bringt mich der

Gedanke beinahe um, dass ich meiner Mutter das Leben zum Schluss so zur Hölle gemacht habe.«

Mikki weinte. Liam drückte sie an sich, öffnete seine Manschettenknöpfe und tupfte ihr die Augen mit dem Ärmel ab. Als die Tränen versiegt waren, rieb sie sich die Augen an seinem Hemd. »Danke.«

»Schon okay, Mikki. So was ist brutal hart. Und es gibt keine leichten Antworten darauf. In der Musik ist es anders. Die Noten sind einfach da. Man spielt sie und hat eine tolle Zeit. Aber die Familie? Das ist schwer.«

»Deine Mom hat gesagt, ich müsse mit Dad sprechen.«

»Ich glaube, sie hat recht. Das musst du.«

Der Regen ließ nach, und sie liefen zum Auto. Liam fuhr Mikki nach Hause. Als sie ausstieg, sagte sie: »Danke für den tollen sechzehnten Geburtstag.«

»Du hast es mir leicht gemacht.«

»Ja klar. Besonders, als ich mich an deiner Schulter ausgeheult habe.«

»Für mich hat das immer zur Freundschaft dazugehört.«

Mikki beugte sich noch einmal in den Wagen und küsste Liam. »Ja, das stimmt«, sagte sie. »Und du auch.«

KAPITEL 51

Jack arbeitete in jenem Raum des Leuchtturms, in dem die Lichtanlage installiert war. Er lag auf dem Rücken. Seine Hände waren ölverschmiert. Er schwitzte, hatte Staub in der Kehle und machte kaum Fortschritte. Er hatte sich exakt an den Schaltplan gehalten, doch irgendetwas stimmte noch immer nicht. Er richtete das Licht seiner Arbeitslampe auf eine schmale Lücke zwischen zwei Metallplatten.

»Dad?«, fragte eine Stimme.

Jack wirbelte herum und stieß sich den Kopf an einem Stück Metall. Er rieb sich die verletzte Stelle, zwängte sich aus dem engen Raum und schaute durch eine Luke im Boden nach unten. Mikki blickte zu ihm hinauf, das Haar triefnass.

»Mikki! Alles in Ordnung mit dir?« Jack stemmte sich hoch.

»Ja, alles okay.«

Er musterte sie von Kopf bis Fuß. »Du bist ja völlig durchnässt.«

»Es regnet ja auch.«

Jack schaute zum Fenster. »Oh. Ich war wohl schon hier, als es angefangen hat.«

»Darf ich raufkommen?«

Jack streckte ihr die Hand entgegen, und sie zog sich hinauf.

Als sie näher kam, bemerkte Jack: »Du siehst aus, als hättest du geweint. Liam hat doch nicht ...«

»Nein, Dad. Das hat nichts mit Liam zu tun. Er war großartig, und das Date war wundervoll. Ich mag ihn wirklich. Sehr sogar.«

Jack entspannte sich wieder. »Das ist gut. Aber warum ...?«

Mikki ergriff die Hand ihres Vaters und zog ihn zum Fenster. Sie setzten sich.

»Wir müssen reden«, sagte sie.

»Worüber?«, fragte Jack misstrauisch.

»Über das, was mit Mom, dir und mir passiert ist. Eigentlich über alles.«

»Jetzt?«

»Ich glaub schon. Ja.«

Jack seufzte und wischte sich die Hände an einem Lappen ab.

»Hör mal«, sagte er, »ich weiß, dass ihr für verrückt haltet, was ich hier mache, und vielleicht ist es das auch, aber ...«

Mikki legte ihm die Hand auf den Arm. »Nein, Dad. Ich finde es gar nicht verrückt.« Sie hielt kurz inne. »Jenna hat über ein paar Dinge mit mir gesprochen.«

»Über was für Dinge?«, fragte Jack.

»Zum Beispiel, dass du durch die Hölle gegangen bist und dass wir ein bisschen nachsichtig mit dir sein müssen und dass jeder auf seine Art trauert.«

»Oh.« Jack schaute kurz auf den Generator; dann wandte er sich wieder seiner Tochter zu. »Ich versuche, das zu überwinden, Mikki. Aber es ist schwer. An manchen Tagen bin ich okay, dann wieder fühle ich mich verloren.«

Mikki brach unvermittelt in Tränen aus. »Dad ... Ich hatte furchtbare Angst, als du krank warst. Ich wusste nicht, wie ich damit umgehen sollte. Also habe ich mir gesagt, wenn ich weglaufe, muss ich mich auch nicht darum kümmern. Das war selbstsüchtig von mir, und es tut mir leid.«

Jack legte ihr den Arm um die bebenden Schultern und ließ sie weinen. Als die Tränen versiegt waren, reichte er ihr einen sauberen Lappen, mit dem sie sich die Augen abwischte.

»Du bist ein kluges Mädchen, Mikki, aber du bist nun mal erst sechzehn. Niemand erwartet in diesem Alter von dir, dass du auf alles eine Antwort hast. Ich bin fünfunddreißig, und ich weiß auch nicht alles. Die Leute müssen auch bei dir ein bisschen Nachsicht walten lassen.«

»Aber ich hätte es trotzdem wissen müssen«, erwiderte Mikki und schniefte.

Jack streichelte ihr übers Haar. »Ich will dir mal was erzählen. Als mein Dad im Sterben lag, habe ich fast genau das Gleiche getan. Zuerst war ich traurig, dann bekam ich Angst. Ich ging ängstlich ins Bett und wachte ängstlich wieder auf. Ich sah ihn mitten am Tag im Schlafanzug herumlaufen. Er wartete einfach nur auf den Tod. Er hatte keine Hoffnung mehr. Und das war der große, starke Mann, zu dem ich immer aufgeschaut hatte. Plötzlich war er schwach und hilflos. So wollte ich mich nicht an meinen Vater erinnern. Also habe ich alles hinuntergeschluckt und ausgesperrt. Sogar ihn. Auch ich war selbstsüchtig. Ich war ein Feigling. Vielleicht bin ich deshalb später zum Militär gegangen. Um zu beweisen, dass ich doch Mut habe.«

Mikki schaute ihn mit großen Augen an. »War das wirklich so?«

»Ja.«

»Manchmal ist das Leben einfach scheiße«, sagte Mikki, lehnte sich zurück und putzte sich die Nase.

»Ja, manchmal. Aber dann wieder ist es wunderbar, und man vergisst all die üblen Dinge.«

Mikki senkte den Blick und rang nervös die Hände.

»Ich habe den Eindruck«, murmelte Jack, »dass du mir etwas sagen willst.«

»Ich weiß nicht …«

»Du kannst mir alles sagen.«

Sie schaute ihm in die Augen und atmete tief durch. »Ich war diejenige, die mit diesem Boulevardblatt gesprochen hat.«

Jack starrte sie mit offenem Mund an. *»Du?«*

Frische Tränen rannen Mikki über die Wangen. »Ich weiß, das war dumm. Und die Sache ist völlig außer Kontrolle geraten. Den meisten Mist, den der Kerl geschrieben hat, hat er selbst erfunden.«

»Aber woher wusstest du das alles überhaupt?«

»Ich habe dich und Mom an dem Abend, an dem sie gestorben ist, miteinander reden hören. Und ich habe auch diesen Blödmann gesehen, diesen Bill Miller.«

»Warum hast du mit diesem Revolverblatt gesprochen? Du weißt doch, was die machen. In diesem Artikel sah deine Mutter wie eine …«

»Ich weiß, Dad, und es tut mir schrecklich leid. Das war dämlich von mir. Ich weiß auch nicht, warum ich das getan habe. Vielleicht, weil ich wütend und verwirrt gewesen bin. Ich kann mir vorstellen, dass du mich dafür hasst, und das mache ich dir nicht zum Vorwurf. Ich hasse mich ja selbst dafür.« Die Worte sprudelten so schnell aus Mikki hervor, dass sie das Atmen vergaß und einen Hustenanfall bekam.

Jack legte den Arm um sie und zog sie an sich. »Beruhige dich, Liebes. Das alles ist vorbei. Es spielt keine Rolle mehr. Du hast Mist gebaut, und du hast es zugegeben. Dafür braucht man viel Mut.«

Mikki zitterte am ganzen Leib. »Ich fühle mich aber nicht mutig. Ich fühle mich beschissen. Ich weiß, dass du mich hasst … oder?«

»Es verstößt wohl gegen das Gesetz, wenn ein Vater seine Tochter hasst.«

»Es tut mir schrecklich leid, Dad. Ich komme mir

selten dämlich vor, jetzt, wo ich wieder klar denken kann.«

»Ich glaube, wir haben beide eine Weile nicht mehr klar gedacht.«

»Kannst du mir verzeihen? Mir vertrauen?«

»Das tue ich doch schon.«

»Einfach so?«

Jack streichelte ihr die Wange. »Ja, einfach so.«

»Warum?«

»Das nennt man bedingungslose Liebe.«

KAPITEL 52

Jenna stand hinter dem Tresen im Little Bit. Sie hob den Kopf, sah Jack vor sich stehen und lächelte. »Ich habe gehört, die Kids hatten einen tollen Abend.«

»Ja, Mikki redet noch immer davon.«

»Möchtest du was zu essen? Heute ist das Steaksandwich im Angebot.«

»Nein, ich habe keinen Hunger. Aber hast du heute Abend vielleicht Zeit für ein Dinner?«

Jenna trat hinter dem Tresen hervor und stellte sich neben ihn.

»Dinner? Klar. Was hast du denn im Sinn? Nicht hier, hoffe ich. Mir wird ja schon schlecht, wenn ich auf die Speisekarte schaue.« Sie lächelte und wurde dann ernst. »Ich könnte für dich kochen.«

»Das musst du nicht.«

»Aber ich koche leidenschaftlich gern. Es ist wie eine Therapie. Du müsstest allerdings mein Souschef sein.«

»Was ist das denn?«

»Das heißt, du müsstest das Schnibbeln und Schälen übernehmen.«

»In Ordnung. Aber kannst du denn von hier weg?«

»Für einen Abend, ja. Zurzeit läuft der Laden wie von selbst, und mein Sohn ist ja mit deiner Tochter hier. Ich glaube nicht, dass die mich noch brauchen. Sagen wir, so um acht?«

»Okay.«

»Gibt es etwas Besonderes, worüber du mit mir sprechen willst?«

»Jede Menge.«

* * *

Als Jack an jenem Abend bei Jenna eintraf, war der Wein bereits eingeschenkt, und Duftkerzen brannten im Wohnzimmer.

»Lass dir davon keine Angst einjagen«, sagte Jenna und bat ihn herein. »Ich mag's einfach nur gemütlich. Ich ziehe hier bestimmt keine Sex-and-the-City-Show ab.« Sie betrachtete ihn von Kopf bis Fuß. »Du siehst gut aus.«

Jack schaute an seinem frisch gebügelten weißen Hemd und der neuen Jeans hinunter. Dann wandte er sich wieder Jenna zu. Sie trug ein gelbes besticktes Strandkleid und war barfuß.

»Nicht so gut wie du«, erwiderte er. »Darf ich mir auch die Schuhe ausziehen? Diese neuen Dinger bringen mich noch um.«

Als Jack auf Jennas Füße schaute, lächelte sie. »Mach nur. Als ich noch ein Kind war, hat meine Mutter mich immer zwingen müssen, Schuhe zu tragen. Ich habe das Gefühl von Gras an meinen Füßen geliebt. Dass hier nicht viele Leute Schuhe tragen, war einer der Gründe, weshalb ich so weit nach Süden gezogen bin.«

Jenna führte Jack in die Küche und deutete auf ein Schneidebrett, neben dem Tomaten und Gemüse lagen. »Die Arbeit wartet auf dich.«

Jack schnitt, schälte und wusch, während Jenna in der Küche hantierte und den Rest des Essens vorbereitete.

»Du kochst also sehr gerne?«, bemerkte er.

»Ich wollte es sogar zu meinem Beruf machen.«

»Aber dann bist du Anwältin geworden.«

»Ja. Das war eine dieser typischen unerwarteten

Wendungen, die das Leben manchmal nimmt. Als Liam älter war, habe ich Kochkurse besucht, und als ich schließlich darüber nachgedacht habe, den Beruf zu wechseln, passte Restaurantbesitzerin wie die Faust aufs Auge. Die Speisekarte des Little Bit ist klein, aber ich kann alle Gerichte selbst kochen.« Sie schob eine Pfanne mit Hühnchen in den Ofen. »Aber zu Hause will ich die Leute wirklich beeindrucken.«

»Dann freue ich mich jetzt mal darauf, beeindruckt zu werden.«

Eine Stunde später setzten sie sich zum Essen. Nach ein paar Bissen hob Jack sein Weinglas, um Jennas Kochkünsten Respekt zu zollen. »Ich bin zwar kein Experte, aber das ist köstlich.«

Jenna stieß mit ihm an. »Das liegt sicher nur an dem hervorragend geschnittenen Gemüse.«

»Woran sonst?«

Jenna stellte ihr Glas auf den Tisch und schaute Jack an. »Okay, sollen wir jetzt reden oder erst bei Kaffee und Dessert?«

»Wie wäre es *nach* Kaffee und Dessert?«

»Warum?«

Er schaute sie unschuldig an. »Weil ich unser Zusammensein so sehr genieße.«

»Und du glaubst, was du mir sagen willst, wird mir die Laune verderben?«

»Nein, nichts dergleichen. Aber die Stimmung wird sich ändern.«

Nach dem Kaffee gingen sie an den Strand. Jack schlenderte durch den Sand, und Jenna passte sich seinen bedächtigen Schritten an.

»Mikki hat mir erzählt, dass ihr beide miteinander gesprochen habt«, sagte Jack.

»Ja. Unter anderem darüber, was es bedeutet, eine Familie zu haben. Ich finde, du setzt dich viel zu sehr unter Druck, Jack. Ich wette, das hast du auch in der Army so gemacht.«

»Nur so kann man überleben. Du übst dich in Perfektion. Du hast eine Mission, bereitest alles vor und führst sie perfekt aus. Wenn du auf dem Bau arbeitest, ist es genauso. Du hast einen Plan, besorgst dir das Material, und dann baust du alles so, wie du es geplant hast.«

»Aber ist jedes Bauprojekt und jede Mission genau nach Plan verlaufen?«

»Nein. So ist es nie.«

»Und was machst du dann?«

»Dann improvisiere ich, verlasse mich auf mein Bauchgefühl.«

»Genau das ist auch das Geheimnis des Elternseins.«

»Glaubst du wirklich?«

»›Glaube‹ ist nicht das richtige Wort dafür. Ich *lebe* es.«

»Eigentlich sollte ich das auch wissen, wo ich drei Kinder habe.«

»Jedes Kind ist anders. Man kann ein Modell nicht auf alle anwenden. Ich habe zwar nur Liam, aber ich selbst habe fünf Geschwister. Wir haben meine Eltern auf die unterschiedlichste Weise in den Wahnsinn getrieben. Es läuft nie glatt und ist der schwierigste und frustrierendste Job auf Erden. Auf der anderen Seite gibt es nichts, was sich so sehr lohnt.«

»Wird es irgendwann leichter?«

»Manche Dinge schon. Aber dann tauchen neue Probleme auf, die sich als noch schwieriger erweisen.« Jenna packte ihn an der Schulter. »Zeit, Jack. Es braucht Zeit. Und kleine Schritte. Du wärst beinahe gestorben. Du hast die Frau verloren, die du liebst. Du bist in eine fremde Stadt gezogen. Das ist eine Menge.«

»Danke, Jenna. Es tut mir gut, das zu hören. Und danke für das Abendessen.«

Langsam zog Jenna ihre Hand zurück und hauchte

ihm einen Kuss auf die Wange. »Danke, dass du mich um das Date gebeten hast. Aber warum hast du geglaubt, dass es unsere Beziehung verändern würde? Wahrscheinlich wolltest du nur ein bisschen Sicherheit und Trost.«

»Kann sein. Was meine Gefühle angeht, bin ich eher verschlossen. Ich bin zum Einzelgänger geworden. Als Lizzie noch gelebt hat, bin ich immer zu ihr gegangen.«

»Zu deiner Seelenverwandten?«

»Und besten Freundin, ja. Wir konnten über alles reden.«

Jenna seufzte. »Du hast gerade mein Bild ... nein, meinen *Traum* einer perfekten Beziehung beschrieben.«

»Es war nicht alles perfekt. Wir hatten auch unsere Probleme.«

»Aber ihr habt sie zusammen bewältigt, nicht wahr?«

»Darum geht es doch in einer Ehe.«

»Ja, so sollte es sein. Aber ich bin immer mehr zu der Überzeugung gelangt, dass es nicht so ist.«

»Ich bin überrascht, dass du nie wieder geheiratet hast. An mangelnder Nachfrage hat es sicher nicht gelegen.«

»Hat es auch nicht«, gab Jenna zu. »Aber wie ich dir schon mal gesagt habe – ich habe nie das richtige Angebot bekommen.«

Als sie zum Haus zurückgingen, fragte Jenna: »Wie geht es mit dem Leuchtturm voran?«

»Nicht so gut«, räumte Jack ein. »Ich habe das Gefühl, ich bekomme ihn nie wieder hin.«

Als er wenig später nach Hause fuhr, blickte Jenna ihm von der Veranda aus hinterher. Ein besorgter Ausdruck lag auf ihrem Gesicht.

KAPITEL 53

Eine Woche später drehte Jack den Schraubenzieher noch einmal, klemmte einen elektrischen Anschluss ab, drehte einen Schalter an eine bestimmte Stelle und trat einen Schritt zurück. Sein Abendessen mit Jenna war nun eine Woche her; seitdem hatte er jede Nacht bis morgens früh am Leuchtturm gearbeitet. Er fühlte sich wie ein Marathonläufer kurz vor dem Ziel. Dreimal hatte er schon geglaubt, alles fertig zu haben, und dreimal hatte er sich geirrt. Und jedes Mal waren seine Wut und seine Enttäuschung gewachsen. In den letzten Tagen war er Sammy und den Kindern gegenüber öfter aus der Haut gefahren. Einmal hatte er Jackie sogar zum Weinen gebracht und sich deshalb tagelang schlecht gefühlt. Und doch war er nun schon wieder hier.

»Komm schon«, sagte er und starrte in die Innereien der Lichtanlage. »Komm schon. Es passt doch alles bis ins Kleinste. Du *musst* doch funktionieren, verflixt noch mal!«

Jack trat einen Schritt zurück und griff nach dem Schalter, mit dem man das System in Betrieb setzte. Er zählte bis drei, sprach ein stummes Gebet, holte tief Luft und legte den Schalter um.

Nichts. Die Leuchtturmlampe blieb so dunkel wie seit Jahrzehnten.

All das Elend, der Frust, das Leid, das Jack in seinem Innern aufgestaut hatte, brachen sich gewaltsam Bahn. Er schnappte sich den Schraubenschlüssel und warf ihn gegen die Maschine. Das Werkzeug prallte ab, flog gegen das geschlossene Fenster und hinterließ einen langen Riss. Jack rannte die Treppe hinunter, packte eine Kiste, trug sie auf die Felsen hinaus und schleuderte sie, so weit er konnte. Die Kiste zerbrach. Ihr Inhalt wurde auf den nassen Klippen verstreut. Mit einem Wutschrei stürmte Jack auf den Strand. Er brüllte und fluchte und drehte sich im Kreis, bis er auf dem Sand zusammenbrach. Dann saß er einfach nur da, das Gesicht in den Händen, und schaukelte vor und zurück. Tränen rannen ihm zwischen den zitternden Fingern hindurch.

»Es tut mir leid, Lizzie. Es tut mir so leid. Ich habe es versucht, aber ich schaffe es einfach nicht ...« Dann fügte er mit ruhigerer Stimme hinzu: »Ich werde einfach nicht damit fertig, dass du nicht mehr da bist ... Ich kann nicht. *Du* solltest hier sein, nicht ich.«

Seine Atmung normalisierte sich allmählich, und sein Kopf wurde wieder klar. Je länger er dasaß, desto ruhiger wurde er. Schließlich schaute er hinaus auf das dunkle Meer. Er sah die winzigen Lichter in der Ferne, die die Position der Schiffe auf ihrem Weg über den Atlantik verrieten. Für Jack waren sie wie Sterne, die an die Erde gebunden waren, nah und doch so fern.

Dann schaute er nach oben, wo irgendwo Lizzies kleines Fleckchen Himmel war. Er hatte es nie gefunden. *Es verschluckt dich einfach,* dachte er. *Es ist so groß, und wir sind so klein.*

Aus irgendeinem Grund war er bis jetzt sicher gewesen, den Leuchtturm instand setzen zu können. Schließlich konnte er, Jack Armstrong, alles reparieren. Aber das war verrückt. So war das Leben nicht. Und jetzt verstand er endlich, warum ein kleines Mädchen so von einem Leuchtturm besessen gewesen war. Er war erwachsen, und doch war ihm das Gleiche passiert. *Der menschliche Geist ist unberechenbar*, überlegte Jack.

»Dad?«

Jack drehte sich um und sah Mikki hinter sich stehen. Sie trug eine Pyjamahose und ein T-Shirt, und sie schaute verängstigt drein.

»Alles in Ordnung mit dir?«, fragte sie atemlos. »Ich habe dich schreien hören.« Sie schlang die Arme um seine breiten Schultern. »Dad?«

Jack atmete tief ein. »Ich versuche nur Dinge zu verstehen, von denen ich glaube, dass man sie nicht verstehen *kann*.«

»Welche Dinge denn?«, fragte Mikki.

Jack schaute zum Palast zurück. »Ich habe uns alle aus Selbstsucht hierhergebracht. Ich wollte deiner Mom wieder nahe sein. Sie ist hier aufgewachsen. Dieser Ort war voller Dinge, die einst ihr gehört haben. Jeden Tag finde ich etwas Neues, das sie vor langer Zeit berührt hat.«

»Ja, ich weiß«, sagte Mikki. »Ich wollte zuerst nicht herkommen, aber jetzt bin ich froh darüber.« Sie berührte seinen Arm. »Wenn ich das Foto von Mom anschaue, das du mir gegeben hast, bringt mich das zum Weinen, aber es fühlt sich auch gut an.«

Jack wies auf den Leuchtturm. »Weißt du, warum ich mich so sehr bemüht habe, das verdammte Ding wieder zum Laufen zu bekommen?«

Mikki setzte sich neben ihn. »Weil Mom den Leuchtturm so sehr geliebt hat?«, fragte sie. »Und weil sie wollte, dass du ihn reparierst?«

»Zuerst habe ich das auch geglaubt. Aber erst jetzt habe ich die Wahrheit erkannt, als ich dich dort habe stehen sehen. Es war, als wäre mir ein Schleier von den Augen genommen worden.« Jack wischte sich mit dem Ärmel übers Gesicht. »Mir ist klar geworden, dass ich einfach etwas heil machen wollte … irgendetwas. Ich wollte eine Liste abarbeiten. Ich wollte tun, was ich tun musste, und zu guter Letzt … schwupps, es funktioniert. Ich habe geglaubt, dann wäre alles wieder gut.«

»Aber so ist es nicht gekommen?«

»Nein, so ist es nicht gekommen. Und weißt du, warum?« Mikki schüttelte den Kopf. »Weil das Leben so nicht funktioniert«, fuhr Jack fort. »Man kann alles perfekt machen. Man kann alles tun, wovon man glaubt, dass man es tun muss. Man kann alle Erwartungen erfüllen, die die Menschen in einen setzen. Und trotzdem erzielt man nicht die Ergebnisse, von denen man glaubt, man hätte sie verdient. Das Leben ist verrückt. Es treibt einen in den Wahnsinn und ergibt manchmal keinen Sinn.« Jack schaute seine Tochter an. »Menschen, die nicht hier sein sollten, sind hier. Und jemand anders, der hier sein *sollte*, ist es nicht. Und man kann nichts dagegen tun. Du kannst es nicht ändern, wie sehr du es dir auch ersehnst. Das hat nichts mit Wünschen zu tun, aber viel mit der Wirklichkeit, und die scheint manchmal keinen Sinn zu machen.« Er schwieg und blickte auf das dunkle Meer hinaus.

Mikki lehnte sich an ihn und nahm seine Hand.

»Wir sind für dich da, Dad. *Ich* bin für dich da. *Ich* bin Teil deiner Wirklichkeit.«

Jack lächelte. Und mit diesem Lächeln verschwand endlich der ängstliche Ausdruck auf Mikkis Gesicht. »Ich weiß, Baby«, sagte er und drückte sie an sich. »Weißt du noch, wie ich dir erzählt habe, wie viel Angst ich hatte, als mein Vater gestorben ist? Wie ich mich von allem abgekapselt habe?«

»Ja.«

»Als meine Mutter mich verlassen hat, habe ich mich noch mehr zurückgezogen. Ich glaube, wäre deine Mom nicht gewesen, ich hätte mich irgendwann einfach ... ich weiß nicht ... aufgelöst. Ich habe viel Sport getrieben, aber ich hatte nicht viele Freunde. Wahrscheinlich, weil ich keine gewollt habe. Dann haben wir geheiratet, deine Mom und ich, und ich bin zur Army gegangen. Als ich wieder nach Hause kam, habe ich mir einen Job gesucht, in dem ich viel und hart arbeiten musste.«

»Du musstest eine Familie ernähren.«

»Ja, aber ich glaube, in gewisser Weise habe ich noch immer versucht, mich von allem zurückzuziehen. Ich wollte mich immer noch verstecken.«

»Nein. Du warst immer für uns da.«

»Ich habe vieles versäumt, was ich nicht hätte versäumen dürfen. Das weiß ich, und du weißt es auch.«

Mikki drückte seinen Arm. »Es gibt aber noch sehr viel mehr.«

Jack nickte. »Ja, es gibt noch sehr viel mehr, Liebling. Ein ganzes Leben mehr.«

Mikki zitterte. Jack legte den Arm um sie. »Komm. Lass uns reingehen.«

Als sie am Leuchtturm vorbeikamen, schaute Mikki ihn an und fragte: »Bist du sicher?«

Jack blickte nicht einmal hin. »Ja. Ganz sicher, Liebling.«

Ihre Arme fanden einander, als sie gemeinsam zum Palast gingen.

KAPITEL 54

Als Jack wieder in seinem Zimmer war, ließ er sich erschöpft aufs Bett fallen, schlief aber nicht ein. Eine Zeit lang lag er einfach nur da und starrte an die Decke. Das Leben war oft unfair, verrückt und verletzend. Doch die Alternative zu dieser Welt war, nicht darin zu leben. Jack hatte am eigenen Leib ein Wunder erlebt, und er hatte bereits viel von der Zeit vergeudet, die ihm geschenkt worden war.

Das würde aufhören, und zwar *jetzt*.

Jack schaltete die Nachttischlampe ein, öffnete den Nachttisch und nahm den Briefstapel heraus. Er suchte den Umschlag mit der Nummer fünf und zog den Brief heraus. Er glaubte fest an das, was er Mikki vorhin gesagt hatte, denn genau das hatte er selbst einst niedergeschrieben. Er hatte es nur vergessen oder auf der Jagd nach dem Unmöglichen ignoriert. Jack las:

Geliebte Lizzie,

nachdem ich alles von meinem Bett aus beobachtet habe, muss ich dir etwas beichten. Außerdem will ich mich entschuldigen. Ich war kein guter Ehemann und auch kein guter Vater. Die eine Hälfte unserer Ehe habe ich in einem Krieg gekämpft, die andere Hälfte habe ich zu hart gearbeitet und dich und die Kinder vernachlässigt.

Ich glaube, niemand will auf seinem Grabstein stehen

haben, dass er zu viel Zeit auf der Arbeit verbracht hat. Ich gehöre auch dazu. Aber jetzt ist es zu spät, etwas daran zu ändern. Ich hatte meine Chance. Wenn ich die Kinder kommen und gehen sehe, wird mir jedes Mal aufs Neue bewusst, wie viel ich versäumt habe. Mikki ist fast schon erwachsen und lebt ihr eigenes Leben. Cory ist ruhig und in sich gekehrt. Selbst Jackie hat bereits eine eigene Persönlichkeit. Und ich habe das meiste davon verpasst. Nichts bereue ich mehr in meinem Leben, als dass ich euch viel eher verlassen werde, als ich hätte tun sollen. Ich habe wohl gedacht, mir bliebe mehr Zeit, alles wiedergutzumachen, aber das ist natürlich keine Entschuldigung. Es ist traurig und bitter, wenn man erkennen muss, dass es zu spät ist, sich noch um das Wichtigste im Leben zu kümmern.

Aber es heißt, dass Weihnachten die Zeit der zweiten Chancen ist. Und nun hoffe ich, dass ich in den nächsten zwei Tagen eine zweite Chance bekommen werde, das Richtige für die Menschen zu tun, die mir alles bedeuten.

In Liebe,
Jack

Langsam faltete Jack den Brief zusammen und steckte ihn weg. Als er diese Briefe geschrieben hatte, waren sie das Einzige gewesen, was ihm wirklich geblieben war. In diesen Briefen hatte er sein Herz ausgeschüttet und die Dinge ausgesprochen, die wohl jedem in den Sinn kommen, wenn man erkennt, dass alles andere im Leben nicht mehr von Bedeutung ist. *Wenn jeder so leben würde, als müsste er bald sterben, wäre die Welt ein besserer Ort*, ging es Jack durch den Kopf.

Doch letztendlich waren es einfach nur Briefe. Lizzie würde sie nie lesen. Vielleicht hätten die Briefe ihr geholfen; vielleicht hätte sie sich besser gefühlt, aber es blieben nur Worte. Jetzt war die Zeit für Taten, und Jack wusste, was zu tun war.

Ich muss meinen Kindern ein Vater sein. Diesen *Teil meines Lebens muss ich reparieren.*

Jack stand auf, ging von einem Zimmer zum anderen und schaute nach seinen Kindern. Er setzte sich neben Jackie. Der kleine Junge schlief tief und fest, in der Hand den Monstertruck. Cory schlief auf dem Bauch, die Arme unter dem Körper, und schnarchte leise. Dann stand Jack in Mikkis Tür, sah, wie ihre Brust sich hob und senkte, und hörte ihr leises Atmen.

Jack schloss Mikkis Tür, ging nach unten und trat hinaus auf die hintere Terrasse. Von hier aus konnte er den Leuchtturm sehen. Er hatte ihn zu einer Art mythischem Symbol hochstilisiert, dabei war er nur ein Haufen Ziegel, Metall und Holz. Er war nicht Lizzie. Er hatte kein Herz. Er war nicht wie die drei Kinderherzen, die in den Zimmern oben schlugen. Drei Menschen, für die Jack ein guter Vater sein musste.

In seinem letzten Brief hatte er darüber geklagt, dass er keine zweite Chance mehr hatte. Doch diese verrückte, ungerechte Welt, vor der er so oft davongelaufen war, hatte etwas Bemerkenswertes getan: Sie hatte ihm ein zweites Leben geschenkt.

Ich werde nicht mehr weglaufen. Nie mehr.

Jack ging wieder ins Bett und schlief zum ersten Mal seit langer Zeit durch.

KAPITEL 55

Statt zur Arbeit zu gehen, fuhr Jack am nächsten Tag mit Jackie und Cory in Anne Bethunes Sommerlager. Er setzte die Jungen nicht einfach ab und fuhr wieder, sondern blieb bei ihnen, malte Bilder und baute mit Jackie ein großes Lego-Haus, das beide dann lachend wieder einrissen. Außerdem zeigte er Jackie, wie man sich die Schuhe band und mit Messer und Gabel aß. Anschließend half er beim Bau einer Kulisse für ein Theaterstück, in dem Cory mitspielen würde, und lernte mit ihm die Texte.

Hinterher gingen sie zum Strand, schwammen, bauten Sandburgen und spielten Frisbee. Jack hatte ein paar Drachen besorgt und zeigte seinen Jungs, wie man Loopings und Schrauben damit flog. Unter der Veranda des Palastes fanden sie ein paar Angelruten und fischten in der Brandung. Sie fingen zwar nichts, hatten aber trotzdem einen Heidenspaß.

Jenna und Liam kamen in der Folgezeit regelmäßig vorbei. Manchmal brachte Liam seine Trommeln mit, und er und Mikki übten für den Talentwettbewerb. Da der Palast nicht schalldicht war, stiegen die beiden dafür auf den Leuchtturm. So hoch oben verlor sich der Klang in der Weite; allenfalls die Möwen wurden unterhalten.

Also ist der Leuchtturm doch für etwas gut, sinnierte Jack.

Er und Mikki unternahmen lange Spaziergänge

am Strand und unterhielten sich über Dinge, über die sie nie geredet hatten. Sie sprachen über Lizzie, über die Highschool, über Jungs und Musik und darüber, was Mikki aus ihrem Leben machen wollte.

Mikki kellnerte weiter im Little Bit. Jack und Sammy kamen oft zum Essen vorbei und machten die ein oder andere Reparatur für Jenna, die ihnen ein kostenloses Essen spendierte. Charles Pinckney besuchte Jack und die Kinder im Palast. Er erzählte ihnen Geschichten aus der Vergangenheit, als Lizzie noch ein kleines Mädchen gewesen war, ungefähr so alt wie Jackie. Alle hörten ihm fasziniert zu, besonders Jack.

Jack machte mit Jenna regelmäßig Touren auf der Harley, und oft besuchten sie einander zum Essen oder spazierten am Strand entlang und redeten. Sie lachten viel, und manchmal kamen sie sich näher, und ihre Hände und Arme berührten sich. Aber das war alles. Sie waren Freunde.

Endlich war der Sommer so, wie Jack gehofft hatte, voller Licht und Freude. Nachts lag er wach, lauschte in die Dunkelheit und versuchte, seine Kinder anhand des Atmens voneinander zu unterscheiden. Bald konnte er das ziemlich gut. Manchmal hatte Jackie einen Albtraum. Dann klopfte er an die Tür seines Dads, kroch zu ihm ins Bett und kuschelte sich an ihn, und Jack streichelte seinem Sohn zärtlich übers Haar, bis er wieder eingeschlafen war.

Eines Abends saßen Jack und Sammy auf der Veranda und tranken Bier. Mikki und Liam waren im Leuchtturm und probten ein letztes Mal vor dem Wettbewerb, und die beiden Jungs waren unten am Strand und bauten eine Sandburg. Die Sonne sank langsam zum Horizont und tauchte ihn in feuerrotes Licht.

Sammy schaute zu seinem Freund. »Das Leben ist schön, nicht wahr?«

Jack nickte. »Ja, das Leben ist schön.«

»Der Sommer ist fast vorbei.«

»Ich weiß.«

»Irgendwelche Pläne?«

»Ich denke noch darüber nach«, antwortete Jack. »Und du?«

»Ich denke auch noch darüber nach.«

Sie drehten sich um, als jemand an der Veranda-tür klopfte. Es war Jenna.

»Ich wollte Liam und seine Drums abholen«, sagte sie und gesellte sich zu den beiden Männern. »Morgen ist ein großer Tag.« Sie lächelte. »Die beiden Künstler brauchen Ruhe.«

»Dann werde ich mal gehen und Liam beim Packen helfen«, sagte Sammy.

Bevor jemand etwas erwidern konnte, war er schon zur Tür hinaus und ließ Jack und Jenna allein.

»Was ist eigentlich passiert?«, fragte Jenna.

Jack schaute ihr in die Augen. »Wie meinst du das?«

»Du hast dich verändert, Jack Armstrong. Ich habe mich nur gefragt, woran das liegt.«

Jack trank sein Bier aus, ehe er erwiderte: »Es klingt vielleicht ein bisschen abgedroschen, aber wenn ein Mensch die Augen aufmacht, sieht er manchmal auch.«

»Ja. Ich freue mich für dich, Jack.«

»Du hast eine große Rolle dabei gespielt.«

Jenna winkte ab. »Du wärst selbst darauf gekommen.«

»Da bin ich mir nicht so sicher. Schließlich war ich lange Zeit blind.«

Beide schauten aufs Meer hinaus. Dann schweifte ihr Blick zum Leuchtturm.

»Ich habe ihn nicht fertig bekommen«, bemerkte Jack. »Das Leuchtfeuer geht nicht.«

Jenna meinte: »Manchmal scheinen Dinge erst

dann zu funktionieren, wenn man sie wirklich braucht.«

Jack nickte bedächtig. »Gehst du morgen zum Wettbewerb?«

»Soll das ein Scherz sein? Natürlich.«

»Willst du mit uns fahren? Sammy lädt die Instrumente in den Pick-up, und wir können den VW nehmen.«

»Hört sich gut an.«

* * *

Später am Abend klopfte Jack an Mikkis Tür.

»Ja?«, fragte sie.

»Ich bin's«, sagte Jack. »Kann ich reinkommen?«

»Klar.«

Mikki saß auf dem Bett und ging das Programm durch, das sie und Liam aufführen wollten. Jack hockte sich auf die Bettkante.

»Du kennst das doch auswendig, oder?«, bemerkte Jack.

»Man kann nie vorbereitet genug sein.«

»Jetzt redest du wie dein alter Herr.«

»Ist das schlecht?«

Jack grinste sie schief an. »Ich hoffe nicht. Du und Liam, ihr werdet morgen großartig sein. Egal, ob ihr gewinnt oder nicht.«

Mikki blickte ihn über ihre Notenblätter hinweg an. »Egal, ob wir gewinnen? Mensch, Dad, wir werden *so was* von gewinnen!«

»Selbstvertrauen ist nicht schlecht, aber sei nicht überheblich.«

»Bin ich gar nicht. Ich habe mich nur über die Konkurrenz informiert. Ich habe mir sogar ein Video von Tiffanys Tambourstabwirbelei angetan. Sie ist höchstens mittelmäßig. Ich habe keine Ahnung, wie sie dreimal hintereinander gewinnen konnte. Das heißt … eigentlich weiß ich es schon. Ihre Mutter leitet die Show. Aber niemand hat so hart gearbeitet wie Liam und ich. Das klappt schon.«

»Egal, was passiert, ich werde im Publikum sein und dich anfeuern.« Jack stand auf. »Aber jetzt musst du erst mal schlafen. Bleib nicht zu lange auf, okay?«

Er drehte sich zur Tür um.

»Dad?«

Jack schaute wieder zu seiner Tochter. »Ja?«

Mikki stieg aus dem Bett, umarmte ihn und drückte ihn an sich.

»Danke.«

Jack erwiderte die Umarmung. »Für was, Baby?«

Sie schaute zu ihm auf. »Danke, dass du zu uns zurückgekommen bist.«

KAPITEL 56

»Okay, wir sind die Vorletzten«, sagte Mikki hinter der Bühne.

Liam schaute sie an. »Und wer kommt als Letzter?«

Mikki verzog das Gesicht. »Was glaubst du wohl? Miss amtierender Champion natürlich. Auf diese Weise kann sie sich in Ruhe die Konkurrenz anschauen, und ihre Aufführung bleibt den Wertungsrichtern am besten im Gedächtnis. Nach dem Motto: Die Letzten werden die Ersten sein.«

Liam zuckte mit den Schultern. »Ich glaube nicht, dass das überhaupt eine Rolle spielt. Tiffany gewinnt sowieso. Ich habe die Jury gesehen. Das sind alles alte Kumpel ihrer Mutter.«

»Hey, du musst weiter an uns glauben. Wir haben geprobt bis zum Gehtnichtmehr, und wir haben eine tolle Show zu bieten.«

»Und wie ist das Publikum?«

»Groß. Und unsere Familien sitzen mittendrin.«

Als Mikki sich umdrehte, stand dort Tiffany in einem kurzen weißen Bademantel.

Mikki hob die Augenbrauen. »Den Hauch von Nichts sparst du dir wohl fürs Publikum auf, was?«

»Mein Daddy sagt immer: Gib nie etwas umsonst, Süße.« Tiffany musterte Mikki von Kopf bis Fuß. Mikki trug wieder ihr stacheliges grün-violettes Haar und war ganz in Schwarz gekleidet. »Aber wenn man nichts hat, was jemand will, kann man es auch verschenken, nehme ich an.«

Mikki grinste. »Wow, das ist ja fast schon philosophisch. Und was machst du diesmal? Brennen die Tambourstöcke wenigstens?«

Tiffany schaute sie an, als hätte sie den Verstand verloren. »Brennen? Was soll das? Das wäre gefährlich.«

»Na ja, um uns zu schlagen, musst du dir schon ein bisschen was einfallen lassen. Die Konkurrenz hat nämlich kräftig angezogen, *Süße*.«

Tiffany lachte, doch Mikki sah an der Unsicherheit in ihren Augen, dass sie erreicht hatte, was sie wollte: Sie hatte ihrer Konkurrentin Angst gemacht.

Vor Beginn der Show gingen Liam und Mikki noch einmal zu ihren Familien.

Die Armstrongs, Sammy, Charles Pinckney und Jenna saßen zusammen.

Jenna lächelte und umarmte Mikki und ihren Sohn. »Ich bin mächtig stolz auf euch.«

»Macht sie fertig!«, rief Cory.

»Ja, fertigmachen!«, echote Jackie.

Chelsea Murdoch kam mit ihrem Gefolge vorbei. Ihr Kleid war viel zu eng und zu kurz für ihr Alter, ihre Absätze viel zu hoch. Sie sah genauso aus wie ihre Tochter, nur ein Vierteljahrhundert älter.

Sie musterte Jenna. »Sie habe ich ja noch nie hier gesehen.«

»Bis jetzt hatte ich auch keinen Grund zu kommen, Chelsea«, erwiderte Jenna. »Liam nimmt zum ersten Mal am Wettbewerb teil.«

Chelsea Murdoch lächelte verächtlich. »Ach ja? Nun, Tiffany wird zum vierten Mal in Folge gewinnen. Das Publikum liebt sie. Sie denkt sogar darüber nach, mit dem Tambourstock im College weiterzumachen«, fügte sie hochmütig hinzu.

»Hoffentlich schlägt sie dabei nicht alles kurz und

klein«, meinte Mikki. »Aber ein Plan für die Zukunft ist immer gut.«

Bevor Mrs. Murdoch etwas darauf erwidern konnte, fuhr Mikki fort: »Okay, wir müssen jetzt gehen. Die Show fängt gleich an.«

»Viel Glück, Mik«, sagte Jack.

Mikki richtete den Blick auf Tiffanys Mom, als sie erwiderte: »Mit Glück hat das nichts zu tun, Dad. Das ist ein *Talent*wettbewerb.«

* * *

Es gab einundzwanzig Teilnehmer. Meist traten jüngere Leute auf, aber es gab auch ein Barbershop Quartet, das gar nicht mal so schlecht war. Mikki schaute neben der Bühne zu und versuchte, die Konkurrenz einzuschätzen. Liam war hinter der Bühne geblieben und entspannte sich ein wenig. Schließlich kehrte Mikki zu ihm zurück und griff zur Gitarre.

»Showtime, Großer.«

»Cool. Ich wäre sonst eingeschlafen.«

»Genau, was ich brauche: ein Drummer mit Eis im Blut.«

Liam lächelte.

»Okay, lass uns den Saal rocken.«

»O yeah«, sagte Mikki.

KAPITEL 57

Anfangs war der Beat sanft. Trotzdem grölte das Publikum und klatschte. Mikki fühlte die wachsende Spannung und gab Liam das Zeichen, das sie vereinbart hatten. Sie drehte ihren Verstärker auf und trat auf das Wah-Wah-Pedal, und ihre Hand flog nur so über den Hals der Fender-Gitarre. Sie spielten einen klassischen Song von Queen. Liam begleitete Mikki in perfektem Rhythmus. Ständig wechselte er zwischen Keyboard und Drums hin und her. Die Zuschauer sprangen auf und sangen mit.

Mikki wusste, wenn man die Leute erst einmal da hatte, wo man sie haben wollte, und wenn sie glaubten, man habe ihnen schon alles gezeigt, musste man etwas Besonderes tun: Man gab ihnen *noch* mehr.

Mikki zog sich den Trageriemen der Gitarre über den Kopf und warf sie über die Bühne. Gleichzeitig schleuderte Liam seine Drumsticks in die entgegengesetzte Richtung. Mikki fing die Trommelstöcke, während Liam sich die Fender schnappte, und sie tauschten ihre Position. Jetzt spielte Liam die Gitarre und ließ die Finger geschickt über die Fender huschen, während Mikki sich hinter das Schlagzeug setzte und loslegte.

Zum Finale spielten beide ein Solo. Mikki rockte den Saal mit einer sechsminütigen Breitseite. Ihre Hände bewegten sich so schnell, als hätte sie nicht zwei, sondern sechs. Als die Zuschauer kaum noch Luft bekamen und ihre Hände wund vom Klatschen waren, spielte Liam ein Gitarrensolo im Stil von Jimmy Page. Den letzten Akkord hielt er eine ganze Minute lang, und der verstärkte Beat ließ die Showbühne von Channing beben.

Dann kehrte Stille ein. Doch nur für ein paar Sekunden, denn die Zuschauer hatten bloß Luft geholt. Dann explodierte der Saal förmlich von Jubel und Applaus. Mikki nahm Liam an der Hand, und sie mussten sich immer wieder verneigen und winkten den Leuten, die ihre Namen skandierten.

Als sie hinter die Bühne gingen, kamen die anderen Teilnehmer zu ihnen, um zu gratulieren.

»Ihr habt den Laden mächtig gerockt«, sagte der Bariton des Barbershop Quartets begeistert. »Verdammt, ich hab mich wieder richtig jung gefühlt.«

Außer Atem und mit breitem Grinsen traten Liam und Mikki zur Seite, als Tiffany an ihnen vorbeiging. Sie sagte kein Wort, öffnete ihren Bademantel und ließ ihn fallen. Was sie darunter trug, ließ nicht mehr viel Raum für Phantasie. Sie drehte sich zu den beiden um, hob die Hand vor die Stirn und formte mit den Fingern ein L.

Mikki deutete auf die Bühne. »*Noch* bist du kein Loser. Das kommt erst später, *Süße*.«

Abgesehen davon, dass sie zweimal stolperte und einmal beinahe ihren Tambourstab verlor, war Tiffanys Auftritt ganz okay. Der Applaus war höflich, abgesehen von der Ecke, wo ihre Mutter mitsamt Gefolge hockte. Dort klatschte man so lange, dass sich schließlich mehrere Zuschauer umdrehten, um zu sehen, wer da so frenetisch einer bestenfalls mittelmäßigen Vorführung applaudierte.

Ein paar Minuten später wurden alle Teilnehmer auf die Bühne gerufen.

Mikki fand ihren Dad in der Menge und zeigte ihm

den Daumen zum Zeichen ihrer Zuversicht. Zur Antwort hob Jack gleich beide Daumen, und Sammy salutierte stramm. Cory verneigte sich elegant vor seiner Schwester, und Jackie ahmte ihn unbeholfen nach.

Jenna warf ihrem Sohn einen Kuss zu.

Die Vorsitzende der Jury stand auf und räusperte sich. »Wir sind zu einer Entscheidung gekommen. Aber zuerst möchten wir allen Teilnehmern für ihre Aufführungen danken.«

Dieser Erklärung folgte höflicher Applaus.

»Auf dem dritten Platz haben wir Judy Ringer mit ihrem Tanz aus der Nussknacker-Suite.«

Judy, eine dürre Vierzehnjährige, lief zur Jury, um sich ihren Pokal und einen Blumenstrauß abzuholen.

»Danke, Judy. Auf dem zweiten Platz haben wir Dickie Dean und sein Barbershop Quartet.«

Der Mann, der Mikkis und Liams Performance hinter der Bühne so überschwänglich gelobt hatte, holte sich im Namen seines Quartetts den Pokal ab, begleitet von Applaus.

»Und nun zum ersten Platz.«

Die Zuschauer hielten den Atem an.

Die Vorsitzende räusperte sich noch einmal. »Zum vierten Mal in Folge gewinnt Tiffany Murdoch für ihre artistische Vorstellung mit dem Tambourstock!«

Tiffany trat vor. Sie grinste von einem Ohr zum anderen und schnappte sich ihren Pokal, den Hundertdollarscheck und die Blumen, während ihre Mutter strahlte. Mit Pokal und Blumen in der Hand schritt Tiffany zum Mikrofon. »Ich bin vor Dankbarkeit geradezu überwältigt. Viermal hintereinander! Wer hätte das für möglich gehalten? Ich möchte der Jury danken, und ...«

»Das ist Beschiss!«, rief eine Stimme.

Alle drehten sich um, einschließlich Jack und

Jenna. Cory stand auf seinem Stuhl und richtete anklagend den Finger auf die Jury.

»Das stinkt!«, brüllte Cory.

»Das stinkt!«, krähte Jackie, der ebenfalls auf seinen Stuhl geklettert war und mit dem Finger auf die Wertungsrichter zeigte.

»Cory!«, rief Jack. »Jackie! Runter da!«

Doch Jenna legte ihm die Hand auf den Arm. »Weißt du was? Sie haben recht.« Sie stand auf und rief: »Das stinkt!«

Jack zuckte mit den Schultern. Dann rief er der Jury zu: »Wollen Sie etwa sagen, dass Mikki Armstrong und Liam Fontaine es nicht mal unter die ersten drei geschafft haben? Sie haben sie ja nicht alle!«

Die Vorsitzende der Jury und Chelsea Murdoch funkelten ihn böse an.

Plötzlich ertönte ein neuer Chor weiter hinten im Saal.

Mikki reckte den Hals. Es waren Blake und mehrere Leute aus Sweat Town, darunter die Frau, die auf Tiffanys Party bedient hatte.

»Neu zählen!«, verlangte Blake. »Neu zählen!«

Mikki grinste ihn an.

»Neu zählen! Neu zählen!«, hallte es durch den Saal.

Tiffany stand mitten auf der Bühne und tat so, als könne ihr all die Kritik nichts anhaben. Sie hielt ihren Pokal in die Höhe und posierte für einen Fotografen der Lokalzeitung.

Dann riefen die Zuschauer: »Zugabe! Zugabe!«

Mikki schaute fragend zu Liam.

»Ach, was soll's«, sagte er. »Geben wir ihnen Deep Purple.«

Mikki nickte, nahm die Gitarre, drehte den Verstärker auf, stellte den Fuß auf das Wah-Wah-Pedal und spielte einen so machtvollen Akkord, dass Tiffany unwillkürlich aufschrie und fast von der Bühne gefallen wäre. Mikki sah kurz zu Liam. Er nickte, und dann dröhnte »Smoke on the Water« durch den Saal.

Als Minuten später die letzten Noten verhallten, nahmen Liam und Mikki sich in die Arme und verneigten sich. Das war das Zeichen für die ekstatische Menge, die Bühne zu stürmen. Tiffany musste zur Seite springen, um der Stampede auszuweichen. Der Zeitungsreporter und sein Fotograf schlossen sich der Menge an und ließen die Tambourstockartistin im Regen stehen. Tiffany stürmte von der Bühne und warf ihren Pokal wutentbrannt in den Mülleimer. Ihre Mutter folgte ihr aus dem Saal und versuchte, ihre tobende Tochter zu beruhigen.

Später, auf der Heimfahrt, saßen Mikki und Liam hinten im Pick-up. Die beiden Teenager glänzten vor Schweiß von der Anstrengung und Aufregung.

»Das war der tollste Tag meines Lebens«, sagte Liam. »Ich hätte nie gedacht, dass Verlieren sich so geil anfühlt.«

Jack schaute im Innenspiegel in das Gesicht seiner Tochter. »Was ist aus den alternativen Beats mit der unkonventionellen Instrumentenmischung geworden?«

Mikki grinste. »Wow! Du hast mir ja tatsächlich zugehört. Ich bin beeindruckt. Na, wie auch immer … Manchmal geht einfach nichts über guten alten Rock and Roll.«

»Und das Beste war«, sagte Cory, »wie Tiffany aus dem Saal gerannt ist.«

Jenna drehte sich nach hinten um und tippte Jack auf den Arm. Er blickte in den Innenspiegel und sah, wie Liam und Mikki sich küssten.

»Ich denke«, flüsterte Jenna, »für die beiden ist *das* jetzt das Beste.«

KAPITEL 58

»Hey!«, brüllte Jack.

Er und Sammy waren gerade aus dem Supermarkt in Channing gekommen, als Jack sah, wie irgendein Kerl sich seinen Werkzeuggürtel von der Ladefläche des Pick-ups schnappte und weglief. Jack und Sammy rannten ihm hinterher, Jack mit ein paar Schritten Vorsprung. Er sah, wie der Kerl sich in eine Nebenstraße duckte, bog um die Ecke und wurde immer schneller. Sammy folgte ihm dichtauf. Die Nebenstraße führte durch eine Gasse auf einen kleinen Platz. Aber es war eine Sackgasse; überall versperrten Mauern den Weiterweg.

Keuchend blieben Jack und Sammy stehen. Sie erkannten gleichzeitig, was los war.

»Das ist eine Falle«, sagte Jack.

»Und wir sind mitten hineingerannt.«

Als sie ein Geräusch hinter sich hörten, fuhren sie herum. Fünf große Kerle mit Baseballschlägern traten hinter einem Müllcontainer hervor. Jack erkannte den Anführer. Es war der Bursche, den er kurz nach ihrer Ankunft in Channing verdroschen hatte.

Die Männer rückten langsam vor, während Jack und Sammy bis zur Ziegelmauer zurückwichen, die das Ende der Sackgasse bildete. Jack zog seinen Gürtel aus, wickelte ihn halb um seine Hand und machte sich zum Kampf bereit. Sammy krempelte die Ärmel hoch und nahm Verteidigungshaltung ein. Er winkte den Männern, näher zu kommen.

»Na los«, sagte er. »Wer von euch will als Erster ins Krankenhaus?«

Mit einem Brüllen sprang der größte der Männer vor und hob seinen Baseballschläger. Jack schlug mit dem Gürtel zu. Die Metallschnalle traf den Kerl an der Hand und riss sie auf. Der Mann schrie und ließ den Schläger fallen. Im selben Moment trat Sammy ihm in den Bauch, schickte ihn auf die Knie und packte ihn blitzschnell mit eisernem Griff am Hals.

»An eine Lusche wie dich verschwende ich nicht meine besten Tricks.« Mit einer krachenden Rechten brach Sammy dem Mann den Kiefer und schickte ihn zu Boden. Dann hob er den Blick. »Okay. Da waren's nur noch vier. Wer will als Nächster?«

Zwei weitere Männer schrien wütend auf und stürmten vor, darunter der Kerl, den Jack schon einmal zusammengeschlagen hatte. Jack packte den Schläger des Mannes, drehte sich um die eigene Achse und zog. Der Angreifer flog an ihm vorbei gegen die Wand und prallte zurück. Benommen rappelte er sich auf, jedoch nur, um von Jacks Eisenfaust erneut auf den Asphalt geschickt zu werden.

Dem anderen Kerl trat Sammy die Beine weg. Er riss dem Mann den Schläger aus der Hand und drosch ihm damit auf den Kopf. Der Körper des Mannes erschlaffte, als er das Bewusstsein verlor. Als Jack und Sammy wieder nach vorn schauten, waren die anderen zwei Kerle verschwunden.

»Hat mal wieder richtig Spaß gemacht«, sagte Sammy.

Doch sein Lächeln verschwand, als Augenblicke später Sheriff Tammie mit einem dürren Deputy im Schlepptau in die Gasse gerannt kam. Tammie sah die Männer auf dem Boden liegen und die Schläger in

Jacks und Sammys Händen. Sofort zog er seine Waffe und funkelte die beiden an.

»Runter mit den Dingern!«, befahl er. »Sie sind verhaftet!«

»Die Typen haben uns angegriffen!«, rief Jack, als er und Sammy die Schläger fallen ließen.

»Wie kommt es dann, dass die Burschen am Boden liegen und Sie die Schläger haben?«

»Weil sie beschissene Kämpfer sind«, antwortete Sammy. »Ist das unsere Schuld?«

Jack deutete auf einen der Bewusstlosen. »Mit dem Kerl da habe ich schon mal gekämpft. Er und ein paar seiner Schläger haben uns aufgelauert, um die Rechnung zu begleichen. Wir haben uns nur verteidigt.«

»Das zu entscheiden ist Sache des Gerichts.«

»Sie wollen uns anklagen?«, fragte Jack ungläubig. »Was ist denn mit den anderen?«

»Die wandern ebenfalls ins Gefängnis.«

»Das wäre dann wenigstens ein Hauch von Gerechtigkeit«, höhnte Sammy.

»Und dann lassen wir die Mühlen des Gesetzes mahlen«, sagte der Sheriff, »denn genau so muss es sein.«

Jack und Sammy wurden Handschellen angelegt. Anschließend ging es im Streifenwagen des Sheriffs zum Gefängnis. Dort ließ Jack sich stumm auf eine Bank im hinteren Teil der Zelle fallen, doch Sammy rief: »Hey, verdammt! Haben wir kein Recht auf einen Anwalt?«

»Das habe ich Ihnen doch gesagt, als ich Ihnen Ihre Rechte vorgelesen habe«, erwiderte Tammie. Er ließ Jack den Anruf machen, der ihm nach dem Gesetz zustand.

»Jenna«, sagte Jack, »ich bin's, Jack. Ich ... äh, stecke ein bisschen in Schwierigkeiten.«

Zehn Minuten später erschienen Jenna und Charles

Pinckney im Büro des Sheriffs und wurden zu den Gefangenen geführt.

»Du lieber Himmel, Jack, was ist denn passiert?«, wollte Jenna wissen.

Jack erklärte ihr alles.

Jenna nickte. »Ich habe den Sheriff überredet, dich auf eigene Verantwortung zu entlassen«, sagte sie.

»Dann sind wir frei?«

»Im Augenblick ja. Aber die Männer haben Anzeige erstattet. Zumindest hat der Sheriff mir das gesagt.«

»Steht dann nicht Aussage gegen Aussage?«, fragte Sammy.

»Ja. Trotzdem geht die Sache vor Gericht.«

»Aber wir haben nichts Falsches gemacht!«

»Es tut mir leid, Jack«, sagte Jenna. »Ich tue, was ich kann.«

Jacks Wut verflog. »Ich weiß. Danke, dass du so schnell gekommen bist, Jenna. Ich wusste nicht, wen ich sonst hätte anrufen sollen.«

»Wie auch immer, jetzt könnt ihr erst mal gehen. Ich werde den Sheriff holen.«

* * *

Zwei Tage später klopfte ein Mann im Anzug an die Tür.

Jack machte ihm auf.

»Jack Armstrong?«

»Ja. Und wer sind Sie?«

Der Mann drückte Jack ein paar Papiere in die Hand. »Betrachten Sie sich als vorgeladen.«

Damit ging der Mann wieder.

Sammy kam zu Jack an die Tür.

»Was ist das?«, fragte er. »Und was meint der Kerl mit vorgeladen? Doch nicht wegen dieser Penner in der Gasse, oder?«

Jack überflog die Dokumente. Dann schaute er zu

Sammy. Seine Wut und Angst waren ihm deutlich anzusehen.

»Nein. Es ist viel schlimmer. Bonnie will das Sorgerecht für die Kinder.«

KAPITEL 59

»Ich kann nicht glauben, dass Oma so etwas tut«, sagte Mikki. »Warum macht sie das?«

Die Armstrongs saßen auf der Couch und auf dem Boden. Sammy war auch da, ebenso Liam und Jenna. Jack hatte Jenna die Dokumente gezeigt, die sie nun mit ihrem Anwaltsauge las.

»Ich weiß es nicht«, antwortete Jack seiner Tochter. Dabei hatte er durchaus eine Ahnung.

Jenna hob den Blick. »Sie hat eine Anhörung beantragt, um bis zu einer Verhandlung das vorläufige Sorgerecht für die Kinder zu bekommen. Im Klartext heißt das, sie will so schnell wie möglich vor einen Richter, um die Kinder sofort zu bekommen. Um den Rest kümmert sie sich später.«

»Und das kann sie so einfach?«, fragte Sammy.

»Jeder kann vor Gericht. Aber sie muss erst einmal Beweise liefern. Es ist ziemlich schwer, den Eltern die Kinder wegzunehmen.«

Jack fragte: »Wann und wo genau soll das passieren?«

»In zwei Tagen. Vor dem Familiengericht in Charleston.«

»Wir wohnen doch in Ohio.«

»Aber ihr habt Eigentum in South Carolina, und ihr wohnt nur für den Sommer hier. Trotzdem kann ich die Zuständigkeit des Gerichts infrage stellen.«

»Du?«, fragte Jack ungläubig.

»Kennst du vielleicht jemand anders, der dich vor Gericht vertreten könnte? Ich habe eine Zulassung für South Carolina, und die ist sogar noch gültig.«

»Haben Sie denn schon mit Familienrecht zu tun gehabt?«, wollte Mikki wissen.

»Schon ein paar Mal. Und ich kenne mich bei Gericht aus.« Sie hielt die Dokumente in die Höhe. »Aber uns bleibt nicht viel Zeit zur Vorbereitung.«

»Du kannst dir das doch gar nicht erlauben, Jenna. Du hast dein Restaurant.«

Bevor Jenna etwas darauf erwidern konnte, sagte Liam: »Sie kann das. Mom hat mir alles beigebracht, was es über das Restaurant zu wissen gibt. Das klappt schon.«

Jenna lächelte Jack an. »Siehst du?«

»Bist du sicher?«

»Ja. Das ist wenigstens mal ein bisschen Abwechslung. Irgendwann hat man genug Kuchen gebacken, und man will einfach mal wieder mit jemandem die Klingen kreuzen. Wenn ich vor Gericht ziehe, verschafft mir das Gelegenheit, ein paar Idioten mal kräftig in den Hintern zu treten … nicht im wörtlichen Sinne natürlich. Du weißt schon, was ich meine.«

»Also gut. Aber du wirst mir die Stunden in Rechnung stellen.«

»Dafür werden wir schon eine Lösung finden.«

»Was genau bringt Oma denn vor, um uns Dad wegzunehmen?«, fragte Mikki.

Jennas Gesicht wurde ernst, und sie schaute fragend zu Jack.

Er nickte. »Du kannst es ihnen ruhig sagen.«

»Zusammengefasst behauptet sie, dass euer Vater als Erziehungsberechtigter ungeeignet ist. Sie sagt, er sei eine Gefahr für sich und andere.«

»Das ist doch Blödsinn!«, rief Cory und sprang auf.

»Ja, Blödsinn«, sagte Jackie, blieb jedoch in einem

Anflug unerwarteter Unabhängigkeit von seinem Bruder sitzen. Stattdessen verschränkte er trotzig die Arme vor der kleinen Brust.

»Ich stimme ja nicht mit ihr überein«, sagte Jenna. »Ich sage euch nur, wie sie argumentiert.«

»Und kann sie das auch beweisen?«, fragte Mikki aufgebracht und gab sich gleich selbst die Antwort: »Natürlich nicht, denn es ist nicht wahr!«

»Sie wird bei der Anhörung Gelegenheit haben, jeden Beweis vorzulegen«, erklärte Jenna und schaute wieder zu Jack. »Und wir müssen Beweise vorlegen, die das Gegenteil untermauern.«

»Und wie stellen wir das an?«

»Du kannst aussagen. Das gilt auch für Mikki und Cory. Jackie ist natürlich noch zu jung. Ich kann Charles als Leumundszeugen aufrufen. Und Sammy. Alle können deine Eignung bezeugen. Ich habe zwar keine Ahnung, wie Bonnie argumentieren will, aber ich kann mir nicht vorstellen, dass sie irgendetwas in der Hand hat, was dazu führen könnte, dass das Gericht einem überlebenden Elternteil die Kinder wegnimmt.«

Später brachte Jack Jenna zu ihrem Auto.

»Jack, es gibt da etwas, was ich vor den Kindern nicht ansprechen wollte«, sagte sie.

»Und was?«

»Ich glaube nicht, dass Bonnies Timing Zufall ist. Ich glaube vielmehr, es hat mit deiner Verhaftung wegen Körperverletzung zu tun. Das herauszufinden dürfte Bonnie nicht schwergefallen sein. Und ich garantiere dir, dass sie das vor Gericht zur Sprache bringt.«

»Aber ich bin unschuldig.«

»Das spielt keine Rolle. Es geht einzig und allein um die Wahrnehmung. Falls es ihnen gelingt, den Richter davon zu überzeugen, dass du gewalttätig bist … nicht auszudenken.«

»Na toll. So viel zum Thema ›im Zweifel für den Angeklagten‹.«

»Falls du mir irgendetwas zu der Sache sagen kannst, Jack, wäre jetzt der richtige Zeitpunkt.«

»Wie meinst du das?«

»Warum tut deine Schwiegermutter so etwas?«

»Sie gibt mir die Schuld an Lizzies Tod. Sie ist hierhergekommen und hat so getan, als wollte sie sich mit mir versöhnen, aber ich habe ihr Angebot abgelehnt, zu ihr nach Arizona zu ziehen. Und sie hat die Kinder diesen Sommer nur ein einziges Mal besucht. Sie ist wirklich eine tolle Oma.«

»Das stimmt so nicht ganz, Dad.«

Jenna und Jack drehten sich zu Mikki um, als sie deren Stimme hörten.

»Was?«, fragte Jack.

»Oma ist ein halbes Dutzend Mal vorbeigekommen, als du gearbeitet hast.«

»Davon habt ihr mir gar nichts erzählt.«

»Sie hat uns gebeten, nichts davon zu sagen, weil du dich nur aufregen würdest.«

»Wie kann sie so einen Unsinn behaupten? Ich hätte mich bestimmt nicht aufgeregt. Ich hatte sie ja sogar gebeten, uns zu besuchen.«

»Tja, sie hat es anders dargestellt.«

Jenna schaute Mikki an. »Über was habt ihr gesprochen?«

Mikki zuckte mit den Schultern. »Über alles Mögliche.«

»Hat sie je nach eurem Dad gefragt?«

»Ja«, antwortete Mikki nervös.

»Mikki, du musst uns alles sagen. Wir dürfen vor Gericht nicht überrascht werden.«

Mikki traten Tränen in die Augen. »Das war zu der Zeit, als Dad so viel gearbeitet hat und nachts im Leuchtturm war ...«

»Ist schon okay, Liebling«, sagte Jack sanft. »Ich

verstehe das. Sag uns einfach, was du ihr erzählt hast.«

Mikki beruhigte sich wieder. »Sie hat sich nach deiner Stimmung erkundigt und gefragt, ob du dich irgendwie seltsam verhältst. Sie wollte wissen, ob du dich gut fühlst.«

»Und du hast ihr von dem Leuchtturm erzählt?«, hakte Jack nach. »Du hast ihr alles erzählt, wofür sie sich interessiert hat?«

Mikki nickte. Sie sah hundeelend aus. »Es tut mir leid, Daddy. Ich wusste doch nicht, dass sie dich verklagen will.«

»Es ist nicht deine Schuld, Liebes. Dafür trage ich die Verantwortung. Aber das wird schon wieder in Ordnung kommen.«

»Bist du sicher?«

»Absolut.« Er schaute zu Jenna. »Ich habe eine großartige Anwältin. Und jetzt geh ins Haus zurück, Mikki. Jackie hängt vermutlich schon am Deckenventilator.«

Nachdem das Mädchen gegangen war, wandte Jack sich wieder an Jenna. »Ich habe die Kinder schon einmal verloren. Das darf nicht wieder geschehen.«

Sie nahm seine Hand. »Du wirst sie nicht verlieren, Jack. Und jetzt muss ich gehen. Ich habe eine Menge zu tun.«

Sie ließ Jack allein auf der Veranda zurück. Er starrte auf den Boden und fragte sich, ob seine zweite Chance wohl ein vorzeitiges Ende finden würde.

KAPITEL 60

Die Kinder wurden geschrubbt und in ihre besten Sachen gesteckt. Jack und Sammy hatten sich für ihren Auftritt vor Gericht extra Anzüge gekauft. Jenna trug einen schwarzen Rock, ein Jackett, High Heels und eine Bluse. Liam hatte sich einen Tag freigenommen, um moralische Unterstützung zu leisten. Er und Mikki saßen Händchen haltend in der ersten Reihe.

Der Gerichtssaal war überraschend klein. Kaum hatte Jack ihn betreten, bekam er Platzangst. Außerdem war es sehr still. Jack mochte diese gespannte, drückende Stille nicht. Es war eine Stille, wie er sie auf dem Schlachtfeld erlebt hatte. Es roch nach Hinterhalt.

Der Richter war noch nicht erschienen, aber ein uniformierter Gerichtsdiener stand bereit. Bonnies Anwalt saß bereits an seinem Tisch. Jack zuckte unwillkürlich zusammen, als er Bonnie und Fred hinter ihm sitzen sah. Fred starrte auf seine Hände, während Bonnie aufgeregt mit dem Anwalt und einem jungen Mann im Anzug diskutierte. Bis auf diese Gruppe war der Saal leer.

Als Jack sich den jungen Mann anschaute, wusste er sofort, wo er ihn schon einmal gesehen hatte: in einem Wagen mit Bonnie auf einer Straße in Channing.

Jenna ging zu dem Gerichtsdiener und redete kurz mit ihm, dann wandte sie sich Bonnies Anwalt zu.

Die beiden gingen in eine Ecke und sprachen leise unter vier Augen, während Bonnie sitzen blieb und mit dem anderen Mann redete, der ihr etwas auf einem Laptop zeigte.

Jack beobachtete, wie Bonnies Anwalt Jenna einen Stapel Dokumente übergab. Sie runzelte die Stirn und fragte ihn irgendetwas, doch er schüttelte nur den Kopf. Wieder sagte Jenna etwas zu ihm, das Jack nicht hören konnte, aber der Anwalt runzelte nur die Stirn und drehte sich um.

Jenna kam zu Jack zurück, setzte sich und rückte ihren Stuhl näher an ihn und die Kinder heran.

In diesem Augenblick kam Sammy mit Charles Pinckney herein. Charles begrüßte Jack, Jenna und die Kinder. Dann schaute er zu Bonnie und Fred und überraschte Jack damit, dass er zu ihnen hinüberging.

»Hallo, Fred«, sagte er. »Wie geht es dir?«

Fred O'Toole hob den Blick. Er schien überrascht, Charles hier zu sehen. Dann schüttelte er ihm die Hand. »Gut, Charles. Und dir?«

»Es ist mir schon besser gegangen, aber danke der Nachfrage.« Charles wandte sich Bonnie zu, die ihn mit festem Blick anschaute. »Hallo, Bonnie.«

Sie nickte knapp.

»Ich bin froh, dass Lizzie und Cee dieses erbärmliche Spektakel nicht mit ansehen müssen«, sagte Charles.

Bonnie sah aus, als hätte er ihr eine Ohrfeige verpasst, doch Charles hatte sich schon wieder von ihr abgewandt.

Jenna deutete auf den Stapel Papiere und flüsterte Jack zu: »Der Anwalt der Gegenseite hat mir gerade diese Dokumente übergeben. Ich habe ihn gefragt, ob er einer Vertagung der Anhörung zustimmen würde, aber er hat sich geweigert.«

»Was sind das für Dokumente?«, fragte Jack.

»Ich hatte noch keine Gelegenheit, sie zu lesen, aber dem ersten Blick nach zu urteilen, hat deine Schwiegermutter dich während des Sommers von einem Privatdetektiv beschatten lassen.« Sie deutete auf den Mann mit dem Laptop. »Der da.«

»Was?« Jack war schockiert.

»Das ist ja lächerlich«, fügte Mikki hinzu.

Nervös schaute Jack sich den Mann an. »Was hat er da auf dem Laptop?«

»Offenbar irgendein Video, das sie dem Richter vorführen wollen.«

»Ein Video? Von was denn?«

»Keine Ahnung.«

»Ich habe gedacht, man darf die Gegenseite nicht mit so einem Müll überraschen«, bemerkte Sammy.

»Normalerweise darf man das auch nicht, aber wir sind hier vor einem Familiengericht. Hier gelten andere Regeln. Hier geschieht alles nur im Interesse der Kinder. Dafür werden Regeln auch außer Kraft gesetzt. Die Gegenseite will beweisen, dass die Kinder in einem ungeeigneten, sogar gefährlichen Umfeld leben.«

»Das ist doch hirnverbrannt«, bemerkte Charles.

»Und das werden wir auch klarstellen«, versprach Jenna. Sie war die Fragen, die sie ihnen stellen wollte, mit ihnen durchgegangen und hatte sie auch darauf vorbereitet, was die Gegenseite sie fragen würde.

Einen Augenblick später verkündete der Gerichtsdiener die Ankunft des Richters. Er war ein kleiner, dünner, kahler Mann mit dicker Brille und hörte auf den Namen Leroy Grubbs.

Alle standen auf und setzten sich dann wieder. Der Fall wurde aufgerufen, und Bonnies Anwalt, Bob Paterson, erhob sich. Doch Jenna kam ihm zuvor, indem sie das Gericht sofort um eine Vertagung bat, weil ihr wichtige Dokumente gerade erst zugänglich gemacht worden seien. Richter Grubbs lehnte den Antrag ab, kaum dass Jenna zu Ende gesprochen hatte.

Paterson hielt sein Eröffnungsplädoyer.

»Danke, Herr Anwalt«, sagte Richter Grubbs, als Patterson geendet hatte. »Rufen Sie Ihren ersten Zeugen auf.«

»Ich rufe Bonnie O'Toole in den Zeugenstand«, sagte der Anwalt.

KAPITEL 61

Bonnie wurde eingeschworen und setzte sich in den Zeugenstand.

»Sie sind die Großmutter der Kinder?«, fragte Paterson.

»Ja.«

»Würden Sie uns bitte schildern, welche Ereignisse dazu geführt haben, dass Sie nun das Sorgerecht beantragen.«

Bonnie sprach von Jacks Krankheit, vom Tod ihrer Tochter, von Jacks Aufenthalt im Hospiz, vom Leben der Kinder bei Verwandten, von Jacks Genesung und davon, wie er die Kinder zurückgeholt hatte. Und schließlich erzählte sie dem Richter von ihrem Angebot, dass alle bei ihr leben sollten, nachdem ihr die Ärzte versichert hatten, Jacks Krankheit würde mit an Sicherheit grenzender Wahrscheinlichkeit wieder ausbrechen, und diesmal mit tödlichen Folgen.

»Und wie hat Mr. Armstrong auf dieses Angebot reagiert?«

»Er hat sich kategorisch geweigert.«

»Was hat Sie bewogen, Ihren Schwiegersohn beschatten zu lassen?«

»Ich habe gesehen, wie er zwei Männer auf der Straße in Channing zusammengeschlagen hat, am helllichten Tag, vor den Augen der Kinder. Jackie, der Jüngste, hat sich die Augen aus dem Kopf geheult. Es war schrecklich. Als hätte Jack plötzlich den Verstand verloren. Ich weiß nicht, ob das ein Symptom der zurückkehrenden Krankheit war, aber ich habe es mit der Angst zu tun bekommen.«

Als der Anwalt die Vernehmung Bonnies beendet hatte, stand Jenna auf und befragte die Zeugin ihrerseits.

»Mrs. O'Toole, lieben Sie Ihre Enkel?«

»Was für eine Frage! Natürlich!«

»Und doch wollen Sie die Kinder von ihrem Vater trennen. Warum?«

»Weil es das Beste für sie ist.«

»Sie wollen Mr. Armstrong nicht dadurch bestrafen?«

»Nein. Selbstverständlich nicht.«

»Sie sind also nicht wütend auf Ihren Schwiegersohn? Sie geben ihm nicht die Schuld am Tod Ihrer Tochter?«

»Ich habe ihm nie die Schuld daran gegeben. Ich habe ihm gesagt, dass ich weiß, es war ein Unfall.«

»Aber haben Sie das auch wirklich geglaubt? Haben Sie nicht vielmehr zu Mr. Armstrong gesagt, *er* solle tot sein und nicht Ihre Tochter?«

Bonnie schürzte die Lippen und schwieg.

»Mrs. O'Toole?«

»Ich habe mich bemüht, darüber hinwegzukommen.«

»Aber Sie sind trotzdem nicht gut auf Mr. Armstrong zu sprechen, oder?«

»Ich habe keine Ressentiments gegen ihn.«

»Ist das ein Grund, warum Sie diesen Antrag gestellt haben? Rache?«

»Einspruch!«, rief Paterson. »Die Zeugin hat gerade erst erklärt, dass sie keinerlei Ressentiments gegen den Beklagten hegt.«

»Ich nehme die Frage zurück«, sagte Jenna. »Keine weiteren Fragen.«

»Nächster Zeuge«, sagte Richter Grubbs.

Jack und die anderen waren überrascht, Sheriff Nathan Tammie in den Saal kommen zu sehen. Er sah gar nicht glücklich aus. Der Sheriff wurde eingeschworen, und Paterson erklärte ihm seine Pflichten als Zeuge.

»Nach der ersten körperlichen Auseinandersetzung, in die Mr. Armstrong verwickelt war, haben Sie ihn gewarnt. Ist das korrekt?«

»Das ist korrekt. Allerdings habe ich auch die anderen gewarnt, seine Gegner. Mr. Armstrong war offenbar provoziert worden.«

»Vor Kurzem gab es einen weiteren derartigen Vorfall, in den Mr. Armstrong verwickelt war, nicht wahr?«

»Ja.«

»Können Sie uns die Umstände schildern?«

Tammie seufzte, schaute zu Jack und beschrieb den Streit in der Gasse.

»Mr. Armstrong und Mr. Duvall hatten also Baseballschläger in der Hand, und vor ihnen lagen drei bewusstlose Männer, korrekt?« Der Anwalt schaute zum Richter, offenbar, um dessen Reaktion einzuschätzen. Der Richter hörte aufmerksam zu. »Und dann haben Sie Mr. Armstrong und Mr. Duvall verhaftet, nicht wahr?«

»Ja. Aber ich habe auch die anderen drei verhaftet.«

»Aber Mr. Armstrong wird deshalb vor Gericht gestellt, nicht wahr?«

»Ja.«

»Könnte das eine Gefängnisstrafe zur Folge haben?«

»Das wage ich zu bezweifeln …«

»Aber es *könnte* so kommen.«

»Nun … ja.«

»Keine weiteren Fragen.«

Jenna stand auf. »Sheriff Tammie, warum haben

Sie nach dem ersten Vorfall keine Anklage gegen Mr. Armstrong erhoben?«

»Laut Zeugenaussagen wurde er eindeutig provoziert.«

Jenna schaute zu Bonnie. »Provoziert? Wie?«

Tammie holte sein Notizbuch heraus. »Drei Zeugen haben ausgesagt, dass einer der Männer, mit denen Mr. Armstrong sich angelegt hat, ihm irgendetwas von wegen ›Wundermann‹ hinterhergerufen habe und dass sie ihm fünf Dollar zahlen wollten, wenn er auch bei ihnen ein Wunder vollbringen würde. Ich nehme an, dass diese Männer noch mehr solchen Unsinn von sich gegeben haben.«

»Und das alles war gegen Mr. Armstrong persönlich gerichtet?«

»Ja.«

»Hat Mr. Armstrong die Männer schon zu diesem Zeitpunkt angegriffen?«

»Nein. Er ist mit seinen Kindern weitergegangen.«

»Und dann?«

Tammie schaute in seine Notizen. »Dann hat einer der Kerle gesagt: ›Hey, Wundermann, stimmt es, dass deine Schlampe von Frau dich mit deinem besten Freund betrogen hat? Bist du deshalb von den Toten zurückgekehrt?‹«

Jenna schaute gerade rechtzeitig zu Bonnie, um zu sehen, wie sie Jack wütend anfunkelte.

»Und hat Mr. Armstrong erst daraufhin angegriffen? Weil diese Männer seine Frau beleidigt hatten?«

»Ja.«

»Also hat er insgesamt gesehen sogar eine bemerkenswerte Zurückhaltung gezeigt?«

»Ja, das könnte man so sagen.«

»Und der zweite Vorfall? Ist es korrekt, dass einer der Männer, die darin verwickelt waren, Mr. Armstrong schon beim ersten Vorfall beleidigt hatte?«

»Ja.«

»Könnte es also sein, dass diese Männer Mr. Armstrong in der Gasse angegriffen haben und dass er sich nur verteidigt hat?«

»Einspruch«, sagte Paterson. »Der Zeuge ist nicht qualifiziert, dazu eine endgültige Aussage zu treffen.«

»Stattgegeben«, sagte Richter Grubbs, schaute aber neugierig von Sheriff Tammie zu Jack.

»Keine weiteren Fragen«, sagte Jenna.

Paterson erhob sich wieder. »Ich rufe Michelle Armstrong in den Zeugenstand.«

Als Mikki aufstand und vortrat, blieb sie neben ihrem Vater stehen. Er lächelte ihr beruhigend zu und nahm ihre Hand. »Erzähl ihnen einfach die Wahrheit, Liebling«, sagte er.

KAPITEL 62

»Miss Armstrong«, begann Paterson höflich, »Sie hatten diesen Sommer eine Reihe von Gesprächen mit Ihrer Großmutter, nicht wahr?«

Mikki wollte zu Jack schauen, doch der Anwalt versperrte ihr die Sicht. »Sie müssen meine Fragen wahrheitsgemäß beantworten und nicht zu Ihrem Vater blicken, damit er Ihnen Anweisungen geben kann.«

Mikki atmete tief durch. »Ja, ich habe mit Oma gesprochen.«

»Und was haben Sie ihr über Ihren Vater und sein … äh, Verhalten während des Sommers erzählt?«

»Ich verstehe Ihre Frage nicht.«

»In Bezug auf den Leuchtturm, zum Beispiel.«

»Den Leuchtturm?«, fragte der Richter nach.

Paterson erklärte ihm: »Offenbar war dieser Leuchtturm der Lieblingsplatz der verstorbenen Mrs. Armstrong, als sie ein kleines Kind gewesen ist, und Mr. Armstrong hat im zurückliegenden Sommer die meisten Nächte auf diesem Leuchtturm verbracht.«

Jenna stand auf. »Einspruch. Mr. Paterson ist nicht als Zeuge eingeschworen, Euer Ehren, und er verfügt über keinerlei persönliche Kenntnisse der Situation.«

»Also gut«, sagte Richter Grubbs. »Stattgegeben.«

Paterson wandte sich wieder an Mikki. »Ihre Bemerkungen zu diesem Thema ... könnten Sie die für das Gericht noch einmal wiederholen?«

Mikki rutschte nervös hin und her. »Ich habe meiner Großmutter nur gesagt, dass Dad am Leuchtturm arbeitet. Das ist alles. Nichts Großartiges.«

»Hat er auch nachts da draußen gearbeitet?«

»Ja.«

»Mit Mr. Duvall?«

»Ja.«

»Und er hat die Kinder allein im Haus gelassen? Sie und Ihre Brüder?«

Mikki lief rot an. »Ich bin kein Kind mehr. Ich bin sechzehn.«

»Also gut. Er hat Sie und Ihre beiden jüngeren Brüder allein im Haus gelassen, ja?«

»Manchmal, aber es ist nichts passiert.«

»Wirklich nicht? Haben Sie Ihrer Großmutter nicht bei mindestens drei Gelegenheiten erzählt, dass Ihr jüngerer Bruder, Jack junior, aus dem Bett gekrochen und einmal sogar die Treppe hinuntergefallen ist?«

Jack riss entsetzt die Augen auf und starrte Mikki an. Sie schluckte. »Aber es ist nichts passiert. Er hatte nur einen blauen Fleck am Rücken.«

»Und bei einer anderen Gelegenheit ist Jack junior aus dem Haus gelaufen, und Sie haben ihn eine Stunde lang nicht finden können, korrekt? Schließlich haben Sie ihn auf der Straße entdeckt, nicht wahr?«

Jack sank in seinem Stuhl zusammen. Er war wie benommen. Die letzten Minuten hatten ihn vollkommen überrollt.

»Ja. Aber er war okay«, sagte Mikki.

»Haben Sie Ihrem Vater von diesen Vorfällen erzählt?«

»Nein.«

»Warum nicht?«

»Ich wollte nicht, dass er sich aufregt.«

»Regt er sich oft auf?«

»Na ja … Ich meine, nein … Nein, tut er nicht.«

»Und haben Sie Ihrer Großmutter nicht auch erzählt, dass Ihr Vater von dem Haus und dem Leuchtturm geradezu besessen war, weil Ihre verstorbene Mutter dort gelebt hat und er irgendwie Kontakt zu ihr aufnehmen wollte?«

Mikki stieg das Blut ins Gesicht, und sie atmete schneller. Tränen traten ihr in die Augen. »Ich war wütend auf ihn. Deshalb habe ich diese Dinge gesagt.«

»Dann stimmt das also nicht? Vergessen Sie nicht, dass Sie unter Eid stehen.«

Jenna sprang auf. »Euer Ehren, der Anwalt setzt die Zeugin unter Druck. Ich beantrage eine Unterbrechung, damit sie sich wieder fassen kann.«

Richter Grubbs wandte sich Mikki zu. »Alles in Ordnung mit Ihnen, oder möchten Sie eine Pause?«

Mikki atmete tief durch und wischte sich über die Augen. »Nein. Es geht schon.«

»Bitte machen Sie weiter, Mr. Paterson.«

Paterson fuhr fort: »Haben Sie Ihrer Großmutter nicht auch gesagt, Ihr Vater habe nicht die geringste Ahnung vom Elternsein und dass er sich nicht um Sie und Ihre Brüder kümmert?«

Jack senkte den Blick.

Wieder rannen Mikki Tränen über die Wangen. »Das war, bevor er sich geändert hat.«

»Geändert?«

In offensichtlicher Erregung sprach Mikki viel zu schnell. »Ja … Ich meine, früher war er anders … Das heißt, er war nicht schlecht oder so, er hat uns geliebt … Und er liebt uns natürlich immer noch … Er kümmert sich ganz toll um uns …«

»Aber haben Sie Ihrer Großmutter nicht auch gesagt, dass Sie sich um den geistigen Zustand Ihres Vaters sorgen?«

Mit gedämpfter Stimme antwortete Mikki: »Nein. Daran kann ich mich nicht erinnern.«

»Dann haben Sie also nie gesehen, wie Ihr Vater sich irrational verhalten oder einen Wutanfall bekommen hat?«

»Nein. Nie.«

Paterson drehte sich zu dem Mann im Anzug um, der neben Bonnie saß. »Mr. Drake, darf ich Sie bitten?«

Der Mann stand auf, ging zu dem Fernseher neben der Richterbank und legte eine DVD in den Player.

Paterson wandte sich an den Richter. »Euer Ehren, Mr. Drake ist ein zugelassener Privatdetektiv, dessen Dienste Mrs. O'Toole in Anspruch genommen hat, um die Armstrong-Kinder im Auge zu behalten. Dabei ist das Video entstanden, das Sie jetzt sehen werden.«

Der Fernseher erwachte zum Leben. Alle schauten zu, wie Jack mit einer Kiste aus dem Leuchtturm gerannt kam. Er zerschmetterte sie auf den Felsen, stürmte dann über den Strand und wirbelte auf eine Art und Weise herum, die man durchaus als einen Anflug wahnsinniger Wut betrachten konnte. Schließlich ließ er sich in den Sand fallen und weinte. Als Nächstes war Mikki zu sehen, wie sie zu ihrem Vater kroch.

Auf Patersons Zeichen hin stoppte Drake die DVD. Der Anwalt wandte sich wieder Mikki zu.

»Sie haben Ihren Vater in jener Nacht also gesehen, nicht wahr?«

Mikki nickte.

»Und Sie würden sein Verhalten nicht als seltsam oder gar als Wutanfall bezeichnen?«

»Er hat sich aufgeregt. Aber es ist besser geworden.«

»Besser? Dann war er Ihrer Meinung nach also krank?«

»Das habe ich nicht gesagt! Und das habe ich auch

nicht gemeint!« Mikki sprang auf und rief: »Sie drehen mir die Worte im Mund um!«

»Junge Dame«, sagte Richter Grubbs, »ich verstehe ja, dass Sie unter gewaltigem Stress stehen, aber halten Sie bitte Ihre Gefühle im Zaum. Das hier ist ein Gericht.«

Mikki schniefte und setzte sich wieder.

»Fahren Sie fort, Herr Anwalt«, sagte Richter Grubbs zu Paterson.

»Falls Ihr Vater wieder krank wird, während Sie noch bei ihm wohnen, wer würde sich dann um die Familie kümmern?«

»Ich.«

Paterson lächelte. »Sie mögen ja kein Kind mehr sein, aber Sie sind noch nicht alt genug, um allein mit Ihren jüngeren Brüdern zu leben.«

Mikki funkelte ihn wütend an. »Sammy ist auch noch da. Er ist der beste Freund von meinem Dad.«

»Ah, Mr. Duvall. Jaja.« Paterson schaute auf seine Notizen. »Wussten Sie, dass Mr. Duvall nach seiner Rückkehr aus Vietnam psychiatrisch behandelt wurde und zweimal wegen Trunkenheit im Straßenverkehr gerichtlich vorgeladen wurde?«

Sammy sprang auf. »Meine ganze verdammte Einheit ist zu dieser Behandlung zwangsverdonnert worden, weil wir zwei Einsätze in Vietnam hatten und Grausamkeiten gesehen haben, die Sie sich nicht einmal vorstellen können, Sie schleimiger Bastard! Und die beiden Anzeigen liegen dreißig Jahre zurück!«

Der Richter schlug mit dem Hammer auf den Tisch. »Noch so ein Ausbruch, Sir, und ich lasse Sie aus dem Saal entfernen.«

Paterson wandte sich wieder Mikki zu. »Mr. Duvall würde sich also um Sie kümmern, ja?«

»Ja«, antwortete Mikki stur.

Paterson wandte sich wieder Drake zu und nickte.

Erneut erwachte der Fernseher zum Leben. Sie sahen zuerst, wie Sammy viel zu schnell und ohne Helm auf der Harley fuhr. Die zweite Szene zeigte ihn dösend am Strand. Neben ihm lagen mehrere leere Bierdosen, während Jackie und Cory gefährlich nah am Wasser spielten.

»Was für ein verantwortungsvoller Aufpasser«, bemerkte Paterson zynisch. »Miss Armstrong, können Sie uns berichten, was der Tod Ihrer Mutter mit Ihrem Vater angestellt hat?«

Jenna sprang auf. »Inwiefern soll das relevant sein?«

»Wir versuchen, das familiäre Umfeld der Kinder zu eruieren, Euer Ehren. Der Geisteszustand des überlebenden Elternteils ist dabei durchaus relevant.«

»Fahren Sie fort«, sagte Richter Grubbs.

»Danke, Euer Ehren. Miss Armstrong, bitte beantworten Sie meine Frage.«

»Dad war am Boden zerstört. Das waren wir alle.«

»Und ist er noch immer am Boden zerstört?«

»Was meinen Sie damit?«

»Ihr Vater ist in zwei Schlägereien verwickelt gewesen und wegen Körperverletzung angeklagt, wofür er sogar ins Gefängnis wandern könnte. Sie haben auf dem Video gesehen, wie er diese Kiste zerschmettert hat und wie er sich gleich darauf am Strand ... nun, sagen wir, äußerst seltsam verhalten hat. Außerdem hat er Ihre beiden jüngeren Brüder in der Obhut von Mr. Duvall gelassen, als Mr. Duvall entweder betrunken war oder geschlafen hat. Sie haben erklärt, dass Ihr Vater seine drei Kinder vernachlässigt hat, um an diesem Leuchtturm zu arbeiten, woraufhin Ihr jüngerer Bruder zu Schaden kam. Glauben Sie wirklich, so verhält sich ein Mensch, der klar bei Verstand ist?«

»Aber ich habe Ihnen doch gesagt, dass es ihm jetzt besser geht!«

»Also war es irgendwann sogar *noch* schlimmer?«

»Hören Sie, ich weiß, was Sie hier versuchen, aber mein Dad ist nicht verrückt, okay? Er ist *nicht* verrückt.«

»Sie sind wohl kaum qualifiziert, das zu beurteilen. Die Entscheidung darüber, ob Ihr Vater das Sorgerecht für seine Kinder behält oder nicht, liegt beim Gericht.«

Mikki sprang auf. Tränen rannen ihr übers Gesicht. »Mein Dad ist nicht verrückt. Er liebt uns. Er ist ein großartiger Vater.«

Paterson lächelte sie an. »Ich bin sicher, Sie lieben Ihren Dad.«

»Ja!«, rief Mikki.

»Und Sie würden alles sagen, um ihn zu beschützen.«

»Ja, das würde ich. Ich ...« Zu spät erkannte Mikki ihren Fehler.

»Keine weiteren Fragen.«

Als Paterson zu seinem Tisch zurückkehrte, schaute Mikki ihren Vater an. »Tut mir leid, Dad. Es tut mir leid.«

»Ist schon okay, Baby«, sagte Jack.

Als Jenna sich erhob, um Mikki ebenfalls zu befragen, legte Jack ihr die Hand auf den Arm und schüttelte den Kopf. »Nein, Jenna. Sie hat schon genug durchgemacht.«

»Aber Jack ...«

»Es reicht jetzt«, sagte er mit fester Stimme.

Jenna wandte sich an den Richter. »Keine Fragen«, sagte sie widerwillig.

Richter Grubbs schaute zu Paterson. »Haben Sie noch weitere Zeugen?«

»Nur noch einen, Euer Ehren.« Paterson drehte sich zu Jennas Tisch um. »Wir rufen Jack Armstrong in den Zeugenstand.«

KAPITEL 63

Jack wurde eingeschworen und nahm im Zeugenstand Platz. Er fühlte sich sichtlich unbehaglich.

Paterson trat an den Zeugenstand heran. »Mr. Armstrong, wussten Sie, dass Ihre Krankheit schwere Depressionen und sogar geistige Instabilität verursachen kann?«

»Ich bin nicht krank.«

»Wie bitte?«

»Ihre Frage war so formuliert, als würde ich noch unter der Krankheit leiden. So ist es aber nicht. Man hat mich für gesund erklärt. Schauen Sie mich an. Sehe ich so aus, als läge ich im Sterben?«

Paterson griff zu ein paar Dokumenten und reichte sie dem Gerichtsdiener. »Das sind die Aussagen von drei verschiedenen Ärzten, alles Koryphäen auf ihrem Gebiet, die klipp und klar erklärt haben, dass es keine Heilung für Ihre Krankheit gibt und dass sie zu hundert Prozent tödlich verläuft.«

»Dann werden sie das wohl in 99,9 Prozent ändern müssen, nicht wahr?«

»Geben Sie sich die Schuld am Tod Ihrer Frau, Mr. Armstrong?«

»Ein Mensch wird sich immer die Schuld an so etwas geben, auch wenn er nichts tun konnte. So sind wir nun mal gestrickt.«

»Das heißt also Ja?«

»Ja.«

»Das muss emotional schwer zu verkraften sein.«

»Es ist nicht leicht.«

»Erzählen Sie mir von Ihrer Besessenheit, was diesen Leuchtturm angeht.«

»Einspruch!«, rief Jenna. »Es ist eine Unterstellung, von Besessenheit zu reden.«

»Stattgegeben.«

»Dann lassen Sie es mich anders formulieren. Erzählen Sie uns, warum Sie so lange und hart an diesem Leuchtturm gearbeitet haben, Mr. Armstrong.«

Jack runzelte die Stirn und beugte sich vor. »Das ist sehr kompliziert ...«

»Versuchen Sie es einfach«, sagte Paterson höflich.

»Der Leuchtturm war für Lizzie ein besonderer Ort«, sagte Jack. »Als Kind ist sie oft dorthin gegangen. Ich habe ihre Sachen dort gefunden ... eine Puppe und ein Schild, auf dem ›Lizzies Leuchtturm‹ stand. Ich nehme an, ich wollte den Leuchtturm aus Respekt vor ihren Wünschen reparieren.«

»Was sonst noch?«

Jack lächelte. »Lizzie glaubte, von der Spitze des Leuchtturms aus den Himmel sehen zu können.«

»Den Himmel?«

»Ja«, sagte Jack. »Natürlich war sie zu der Zeit noch ein kleines Mädchen«, fügte er rasch hinzu.

»Aber Sie sind ein Erwachsener. Sie haben das nicht geglaubt, oder?«

Jack zögerte. Jenna schaute zum Richter und sah, dass er die Augenbrauen hob.

»Nein, das habe ich nicht. Aber ...« Jack schüttelte den Kopf und verstummte.

Paterson ließ das Schweigen eine Zeit lang wirken, wobei er und der Richter sich anschauten.

»Sie wollten den Leuchtturm also instand setzen?«, fragte Paterson dann.

»Ja. Die Treppe war eingestürzt, und ich wollte sie reparieren. Und auch die Lichtanlage.«

»Sie wollten die Lichtanlage reparieren? Wenn ich richtig informiert bin, ist der Leuchtturm doch gar nicht mehr auf den Seekarten verzeichnet, oder?«

»Das stimmt. Aber das Licht ist erloschen, als Lizzie noch dort gelebt hat. Also habe ich beschlossen, mich an der Reparatur zu versuchen.«

»Nur um das noch einmal klar und deutlich zusammenzufassen«, sagte Paterson. »Sie haben Ihre Familie vernachlässigt, um einen Leuchtturm zu reparieren, der außer Betrieb ist und nicht mehr als Navigationshilfe dient, und das nur, weil Ihre Frau als Kind geglaubt hat, von dort den Himmel sehen zu können. Ist das so korrekt? Lassen Sie mich Ihnen die Frage also noch einmal stellen: Haben auch Sie selbst geglaubt, von dort oben den Himmel sehen zu können?«

»Nein«, antwortete Jack mit fester Stimme.

»Wir haben noch ein Video, das wir gerne zeigen würden, Euer Ehren.«

»Bitte«, sagte der Richter.

Paterson drehte sich zu Drake um, der daraufhin ein paar Tasten auf der Fernbedienung drückte. Auf dem Bildschirm war Jack zu sehen, wie er oben am Leuchtturm stand und einen seiner Briefe an Lizzie las.

»Können Sie uns sagen, was Sie da tun, Mr. Armstrong?«

»Das geht Sie nichts an«, sagte Jack mit scharfer Stimme und starrte auf den Bildschirm.

Jenna stand auf. »Darf ich fragen, Euer Ehren, inwiefern das relevant ist?«

»Hier geht es um den geistigen Zustand von Mr. Armstrong, Euer Ehren!«, rief Paterson.

»Bitte beantworten Sie die Frage, Herr Zeuge«, wies der Richter Jack an.

»Das ist ein Brief«, sagte Jack.

»Ein Brief? An wen?«

»An meine Frau.«

»Aber Ihre Frau ist verstorben.«

»Ich habe diese Briefe geschrieben, bevor sie gestorben ist. Als ich krank war. Ich wollte, dass sie diese Briefe bekommt, wenn ich nicht mehr da bin.«

»Aber sie kann sie jetzt nicht mehr lesen. Warum lesen Sie sie dann?«

»Was ist so Besonderes daran, wenn man alte Briefe liest? Das tun die Leute ständig.«

»Vielleicht, aber nicht mitten in der Nacht und oben auf einem Leuchtturm, während gleichzeitig kleine Kinder allein im Haus sind«, sagte Paterson.

»Einspruch!«, rief Jenna. »Das ist argumentativ!«

»Einspruch stattgegeben.«

Jack schaute Paterson an und sagte: »Ich weiß, dass Sie es so hinstellen wollen, als wäre ich verrückt. Aber das bin ich nicht. Und ich bin sehr wohl imstande, mich um meine Kinder zu kümmern.«

»Das entscheidet das Gericht, nicht Sie.«

Ein paar Sekunden lang saß Jack einfach nur da. Die Wände des Saals schienen immer näher zu rücken und ihn zerquetschen zu wollen. Er bekam kaum noch Luft. Die Wut, die seit dem Tag in ihm kochte, an dem er die Vorladung bekommen hatte, brach an die Oberfläche. Er blickte Paterson in die Augen. »Haben Sie je einen geliebten Menschen verloren?«

Paterson war überrascht, fasste sich aber rasch wieder. »Ich stelle hier die Fragen.«

Nun schaute Jack direkt zu Bonnie hinüber. »Du weißt, wie sehr ich Lizzie geliebt habe.«

Paterson sagte: »Mr. Armstrong, das gehört nicht hierher. Sie ...«

Jack ignorierte ihn. Er stand auf, und sein Blick brannte sich förmlich in das Gesicht seiner Schwiegermutter. »Ich hätte mit Freuden mein Leben für Lizzie gegeben. Das weißt du.«

»Mr. Armstrong ...«, warnte der Richter.

»Sie hat mir alles bedeutet. Aber sie ist gestorben.«

»Mr. Armstrong, bitte, setzen Sie sich!«, rief Richter Grubbs und schlug mit dem Hammer auf den Richtertisch.

Jack wies mit dem Finger auf Bonnie und schrie: »Niemand fühlte sich mieser als ich wegen dem, was passiert ist! Niemand! Jeden Tag gehe ich durch die Hölle, jeden gottverdammten Tag! Ich habe die einzige Frau verloren, die ich je geliebt habe. Den einzigen Menschen, mit dem ich mein Leben teilen wollte. Den besten Freund, den ich je haben werde!« Jack rannen die Tränen über das gequälte Gesicht.

Der Richter rief: »Gerichtsdiener!«

»Und das Beste, was Lizzie und ich je erschaffen haben«, sagte Jack, »sind unsere Kinder. Unsere Kinder. Wie kannst du es wagen, ihnen das einzige Elternteil wegzunehmen, das ihnen geblieben ist! Und das nur, weil du wütend auf mich bist! Wie kannst du es wagen!«

Der Gerichtsdiener zerrte Jack aus dem Saal, während Bonnie zuschaute. Der Ausbruch hatte sie offenbar schockiert.

»Keine weiteren Fragen, Euer Ehren«, sagte Paterson und ging zu seinem Tisch zurück. Er konnte sich ein Grinsen kaum verkneifen.

Der Richter drehte sich zu Jenna um. »Haben Sie etwas hinzuzufügen, Frau Anwältin?«

Jenna schaute zu den verzweifelten Kindern, dann zu Richter Grubbs. »Nein, Euer Ehren.«

»Dann werde ich heute Nachmittag das Urteil verkünden«, erklärte der Richter.

Ein paar Minuten später wurde Jack aus der Obhut des Gerichtsdieners entlassen. Sie blieben nicht im Gerichtsgebäude, sondern fuhren schweigend nach Channing zurück. Dort warteten sie in einem kleinen

Zimmer hinten im Little Bit. Als Jennas Handy klingelte, zuckten alle unwillkürlich zusammen. Jenna nahm das Gespräch an. Während sie zuhörte, verriet ihre Miene alles, was Jack wissen musste.

»Der Richter hat eine vorläufige Übertragung des Sorgerechts auf deine Schwiegermutter angeordnet«, sagte sie.

Und das ist meine Schuld, dachte Jack. *Ich habe meine Familie verloren. Schon wieder.*

KAPITEL 64

Jack saß auf seinem Bett im Palast und hielt den Brief mit der Nummer sechs in der Hand. Er hatte ihn noch nicht gelesen. Er dachte über andere Dinge nach.

Egal, was du tust, egal, wie hart du kämpfst, manchmal scheint das Leben einfach keinen Sinn zu haben.

Bonnie und die Vertreter des Jugendamtes würden an diesem Abend kommen, um Jack die Kinder wegzunehmen, vielleicht für immer. Er schaute auf den Brief, zerknüllte ihn und warf ihn zu den anderen fünf neben dem Bett. Als er aus dem Fenster schaute, fuhren zwei Wagen vor. Obwohl erst sieben Uhr abends, war es bereits so dunkel wie um Mitternacht. Ein tropischer Sturm lauerte vor der Küste, und der Wind toste bereits über das flache Land. Das war der Hauptgrund, warum die Leute vom Amt heute schon kamen. Sie wollten die Kinder weiter ins Landesinnere bringen, weg von der gefährlichen Küste. Jack hatte sich nicht dagegen gewehrt, denn natürlich wollte auch er, dass seine Kinder in Sicherheit waren. Die Lichter im Haus gingen ständig an und aus.

Jemand klopfte an die Zimmertür.

»Ja?«, sagte Jack.

Es war Jenna. »Sie sind hier, Jack«, sagte sie leise.

»Ich weiß.«

Als Jack nach unten kam, starrte er auf die drei gepackten Reisetaschen, die neben dem Hauseingang standen. Dann blickte er zu seinen Kindern. Cory und Mikki saßen auf der Couch und weinten; Jackie, der gar nicht wusste, was los war, blickte völlig verwirrt auf seinen Dad. In der einen Hand hielt er seinen Monstertruck, mit der anderen klammerte er sich an seine Geschwister. Er zitterte am ganzen Körper.

Liam stand einfach nur da. Er wusste nicht, was er tun sollte. Vor lauter Aufregung ballte er die großen Hände immer wieder zur Faust. Jack ging zu den Kindern und flüsterte ihnen zu: »Alles wird wieder gut. Das verspreche ich euch. Bald seid ihr wieder bei mir.«

Jack und Jenna gingen gemeinsam zur Tür. Bonnie, Fred und die Leute vom Jugendamt standen dort mit Schirmen in der Hand.

»Sind die Kinder bereit?«, fragte einer der Beamten.

Jack nickte, den Blick fest auf Bonnie gerichtet. »Bonnie?« Sie schaute ihn an. Ihr Gesicht war knallrot. »Müssen wir das wirklich tun?«

»Ich habe nur das Wohl der Kinder im Sinn, Jack.«

»Bist du dir sicher?«

»Ganz sicher.«

Sammy, Liam, Jackie und Cory hatten sich inzwischen zu ihnen auf die Veranda gesellt.

»Oma«, bettelte Cory, »bitte, tu das nicht. Bitte. Wir wollen bei Dad bleiben.«

Einer der Mitarbeiter des Jugendamts trat dazwischen und sagte: »Das ist weder die richtige Zeit noch der richtige Ort, um das zu besprechen. Der Richter hat entschieden.« Er schaute zu Jack. »Wir möchten, dass alles so reibungslos wie möglich vonstattengeht. Ich bin sicher, Sie sehen das genauso … um der Kinder willen.«

Sammy beobachtete Jack, doch schließlich war es

Jenna, die vortrat und sagte: »Ja, wir sehen das auch so.« Sammy wich einen Schritt zurück, und Jack schaute zu seinen beiden Kindern. »Okay, Jungs, ihr werdet schneller wieder hier sein, als ihr pieps sagen könnt.«

Cory nickte, doch er weinte noch immer. Jackie schaute zu Cory und brach nun ebenfalls in Tränen aus. Jack umarmte seine beiden Söhne. »Alles wird wieder gut«, sagte er. »Wir sind eine Familie. Und wir werden immer eine Familie sein, nicht wahr?« Die Jungs nickten. »Wir holen jetzt eure Taschen. Liam, du holst Mikki. Du willst dich sicher von ihr verabschieden. Sie müssen los, bevor der Sturm noch schlimmer wird.«

Sammy und Jack trugen die Taschen zum Auto. Jack schnallte Jackie an, während Cory sich neben seinen kleinen Bruder setzte. Als Jack zur Veranda zurückblickte, wusste er sofort, dass etwas nicht stimmte, denn Liam stand dort. Er war kreidebleich und hatte die Augen weit aufgerissen.

Bonnie hatte es ebenfalls gesehen. Trotz Regen und Sturm stieg sie wieder aus.

»Was ist?«, fragte Jack und eilte zu Liam.

»Ich kann Mikki nicht finden.«

Jack und die anderen liefen ins Haus. Es dauerte nur zehn Minuten, um alles abzusuchen.

Mikki war verschwunden.

* * *

Eine viertel Meile den Strand hinunter stolperte Mikki durch den Sand und heulte sich die Augen aus. Wind und Regen droschen auf sie ein, doch sie kämpfte sich voran, während der Sturm vom Meer her toste. Immer wieder drängte er sie vom Wasser weg, das unablässig stieg. Mikki war dermaßen aufgewühlt, dass sie die umstürzende Palme erst sah, als es fast schon zu spät war. Im letzten Augenblick sprang sie zur Seite, kam dadurch aber der Brandung gefährlich nahe. Sekunden später brach eine Welle über sie herein und erfasste sie. Mikki hatte nicht einmal Zeit zu schreien, bevor die zurücklaufende Brandung sie hinaus auf den Atlantik trug.

KAPITEL 65

Jack starrte aus dem Flur des Palasts in den finsteren Himmel. Es regnete noch heftiger als zuvor. Liam war rasch nach Hause gefahren, um nachzusehen, ob Mikki vielleicht dort war, hatte aber gerade eben angerufen und berichtet, dass er keine Spur von ihr gefunden habe.

»Was sollen wir jetzt tun?«, fragte Bonnie. »Was sollen wir nur tun?« Sie klang hysterisch.

Jack drehte sich zu ihr um und sagte schroff: »Zunächst einmal dürfen wir nicht in Panik verfallen.«

Einer der Mitarbeiter des Jugendamts schlug vor: »Wir sollten die Polizei anrufen.«

Jack schüttelte den Kopf. »Es gibt hier nur den Sheriff und einen Deputy, und die werden bei dem Sturm genug zu tun haben. Wir können sie zwar anrufen, aber wir können nicht einfach hier herumsitzen und auf sie warten. Wir müssen die Gegend absuchen, und zwar möglichst schnell und gründlich. Wir werden uns aufteilen und jede Straße und den Strand abgehen.« Er deutete auf Fred. »Fred, du und Bonnie, ihr fahrt mit dem Auto Richtung Westen. Fahrt langsam, und haltet in jeder Richtung nach Mikki Ausschau.« Er wandte sich an die Mitarbeiter des Jugendamts. »Sie fahren nach Osten und machen es genauso. Lassen Sie uns die Handynummern tauschen. Wer Mikki findet, ruft die anderen an. Sammy und ich werden in entgegengesetzten Richtungen den Strand absuchen.« Er wandte sich an Cory. »Cory, du musst jetzt ein Mann sein und auf Jackie aufpassen. Schaffst du das?«

Cory schluckte und schaute seinen Dad verängstigt an. »Mikki kommt doch wieder zurück, oder?«

»Natürlich kommt sie zurück. Ich wette, sie ist jede Minute wieder hier. Und wenn sie kommt, muss jemand hier sein, okay?«

»Okay, Dad.«

Jack ging nach Süden den Strand hinunter, Sammy nach Norden. Der Regen wurde vom heulenden Sturm über das Land gepeitscht, und der Sand lag größtenteils unter Wasser. Jack schwenkte die Taschenlampe in weitem Bogen, doch das Licht durchdrang kaum die Dunkelheit. Dann aber riss es einen Gegenstand aus dem trüben Zwielicht. Als Jack sah, um was es sich handelte, schlug ihm das Herz bis zum Hals, und eine düstere Vorahnung überkam ihn.

Es war einer von Mikkis Sneakers, der im flachen Wasser trieb. Jack suchte in sämtlichen Richtungen nach seiner Tochter, entdeckte aber nichts. Er rief ihren Namen, doch außer dem Kreischen des Windes war nichts zu hören. Es wurde immer dunkler, und der Sturm nahm weiter an Heftigkeit zu.

»Ich kann nichts sehen, verdammt!«, fluchte Jack vor sich hin. Er starrte auf das wütende Meer hinaus. Aufgepeitscht von der Wucht des Sturms, wurde es von Minute zu Minute gefährlicher. Schließlich drehte Jack sich um und lief zurück in Richtung Norden, den Blick fest auf den schmalen Streifen zwischen Land und Wasser gerichtet. Er musste sich nach vorn beugen, um von den heftigen Böen nicht umgerissen zu werden. Alle zehn Sekunden rief er Mikkis Namen.

In der Nähe des Palastes traf er auf Sammy, der das Mädchen ebenfalls nicht gefunden hatte.

Jack zeigte ihm den Sneaker.

»Das ist gar nicht gut, Jack«, sagte Sammy.

»Uns läuft die Zeit davon. Nicht mehr lange, und der Sturm bricht richtig los.«

»Was willst du jetzt tun?«

»Wir müssen eine Möglichkeit finden, eine größere Fläche Land und Wasser auf einmal abzusuchen.«

»Dafür bräuchten wir einen Hubschrauber mit Suchscheinwerfer, aber der kann bei dem Wetter unmöglich starten.«

Bei dieser Bemerkung schaute Jack zum Leuchtturm. Dann drehte er sich um und rannte darauf zu, Sammy dicht auf den Fersen. Jack trat die Tür auf und stürmte die Treppe hinauf. Oben angekommen, zog er sich durch die Zugangsluke. Ein paar Sekunden später steckte auch Sammy schwer atmend den Kopf durch die Luke.

»Puh ... Was zum Teufel machst du?«

»Ich besorge uns einen Scheinwerfer!«

»Jack, das verdammte Ding funktioniert doch nicht ...«

»Heute Nacht *wird* es funktionieren. Denn ich werde meine Tochter finden!«, rief Jack zu ihm zurück. Er riss die Werkzeugkiste auf, die er in der Ecke stehen gelassen hatte, und schnappte sich ein paar Schraubenschlüssel und den alten Schaltplan. Sein Blick huschte über die komplizierten Zeichnungen.

»Halt mir den Plan hin, während ich arbeite«, sagte Jack und drückte ihn Sammy in die Hand.

Während Sammy den Schaltplan hielt, ging Jack einen Teil des Mechanismus nach dem anderen durch.

Sammy, der ihm besorgt zusah, meinte: »Aber wir brauchen einen *Such*scheinwerfer, Jack, nicht etwas, das ...«

»Das Ding hat eine manuelle Kontrolle«, unterbrach Jack seinen Freund und zwängte sich in einen Spalt, um dort ein paar Drähte anzuschließen. »Das Licht kann per Hand eingestellt werden.«

Er kroch wieder hinaus und legte den Hauptschalter um. Nichts tat sich.

»Verdammt!« Wütend schleuderte Jack den Schraubenschlüssel auf den Boden und spähte hinaus in die Dunkelheit. Dort war sein kleines Mädchen ... irgendwo.

Jack schauderte.

Nein! Ich werde meine Tochter nicht verlieren.

Ein Blitz schlug ins Wasser ein, gefolgt von krachendem Donner. Der Sturm näherte sich seinem Höhepunkt.

Unten im Turm waren Schritte zu vernehmen. Dann erschien zuerst Jennas, dann Liams Gesicht in der Öffnung zum Raum mit dem Leuchtfeuer. Beide waren völlig durchnässt.

»Wir haben auf unserer Seite die Straße und den Strand abgesucht, aber keine Spur von Mikki gefunden. Auch Bonnie und die anderen haben nichts entdeckt«, sagte Jenna zu Sammy und schaute auf Jacks Rücken.

»Wir versuchen, die Lichtanlage in Betrieb zu nehmen«, erklärte Sammy. »Aber bis jetzt hatten wir kein Glück. Wir haben nur das hier.«

Er hielt Mikkis durchnässten Schuh in die Höhe. Jenna und Liam wurden kreidebleich. Unwillkürlich schauten sie auf das kochende Meer hinaus.

Jack stand mutlos an der Lichtanlage und blickte verzweifelt in die Dunkelheit. Er wusste nicht mehr weiter. Die Stromleitung zum Leuchtturm wurde immer wieder unterbrochen, sodass das Licht im Raum ständig flackerte.

Jack starrte noch immer in die Finsternis, als er es plötzlich sah. Zuerst hielt er es für einen weiteren Blitz, der auf das Wasser traf, doch es folgte kein

Donner. Mit einem Mal wurde Jack klar, dass es mit dem flackernden Licht zusammenhing: Im Augenblick der Dunkelheit hatte sich ein elektrischer Funke auf dem Fensterglas gespiegelt und war in dem Moment erloschen, als der Strom wieder geflossen und das Licht erneut aufgeflackert war.

Aufgeregt sprang Jack zu der Lichtanlage. »Schalt die Lampe aus, Sammy!«, rief er.

»Was?«

»Das Licht! Schalt es aus. Sofort!«

Sammy legte den Schalter um und tauchte alles in Dunkelheit.

Jack, dessen Herz vor Angst immer schneller schlug, weil er wusste, dass er nur noch eine Chance hatte, starrte verzweifelt auf das Leuchtfeuer. Er hörte nichts: nicht den Sturm, nicht Sammys und Jennas schnelles Atmen, nicht einmal seine eigenen Atemgeräusche. In diesen Sekunden gab es nichts anderes mehr auf der Welt als ihn und diese alte metallene Bestie, die ihn den ganzen Sommer zur Verzweiflung getrieben hatte. Wenn er jetzt nicht herausfand, wie das Leuchtfeuer funktionierte, hatte er seine Tochter verloren.

»Schalt das Licht wieder an.«

Sammy tat wie geheißen.

In diesem Moment sah Jack den Strom zwischen zwei Metallplatten überspringen – in einem Spalt, der so klein war, dass er bis jetzt nicht einmal gewusst hatte, dass es ihn überhaupt gab. *Das* also hatte er als Spiegelbild im Fenster gesehen.

Jack kniete sich auf den Boden, rutschte an die Lichtanlage heran und leuchtete mit der Taschenlampe in den Spalt. Zwei Drähte waren dort zu sehen. Sie waren weniger als einen Zentimeter voneinander entfernt, berührten sich aber nicht.

»Schalt die Hauptsicherung aus, Sammy, und hol mir Isolierband und eine Kabelzange.«

Sammy legte den Hauptschalter um, schnappte sich das Isolierband aus der Werkzeugkiste und warf Jack die Rolle sowie eine rote Kabelzange zu. Während Jenna die Taschenlampe für ihn hielt, schob Jack die Hände in den Spalt, verband die beiden Drähte mit der Kabelzange und isolierte sie. Dann stand er auf und rief: »Schalt den Strom wieder ein, Sammy, und leg den Schalter um. Alle weg von der Lampe, und dreht euch um! Nicht ins Licht schauen!«

Wieder tat Sammy wie geheißen. Zuerst geschah nichts. Dann, als würde es aus jahrelangem Schlaf erwachen, sprang das Leuchtfeuer an und baute Energie auf, bis es schließlich vollends zum Leben erwachte und die Welt mit Helligkeit erfüllte. Hätte Jack den anderen nicht gesagt, sie sollten die Augen abwenden – sie wären geblendet worden. Der mächtige Strahl erhellte den Strand und das Meer mit erstaunlicher Kraft. Dann begann das Leuchtfeuer sich langsam zu drehen.

Jack lief um die Anlage herum, drückte einen Knopf und packte einen Hebel. Sofort endete die Drehbewegung. Anstatt über die umliegende Landschaft zu wandern, wurde das Licht zu einem hellen, gebündelten Strahl, der sich steuern ließ.

»Sammy, übernimm das hier. Fang im Norden an, und beweg es dann im Dreisekundentakt langsam nach Süden.«

Während Sammy das Licht lenkte, standen Liam, Jack und Jenna wie gebannt am Fenster und schauten auf die plötzlich helle Landschaft hinaus.

Jenna entdeckte sie als Erste. »Da!«, rief sie. *»Da!«*

»Halt den Strahl genau in Position, Sammy!«, schrie Jack. »Keine Bewegung mehr!«

Jack sprang durch die Luke nach unten und stürmte die Treppe hinunter. Beinahe hätte er dabei Bonnie über den Haufen gerannt, die ihm entgegenkam.

»Was ist …?«

Jack machte sich nicht die Mühe, ihr zu antworten.

Er rannte weiter.

Das Licht des Leuchtturms hatte Mikkis Aufenthaltsort enthüllt. Sie war im tiefen Wasser und klammerte sich an ein Stück Treibholz, während drei Meter hohe Wellen auf sie eindroschen. Der Sturm schien sie fest im Griff zu haben, und vielleicht hatte sie nur noch wenige Minuten zu leben.

Und ich dann auch, dachte Jack.

KAPITEL 66

Jack Armstrong rannte in dieser Nacht so schnell wie nie zuvor. Nicht auf dem Footballplatz, nicht einmal auf dem Schlachtfeld, als sein Leben davon abhing, war er so schnell gerannt. Er watete durch Wellen, die so hoch waren, dass sie beinahe über den Felsen schlugen, auf dem der Leuchtturm stand. Ein gewaltiger Brecher jagte aus der Dunkelheit heran und warf Jack um wie eine Spielzeugpuppe. Er schlug sich den Kopf an einem Stück Holz an, das der Sturm an den Strand gespült hatte. Benommen rappelte er sich auf und watete weiter. Er sah das Licht des Leuchtfeuers, das wie eine Nadel auf eine bestimmte Stelle gerichtet war, aber er konnte Mikki nicht entdecken. Verzweifelt kämpfte er sich durchs Wasser.

»Mikki! Mikki!«

Eine weitere Welle brach über ihn herein. Erneut wurde er umgeworfen, kämpfte sich wieder hoch und erbrach Salzwasser.

Weiter, trieb er sich an, *gib nicht auf!*

Er kämpfte gegen den Regen an, der so heftig vom Wind gepeitscht wurde, dass die Tropfen sich wie Nadeln in seinem Gesicht anfühlten.

»Mikki!«

»Daddy ...«

Es war nur leise zu hören, doch Jack sah, wie das Licht nach links wanderte. Und dann sah er sie:

ein Kopf in brodelndem Wasser. Mikki wurde erbarmungslos aufs Meer hinausgezogen.

»Daddy, hilf mir!«

Wild entschlossen stürmte Jack mitten in den Sturm hinein. Eine Welle raste heran, die größer war als er, doch Jack entging ihrer Kraft, indem er im letztmöglichen Augenblick darunter hinwegtauchte. Als er wieder an die Oberfläche kam, hatte er keinen Boden mehr unter den Füßen. Der Sturm hatte die normale Brandung um das Zehnfache verstärkt, doch Jack kämpfte sich verbissen hindurch. Immer wieder wurde er unter Wasser gedrückt, doch immer wieder kämpfte er sich hoch und rief nach Mikki. Jedes Mal antwortete sie ihm, und Jack schwamm mit aller Kraft auf ihre Stimme zu.

Über ihnen tobte das Gewitter. Ein Blitz schlug so nahe bei Jack ein, dass sich ihm die Haare sträubten. Er schnappte nach Luft und tauchte wieder unter, als ein weiterer Brecher über ihn hinwegdonnerte. Dann kam er wieder hoch. »Mikki!«

Diesmal bekam er keine Antwort.

»Mikki!«

Nichts.

»Michelle!«

Eine Sekunde später hörte er ein schwaches »Daddy«.

Jack verdoppelte seine Anstrengungen. Mikki wurde immer schwächer. Es war ein Wunder, dass sie überhaupt noch lebte. Und dann sah er sie. Das goldene Licht des Leuchtturms riss das Mädchen aus der Finsternis. Sie klammerte sich an das Stück Treibholz, das sie irgendwie zu fassen bekommen hatte, doch lange würde sie nicht mehr durchhalten.

Jack schwamm, so schnell er konnte, kämpfte sich durch die Wellen und fluchte, wann immer er vom Kurs abgetrieben wurde und wertvolle Sekunden verlor. Die ganze Zeit hielt er den Blick fest auf seine Tochter gerichtet.

Und doch musste er erkennen, dass Mikki sich mit jeder Sekunde von ihm entfernte. Es war der Sturm, die Unterströmung, der Wind – alles schien sich gegen sie verschworen zu haben. Jack strengte sich noch mehr an. Bald war er nur noch zehn Meter von Mikki entfernt. Er atmete tief durch und tauchte unter. Vielleicht kam er auf diese Weise schneller voran. Doch unter Wasser war es pechschwarz, und die Strömung war zu stark.

Als Jack wieder an die Oberfläche kam, konnte er Mikki nicht mehr sehen. Er verfluchte sich, das Mädchen aus den Augen gelassen zu haben. Seine Arme und Beine waren schwer wie Blei, und seine Lunge brannte. Er schaute zum Ufer und dann hinauf zum wütenden Himmel. Jetzt wurde auch Jack auf das offene Meer gezogen. Und er war sich nicht sicher, ob er noch genügend Kraft besaß, wieder zurückzuschwimmen.

Aber das spielte keine Rolle.

Ohne meine Tochter gehe ich nicht mehr zurück.

Jack trat Wasser und schaute sich in sämtlichen Richtungen um, während der Sturm sich mit aller Kraft auf die Küste von South Carolina stürzte.

Jack zitterte aus Angst vor dem Verlust.

Es tut mir leid, Lizzie, es tut mir so unendlich leid.

Dann kam ihm ein Gedanke.

Was, wenn ich einfach zu schwimmen aufhöre?

Er würde auf den Grund des Meeres sinken.

Wieder blickte Jack zum Ufer. Er konnte die Lichter sehen. Seine Familie war dort – zumindest das, was davon übrig war. Bonnie würde die Jungs großziehen, und er und Mikki würden zu Lizzie gehen.

Wieder hob Jack den Blick zum Himmel. Als ein weiterer Blitz zuckte und die Schwärze erhellte, glaubte er, Lizzies Gesicht zu sehen. Sie streckte ihm die Hand entgegen, winkte ihn zu sich. Jack könnte einfach aufhören zu schwimmen. Jetzt. Sofort.

»Daddy!«

Jack drehte sich um.

Mikki war kaum fünf Meter von ihm entfernt. Diesmal hatte die Strömung ihn näher zu ihr getragen.

Mit dem letzten Rest an Kraft explodierte Jack förmlich im Wasser. Das Meer schleuderte ihm eine Wasserwand nach der anderen entgegen, um ihn von seiner Tochter fernzuhalten, doch Jack schwamm und schwamm und schnitt mit seinen Armen durch den wütenden Angriff des Sturms. Seine Muskeln verkrampften sich, doch er kämpfte gegen den Schmerz an und kam Mikki langsam näher.

»Daddy ...« Mikki streckte ihm die Hand entgegen.

Jack machte einen so kraftvollen Schwimmzug, dass es ihn beinahe aus dem Wasser hob. Dann schloss seine Hand sich wie ein Schraubstock um Mikkis Handgelenk, und er zog sie zu sich.

Sie klammerte sich an ihn. »Es tut mir leid, Daddy! Es tut mir leid!«

»Schon okay, Liebling. Ich hab dich. Dreh dich auf den Rücken.«

Mikki gehorchte. Jack schob die Arme unter sie, trat mit den Beinen das Wasser und bewegte sich in Richtung Ufer.

Jetzt muss ich uns noch zurückbringen, dachte er, *dann ist es geschafft.*

Doch wieder ergab sich ein schier unlösbares Problem: Sobald Jack versuchte, eine Welle zu reiten, riss die Unterströmung ihn wieder zurück, bevor er Zug zum Ufer aufnehmen konnte. Dann zwang eine riesige Welle Vater und Tochter unter Wasser, und Jack musste alle verbliebene Kraft aufbieten, um sich und Mikki wieder prustend an die Oberfläche zu bringen. Jack war kräftig, und als Army Ranger war er unter schwierigsten Bedingungen meilenweit geschwommen, aber noch nie in einem Hurrikan der Stufe eins und mit einer lebenden Last in den Armen. Der Kampf wogte hin und her. Jack wusste, er würde nicht mehr lange durchhalten. Allein hätte er es vermutlich zurück an Land geschafft, aber er war bereit, mit seiner Tochter zu sterben.

»Jack!«

Jack blickte zum Strand, erstaunt, dass er schon so nahe am Ufer war. Liam und Sammy standen dort mit langen Seilen und riefen nach ihm. Eine rote Boje war an das Seil gebunden. Jack nickte zum Zeichen, dass er verstanden hatte. Sammy warf das Seil, doch der Wurf war viel zu kurz. Er zog das Seil wieder zurück und versuchte es erneut. Diesmal kam er näher heran, aber längst noch nicht nah genug.

»Sammy!«, rief Jack ihm zu. »Warte, bis die Wellen uns ein Stück näher an den Strand tragen, dann wirf noch mal!«

Sammy nickte und stimmte seinen nächsten Wurf entsprechend ab. Diesmal kam er bis auf knapp einen Meter an Jack heran. Noch einmal warf er. Jack sprang nach der Boje und packte sie.

Im selben Augenblick brach eine Monsterwelle über ihn herein und riss Mikki von ihm los. Jack schluckte Wasser und spie es wieder aus. Als er nach unten schaute, spürte er, wie Mikki an ihm vorbeiglitt, weg vom Ufer und wieder aufs Meer hinaus. Alles lief wie in Zeitlupe ab.

»Nein!«, brüllte Jack.

Eine Sekunde bevor Mikki ihm für immer entglitten wäre, griff er ihr ins Haar. Sammy und Liam zogen mit aller Kraft am Seil. Langsam wurden Vater und Tochter ans Ufer gebracht.

Kaum hatte Jack festen Boden unter den Füßen, trug er Mikki fort von den alles verschlingenden Wellen. Doch sie rührte sich nicht mehr, und ihre Augen waren geschlossen.

Als Jack sich vorbeugte, sah er zu seinem Entsetzen, dass das Mädchen nicht mehr atmete. Sofort begann er mit Mund-zu-Mund-Beatmung, hielt Mikki die Nase zu und blies ihr Luft in die Lunge. Dann drehte er sie um und drückte auf ihren Rücken, um die Lunge zu erweitern und das Wasser herauszuquetschen.

Sammy rief den Notruf an, während Jack fieberhaft versuchte, seine Tochter wiederzubeleben.

Zwei Minuten später setzte Jack sich auf, zu Tode erschöpft. Er atmete stoßweise, als er auf Mikki hinunterschaute. Sie rührte sich noch immer nicht; stattdessen verfärbte ihre Haut sich blau.

Mikki war tot.

Er hatte sie verloren.

Er hatte versagt.

Ein Blitz zuckte über den Nachthimmel. Jack hob den Blick – vielleicht zu der einen Stelle, die Lizzie in all den Jahren nie gefunden hatte. Er schluchzte und schrie: »Hilf mir, Lizzie! Bitte!«

Wieder schaute er auf Mikki. Doch es war kein Wunder mehr übrig. Er, Jack, hatte das einzige Wunder aufgebraucht.

Liam kniete sich neben Mikki. Tränen rannen ihm übers Gesicht. Er berührte das Haar des Mädchens, schlug die Hände vor die Augen und schluchzte.

Plötzlich spürte Jack eine seltsame Kraft im Nacken. Zuerst glaubte er, es wäre Sammy, der versuchte, ihn von seiner toten Tochter wegzuziehen. Doch die Kraft zog ihn nicht zurück, sondern schob ihn zu Mikki hin. Jack beugte sich vor, holte Luft, so tief er konnte, hielt den Atem an, drückte die Lippen auf Mikkis Mund und blies mit aller Kraft, die ihm geblieben war.

Als die Luft in Mikkis Lunge strömte, kam alles zum Stillstand. Selbst der Sturm war verschwunden. Eine unglaubliche Stille breitete sich aus. So hatte

Jack sich immer den Tod vorgestellt. Still, friedlich, ohne Schmerz. Gleichzeitig sah er noch einmal alles vor seinem geistigen Auge, was im vergangenen Jahr geschehen war.

Und jetzt das.

Mikki.

Tot.

Jack ließ sich fallen. Er spürte, wie er langsam davongetragen wurde an einen anderen Ort, wo immer dieser Ort sein mochte. Aber er war allein. Lizzie und Mikki waren von ihm gegangen. Er wollte nicht mehr leben. Alles war egal …

Das Wasser, das ihn im Gesicht traf, brachte ihn zurück. Die Gedanken an die Vergangenheit verflogen, und mit einem Mal war er wieder in der Gegenwart. Es regnete noch immer. Doch der Regen war es nicht, der ihn im Gesicht getroffen hatte.

Jack schaute nach unten. Mikkis Körper erschauderte noch einmal, und sie hustete das Wasser aus, das tief in ihrer Lunge gewesen war. Ihre Lider flatterten. Dann öffnete sie die Augen und sah ihren Dad über sich. Sie streckte die Arme aus und klammerte sich an seinen Hals.

»Daddy?«

Jack sank zu Boden und hielt sie ganz fest. »Ich bin hier, Baby. Ich bin hier.«

KAPITEL 67

Der Rettungswagen brachte Mikki und Jack zur Untersuchung ins Krankenhaus. Sammy folgte ihnen in seinem Pick-up mit Liam, während Jenna bei den Jungs im Palast blieb. Jenna hatte Bonnie, die Jacks mutigen Rettungseinsatz vom Leuchtturm aus beobachtet hatte, einen heißen Tee gemacht. Jetzt saß Bonnie zusammengekauert auf der Couch, und alle paar Sekunden kam ein Schluchzen über ihre Lippen.

Jenna hatte versucht, sie zu trösten, während Fred auf einem Stuhl gesessen und hilflos auf seine Hände gestarrt hatte. Als Sammy dann aus dem Krankenhaus angerufen und berichtet hatte, dass alles okay sei und dass sie bald wieder nach Hause kommen würden, hatte Jenna hemmungslos geweint.

Anschließend war sie in Jacks Zimmer gegangen. Warum, wusste sie selbst nicht, vielleicht, um ihm auf diese Weise näher zu sein. Ihr Blick schweifte durch den Raum und blieb an den Briefen auf dem Bett hängen. Jenna nahm sie und begann zu lesen.

Zehn Minuten später kam sie wieder aus dem Zimmer, die Augen rot von frischen Tränen. Sie ging zu Bonnie und tippte ihr sanft auf die Schulter. Als Bonnie den Blick hob, sagte Jenna: »Ich glaube, die sollten Sie lesen, Mrs. O'Toole.«

Bonnie schaute Jenna verwirrt an. Dann nahm sie die Briefe und holte ihre Lesebrille hervor.

* * *

Der Sturm hatte viel von seiner Kraft verloren, nachdem er auf Land getroffen war. Als sie aus dem Krankenhaus zurückkamen, war das Unwetter so gut wie vorbei. Die erschöpfte Mikki wurde ins Bett gebracht, und Cory und Liam wachten über sie wie Schutzengel. Sie zählten sogar jeden ihrer Atemzüge.

Jack berichtete zur allgemeinen Erleichterung, dass Mikki keinerlei bleibende Schäden davongetragen habe und bald wieder gesund und munter sein werde.

»Der Arzt hat gesagt, dass sie eine sehr starke junge Dame ist«, fügte Sammy hinzu.

»Wie ihre Mutter«, sagte Jack und schaute zu Bonnie.

Dann ging er hinaus, stieg den Leuchtturm hinauf und blickte in den aufklarenden Himmel. Im Osten ging die Sonne auf. Jack bückte sich und betrachtete die Kabel, die er in der Nacht zuvor miteinander verbunden hatte. Es war ein Wunder, dass es ihm doch noch gelungen war, das Problem zu lösen, das ihn so lange zur Verzweiflung getrieben hatte. Es war tatsächlich ein Wunder gewesen. Doch genau darauf hatte Jack die ganze Zeit gezählt, so irrational es auch gewesen sein mochte.

Er lehnte sich an das Leuchtfeuer, genoss die Ruhe nach dem Sturm und beobachtete den Beginn eines friedlichen Spätsommertages.

Als er sie hörte, drehte er sich um.

Bonnie erschien in der Luke. Jack half ihr hindurch. Sie schauten sich an.

»Ich danke Gott für das, was du letzte Nacht getan hast, Jack.«

Er drehte sich von ihr weg und blickte wieder aus dem Fenster. »Das war Lizzie.«

»Was?« Bonnie trat näher an ihn heran.

»Ich hatte schon aufgegeben«, gestand Jack. »Mikki war tot, und ich hatte keinen Atem mehr. Sie war tot, Bonnie. Und da habe ich Lizzie gebeten, mir zu helfen.« Er drehte sich wieder zu ihr um. »Ich habe in den Himmel geblickt und Lizzie gebeten, dass sie mir hilft.« Ein Schluchzen entrang sich seiner Kehle. »Und sie hat es getan. Sie hat es getan, Bonnie. *Sie* hat Mikki gerettet, nicht ich.«

»Das wart ihr beide, Jack«, sagte Bonnie leise. »Du und Lizzie. Ein Bund, der im Himmel geschlossen wurde. Wenn je zwei Menschen füreinander bestimmt waren, dann ihr.«

Jack blickte sie dankbar an.

Bonnie zog die Briefe aus ihrer Tasche. »Ich glaube, die gehören dir.« Sie gab sie Jack zurück, streckte die Hand aus und berührte ihn an der Wange. »Manchmal sieht man den Wald vor lauter Bäumen nicht mehr, Jack. Es ist seltsam, wie schnell das geht und wie oft es passiert. Und wie oft man deswegen Menschen verletzt, die man lieben sollte.« Sie hielt kurz inne. »Ich liebe dich, Sohn. Ich nehme an, das habe ich schon immer getan. Und ich weiß, dass du meine Tochter über alles geliebt hast. Und sie hat dich geliebt. Das hätte mir eigentlich reichen sollen. Verzeih mir.«

Sie umarmten einander. Dann wandte Bonnie sich zum Gehen.

»Bonnie«, sagte Jack.

Sie schaute noch einmal zurück.

»Die Kinder ...?«, fragte er leise.

»Sie sind genau da, wo sie sein sollen. Bei ihrem Vater.«

KAPITEL 68

Als Mikki die Augen öffnete, sah sie zuerst Jack und dann Liam, der Jack besorgt über die Schulter schaute.

»Ich bin wirklich okay, Jungs«, sagte sie ein wenig benommen.

Jack lächelte und drehte sich zu Liam um. »Würdest du uns eine Minute allein lassen?«

Liam nickte, grinste Mikki beruhigend an und verließ das Zimmer.

Jack drückte Mikkis Hand, und sie erwiderte den Druck. Dann sagte sie leise: »Tut mir leid, dass ich eine solche Aufregung verursacht habe. Das war dumm von mir.«

»Ja«, gab Jack ihr recht. »Aber wir alle haben unter großem Druck gestanden.«

»Dann ... Dann hat das Leuchtfeuer also doch noch funktioniert?«

Jack atmete tief durch. »Ja. Wäre es nicht so gewesen ...« Seine Stimme verhallte. Dann sagte er leise: »Ich kann nicht glauben, dass ich dich beinahe verloren hätte.«

»Ich weiß, Dad«, erwiderte Mikki mit schwacher Stimme.

Schließlich lösten sie sich voneinander.

»Und was jetzt?«, fragte Mikki. »Müssen wir noch immer mit Oma mit?«

»Nein, ihr bleibt hier bei mir.«

Mikki schrie vor Freude und fiel ihrem Vater erneut um den Hals.

»Weiß Liam es schon?«, fragte sie dann aufgeregt.

»Nein. Das wollte ich dir überlassen.« Jack stand auf. »Ich gehe ihn holen.«

Als er sich umdrehte, sagte Mikki: »Dad?«

»Ja?«

»Egal, was mich im Leben noch erwartet, du wirst immer mein Held bleiben.«

Jack beugte sich vor und streichelte ihr über die Wange. »Danke ... Michelle.«

Als er dann die beiden Teenager von der Tür aus dabei beobachtete, wie sie aufgeregt miteinander sprachen und sich umarmten, lächelte Jack. Mikki war wirklich kein kleines Mädchen mehr. Er sah deutlich, wie schnell sich ihr und auch sein Leben in den nächsten Jahren verändern würde.

Später, als er am Strand entlangschlenderte, rief eine Stimme: »Ich werde euch Armstrongs vermissen, wenn ihr wieder in Ohio seid!«

Jack drehte sich um. Jenna kam auf ihn zu.

»Nein, wirst du nicht«, erwiderte er. »Wir bleiben nämlich hier.«

Sie trat neben ihn. »Bist du sicher?«

Er lächelte. »Nein. Aber wir bleiben trotzdem.«

Jenna legte den Arm um seine Hüfte. »Ich bin froh, dass sich doch noch alles zum Guten gewandt hat.«

»Ohne dich hätte ich das nicht geschafft.«

»Du bist viel zu großzügig mit deinen Komplimenten.«

»Im Ernst, Jenna. Du hast mir in vieler Hinsicht sehr geholfen. *Viel* geholfen.«

»Und was gedenkst du hinsichtlich der aufkeimenden Romanze zu tun?«

»Was?«, erwiderte Jack erschrocken.

»Ich meine unsere Kinder.«

»Oh.«

Jenna lachte, und Jack grinste verlegen.

»Wir werden sehen, wie die Sache sich entwickelt.« Er schaute ihr in die Augen. »Was meinst du, Jenna? Ist das okay für dich?«

Sie küsste ihn auf die Wange. »Ja, Jack. Sehr sogar.«

EPILOG

Gut zwei Jahre später saß Jack am Strand, fast genau an der Stelle, an der Mikki und er in jener Nacht gesessen hatten, als ihm klar geworden war, dass es noch viel gab, für das es sich zu leben lohnte. Im Haus war es deutlich stiller geworden. Mikki und Liam waren aufs College gegangen. Mikki hatte in ihren letzten beiden Jahren auf der Highschool Bestnoten gehabt und war mit einem Stipendium nach Berkeley gegangen. Liam trug sein Haar jetzt streichholzkurz und ging auf die Militärakademie West Point. Doch obwohl sie einen Kontinent voneinander entfernt waren, blieben sie die besten Freunde.

Cory arbeitete nebenbei an der Showbühne und ließ sich von Ned Parker die Grundlagen des Theatermanagements beibringen. Jackie hatte vor gut einem Jahr plötzlich in längeren Sätzen zu plappern begonnen und seitdem nicht mehr aufgehört. Der Monstertruck war noch immer sein Lieblingsspielzeug, was Jack mit väterlichem Stolz erfüllte.

Er stand auf und stieg den Leuchtturm hinauf. Seit der Nacht, in der er Mikki fast verloren hätte, war er nicht mehr hier oben gewesen. Er trat auf den Steg hinaus und schaute aufs Meer. Sein Blick schweifte zu der Stelle, wo Vater und Tochter um ihr Leben gekämpft hatten. Dann blickte er hinauf zum klaren blauen Sommerhimmel.

Lizzies Leuchtturm. Er hat mir geholfen, als ich ihn brauchte.

Jack hatte heute noch zwei wichtige Dinge zu erledigen. Das erste wartete bereits unten am Strand auf ihn. Jack verließ den Leuchtturm und überbrückte mit langen Schritten die Distanz zwischen den beiden Gebäuden. Er schob die Hände in die Taschen, während ihm die Worte, die er sagen würde, durch den Kopf gingen. Als er näher kam, wurde ihm bewusst, dass er eine halbe Meile am Strand entlanggegangen war – und ein ganzes Leben nach jedem anderen Maßstab.

Jenna wartete auf ihn. Jack umarmte und küsste sie. Und fast genauso, wie er es vor zwei Jahrzehnten getan hatte, kniete er sich hin und fragte die Frau, die er liebte, ob sie ihn heiraten wolle.

Jenna weinte und ließ sich von ihm den Ring auf den Finger stecken. Anschließend hielten sie einander unter der Sonne South Carolinas lange in den Armen, während eine sanfte Brise über sie hinwegstrich.

»Sammy wird mein Trauzeuge sein«, sagte Jack.

»Und Liam wird mich zum Altar führen«, erwiderte Jenna. »Ich liebe dich, Jack.«

»Ich liebe dich auch, Jenna.«

Sie küssten sich erneut und sprachen eine Zeit lang über ihre Pläne. Dann ging Jack zum Palast zurück. Diesmal ging er nicht ganz so schnell. Die halbe Meile kam ihm nun deutlich länger vor. Und dafür gab es einen Grund. Auf dem Hinweg hatte er den Grundstein für seine Zukunft gelegt. Jetzt stand ihm die schmerzhafte Trennung von der Vergangenheit bevor.

Jack erreichte den Strand vor seinem Haus und setzte sich in den Sand. Er zog ein Foto von Lizzie aus der Tasche und schaute es sich an. Es fiel ihm noch immer schwer zu glauben, dass sie nun schon drei

Jahre tot war. Es erschien ihm unmöglich, und doch war es so.

Jack fuhr mit dem Finger ihre Lippen entlang und blickte in die wunderschönen grünen Augen, von denen er einst geglaubt hatte, sie würden das Letzte sein, was er im Leben sah. Und obwohl er gerade um die Hand einer anderen Frau angehalten hatte, wusste er, dass er Lizzie immer lieben würde.

Und das war gut so.

Bonnie hatte recht gehabt. Wenn je zwei Menschen füreinander bestimmt gewesen waren, dann er und Lizzie. Nur war das Leben manchmal nicht so, wie es sein sollte, sondern wie es sein wollte. Und die Menschen mussten es akzeptieren, mochte es noch so schwer sein.

Man sollte die Vergangenheit respektieren und sie nie vergessen, aber man durfte nicht in der Vergangenheit leben.

Und nun hatte Jack noch etwas anderes zu erledigen. Etwas sehr Wichtiges.

Er holte ein einzelnes Blatt Papier und einen Stift aus seiner Windjacke. Seine Hand zitterte leicht, als er den Stift ansetzte und zu schreiben begann.

Geliebte Lizzie,
ich habe dir viel zu erzählen …

Eine Stunde später beendete er den Brief wie immer mit den Worten:

In Liebe,
Jack

Eine Zeit lang saß er einfach da und ließ seine Tränen von der Sonne trocknen, denn aus irgendeinem Grund wollte er sie nicht mit der Hand abwischen. Dann faltete er den Brief sorgfältig zusammen, schob ihn in einen Umschlag und schrieb die Nummer sieben darauf. Anschließend steckte er den Umschlag und das Foto von Lizzie in seine Tasche und ging zum Haus zurück.

Als Jack die Grasfläche erreichte, drehte er sich um und blickte nach oben. Er lächelte, als er erkannte, was er da anschaute. Heute hatte er endlich gefunden, wonach er so lange gesucht hatte.

Dort oben, genau da, war das kleine Stück Himmel. Irgendwie wusste er das. Wie so oft im Leben hatte er die Antwort die ganze Zeit genau vor der Nase gehabt.

»Pop-pop!«

Jack drehte sich um. Jackie stürmte auf ihn zu. Jack fing ihn auf. »Hey, Kumpel!«

»Was machst du da?«, fragte Jackie.

Jack wollte etwas sagen, hielt dann aber inne. Stattdessen drehte er sich um, sodass sie beide aufs Meer schauen konnten. Er deutete nach oben. »Mommy ist da und sieht uns zu, Jackie.«

Jackie riss ehrfurchtsvoll die Augen auf. »Mommy?«

Jack nickte.

Jackie winkte dem Himmel. »Hi, Mom!« Er warf ihr einen Kuss zu.

Jack nahm die Hand seines Sohnes und ging zum Haus zurück. Kurz bevor er dort ankam, blickte er noch einmal zu dem kleinen Fleckchen Himmel hinauf.

Leb wohl, Lizzie.

Vorerst.

ENDE

EINE AUSWAHL VON JACKS BRIEFEN

Geliebte Lizzie,

es gibt sehr viele Dinge, die ich dir sagen will, für die mir aber die Kraft fehlt. Deshalb habe ich beschlossen, dir diese Briefe zu schreiben. Ich möchte, dass du sie bekommst, wenn ich nicht mehr da bin. Und ich hoffe, die Briefe stimmen dich nicht traurig, aber sie stellen meine einzige Chance dar, noch einmal mit dir zu sprechen. Als ich noch gesund war, hast du mich zu einem glücklicheren Menschen gemacht, als ich mir je hätte erträumen können. Im Irak und in Afghanistan habe ich mir immer vor Augen geführt, dass ich denselben Himmel schaue wie du, und ich habe an die gleichen Dinge gedacht wie du. Ich wollte bei dir sein und fieberte dem Tag unseres Wiedersehens entgegen. Du hast mir drei wundervolle Kinder geschenkt, obwohl ich so ein großes Geschenk gar nicht verdient habe. Ich erzähle dir das alles, obwohl du es bereits weißt, denn solche Dinge kann man einfach nicht oft genug aussprechen.

Du sollst wissen, dass ich bei dir geblieben wäre, wäre es nur irgend möglich gewesen. Ich habe so hart gekämpft, wie ich konnte. Ich werde nie verstehen, warum ich so früh von dir gehen muss, aber ich habe mich damit abgefunden. Du sollst wissen, dass du das Wichtigste in meinem Leben bist und dass ich dich vom ersten Augenblick an geliebt habe. Die Tage mit dir waren die glücklichsten meines Lebens. Ich habe versprochen, immer für dich da zu sein, und daran wird sich nichts ändern. Denn meine Liebe zu dir ist so stark, dass ich auch über dich wachen werde, wenn ich nicht mehr da bin. Und ich werde nie aufhören, dich zu lieben. Nicht einmal der Tod kann mich davon abbringen.

In Liebe,
Jack

Geliebte Lizzie,

in fünf Tagen ist Weihnachten, und ich verspreche dir, dass ich es bis dahin schaffen werde. Ich habe noch nie ein Versprechen gebrochen, das ich dir gegeben habe, und das werde ich auch jetzt nicht tun. Es ist schwer, sich zu verabschieden, doch manchmal muss man Dinge tun, die man nicht tun will. Jackie ist vor einer Weile zu mir gekommen, und wir haben geredet. Nun ja, das heißt, er hat in der Jackie-Sprache gesprochen, und ich habe zugehört. Ich mag es, ihm zuzuhören, denn ich weiß, dass ich es schon bald nicht mehr kann. Er wächst so schnell. Ich weiß, dass er sich vermutlich nicht an seinen Dad erinnern wird, aber ich weiß auch, dass ich in deinen Erinnerungen weiterleben werde. Sag ihm, dass sein Dad ihn geliebt und immer das Beste für ihn gewollt hat. Ich wünschte, ich hätte Football mit ihm spielen und ihm beim Baseball zusehen können. Ich weiß, dass er ein tolles Leben haben wird.

Cory ist ein ganz besonderer kleiner Junge. Er hat deine Sensibilität und dein Mitgefühl. Ich weiß, dass das, was mit mir passiert, ihn von allen Kindern vermutlich am meisten berührt. Gestern Abend ist er zu mir ins Bett gekrochen. Er hat mich gefragt, ob es sehr wehtut. Ich habe ihm gesagt, nein, es ist nicht so schlimm. Dann hat er mich gebeten, Gott Hallo zu sagen, wenn ich ihn sehe, und ich habe es ihm versprochen.

Und Mikki …

Mikki ist die Komplizierteste von allen. Sie ist kein kleines Mädchen mehr, aber auch noch keine Erwachsene. Sie ist ein liebes Kind, auch wenn du schon so deine Probleme mit ihr gehabt hast, wie ich weiß. Sie ist klug und fürsorglich, und sie liebt ihre Brüder. Und sie liebt auch dich, obwohl sie es manchmal nicht so zeigt. Was ich in Bezug auf Mikki mehr bedauere als alles andere, ist die Tatsache, dass ich es zugelassen habe, dass wir uns entfremden. Und es war meine Schuld, nicht ihre. Das erkenne ich nun ganz genau. Ich wünschte, ich hätte das genauso klar gesehen, als ich noch die Chance hatte, etwas zu tun. Wenn ich nicht mehr da bin, dann sag ihr bitte, dass es keinen stolzeren Vater gegeben hat als mich, als ich sie nach meiner Rückkehr aus Afghanistan zum ersten Mal gesehen habe. Als ich in ihr winziges Gesicht geblickt habe, empfand ich so viel Freude, wie ein Mensch nur empfinden kann. Und ich wollte sie beschützen, dafür sorgen, dass ihr nie etwas Böses widerfährt. Aber leider funktioniert das Leben nicht so. Sag ihr trotzdem, dass ihr Dad ihr größter Fan war und dass ich es immer sein werde, egal was sie im Leben tut.

In Liebe,
Jack

DANKSAGUNG

Ich danke Michelle, die die Reise mit mir gewagt hat.

Mitch Hoffman, der sich freiwillig kopfüber in etwas so anderes gestürzt hat.

David Young und Jamie Raab, die mir erlaubt haben, meinen Horizont zu erweitern.

Emi Battaglia, Jennifer Romanello, Chris Barba, Karen Torres, Tom Maciag, Maja Thomas, Martha Otis, Anthony Goff, Michele McGonigle, Kim Hoffman und all den anderen bei Grand Central für ihre unvergleichliche Unterstützung.

Aaron und Arleen Priest, Lucy Child, Lisa Erbach Vance, Nicole James, Frances Jalet-Miller und John Richmond für ihre harte Arbeit.

Maria Rejt, Trisha Jackson und Katie James bei Pan Macmillan, die meine Arbeit so erfolgreich übers Meer getragen haben.

Eileen Chetti für ihre hervorragende Lektoratsarbeit.

Grace MyQuade und Lynn Goldberg für das, was sie so verdammt gut können.

Und ich danke Lynette und Natasha, die dafür gesorgt haben, dass nie das Feuer im heimischen Kamin erloschen ist.

Große Geschichte und große Gefühle in der Karibik: hochdramatisch, spannend, farbenprächtig

Sarah Lark
DIE INSEL DER ROTEN MANGROVEN
Roman
672 Seiten
ISBN 978-3-404-16976-4

Jamaika, 1753: Deirdre, die Tochter der Engländerin Nora Fortnam und des Sklaven Akwasi, lebt behütet auf der Plantage ihrer Mutter und ihres Stiefvaters. Die jungen Männer der Insel umschwärmen sie trotz ihrer anrüchigen Herkunft. Doch Deirdre zeigt kein Interesse, bis der junge Arzt Victor Dufresne um ihre Hand anhält. Nach einer prunkvollen Hochzeitsfeier schiffen sich Victor und Deirdre ein nach Saint-Domingue auf der Insel Hispaniola. Und was dort geschehen wird, soll alles verändern ... Fesselnder Roman vor historischem Hintergrund. Bewegende Geschichte in grandioser Landschaft von der internationalen Bestsellerautorin Sarah Lark.

Bastei Lübbe

Eine tief bewegende Geschichte über die Zerbrechlichkeit des Lebens

Jodi Picoult
ZERBRECHLICH
Roman
Aus dem amerikanischen
Englisch von
Rainer Schumacher
624 Seiten
ISBN 978-3-404-16698-5

Willow, ihr lang ersehntes Kind, ist perfekt. Das ist das Erste, was Charlotte O'Keefe hört, als sie ihr Baby auf dem Ultraschallbild sieht. Ja, es ist perfekt. Daran ändert auch Willows Krankheit nichts. Charlotte liebt ihr Kind abgöttisch und will nur eins: es beschützen. Denn Willow braucht allen Schutz der Welt. Beim kleinsten Stoß brechen ihre Knochen. Jedoch auch ihr Herz kann brechen. Das scheint Charlotte zu vergessen, als sie vor Gericht das Geld für die richtige Behandlung erkämpfen will. Die Krankheit hätte früh erkannt und die Eltern gewarnt werden können. Charlotte muss jedoch behaupten, ihr geliebtes Kind sei besser nie geboren worden ...

Werde Teil der Bastei Lübbe Welt
You Tube
www.luebbe.de/ Meinewelt
Lesen, rezensieren, Bücher gewinnen
Lerne Autoren, Verlagsmitarbeiter und andere Leser kennen